U0937135

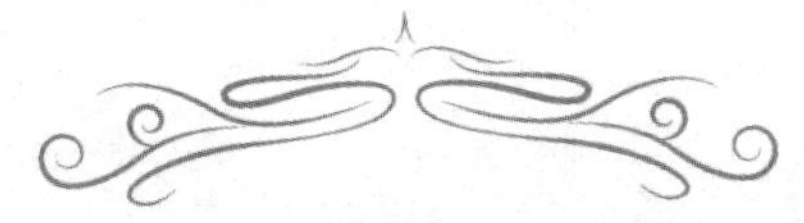

“枞阳文学精品丛书”组委会名单

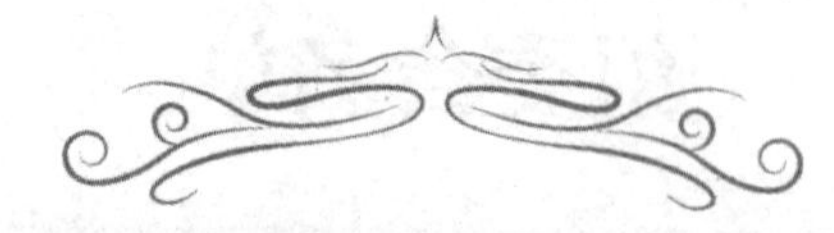

“枞阳文学精品丛书”
编辑部名单

枞阳文学精品丛书（第四辑）

丛书主编◎章宪法

麦园走笔

钱新华——著

合肥工業大學出版社

图书在版编目(CIP)数据

麦园走笔/钱新华著．—合肥：合肥工业大学出版社，2021.9
(枫阳文学精品丛书．第四辑)
ISBN 978-7-5650-5405-1

Ⅰ.①麦…　Ⅱ.①钱…　Ⅲ.①散文集—中国—当代　Ⅳ.①I267

中国版本图书馆 CIP 数据核字(2021)第 176690 号

麦 园 走 笔

MAIYUAN ZOUBI

钱新华　著　　　　责任编辑　疏利民

出　版	合肥工业大学出版社	版　次	2021 年 9 月第 1 版
地　址	合肥市屯溪路 193 号	印　次	2022 年 4 月第 1 次印刷
邮　编	230009	开　本	710 毫米×1010 毫米　1/16
电　话	理工图书出版中心：0551-62903018	总印张	123.75
	营销与储运管理中心：0551-62903198	总字数	1546 千字
网　址	www.hfutpress.com.cn	印　刷	安徽联众印刷有限公司
E-mail	hfutpress@163.com	发　行	全国新华书店

ISBN 978-7-5650-5405-1　　　　总定价：432.00 元(共 9 册)

如果有影响阅读的印装质量问题，请与出版社营销与储运管理中心联系调换。

序

细品家乡的味道

王孝武

收到利民兄弟寄来的华老师的书稿，正是 2020 年合肥下第一场雪的日子，天气阴冷。就在这阴冷的下午工作间隙，迫不及待地翻看了几篇，顿时有一种暖风拂面的感觉，于是就告诫自己：慢下来，细细品读。

华老师是家乡近邻们对他的称呼，其实他的全名叫钱新华，我和他素昧平生。只是我大学毕业就来到新华集团工作，至今 20 多年了，也许是因了“新华”中这个“华”字，便感觉和华老师有一些天然的亲切了。

由于俗务缠身，只有隔三岔五来细读华老师的文章了，每读，便有一股味道在字里行间慢慢溢出来了：熟悉且亲切的味道！难忘的家乡味道！

华老师的笔，苍劲而朴实。读着《麦园随笔》却让我常常想起鲁迅笔下的《从百草园到三味书屋》。麦园凝聚了华老师对家乡的深情和热爱，更把我们带入到对家乡、对童年的怀念之中。

家乡的美食对于家乡人永远充满诱惑。而枞阳的美食，更有不同的味道。野藕蒸鲊肉、荠菜粥、炒米、鱼圆子，看到这些菜名，仿佛就能闻到每一道美食特有的香味，而细读这些文字所展示的热腾腾的生活场景，以及场景中的人和事，总是让人乐于沉浸在家乡的人间烟火中，体味那份久违的温馨和亲切。

我想，今天许多生活在外地的家乡人，联络情感的最佳方式就是邀上几位老乡，找一个喜欢的饭馆，点几道心仪的家乡菜，小酌几杯酒，说说家乡话。而大家在脑海中浮现的，必定是儿时有关家乡、亲人的许多美好画面。

家乡的美食，是家乡人对家乡的情感寄托。而家乡的味道，更是每个家乡人永远抹不掉的人生记忆。

华老师笔下的家乡味道，都与家乡人的故事相连。而华老师的笔端，更向我们描绘了家乡的历史和一个个有着“家乡味道”的故事和场景。如二月二吃荠菜粥的习俗，就与“护国庵”救助明朝开国皇帝朱元璋的故事有关；又如韭菜原是救了东汉皇帝刘秀而得到的“救菜”之名，后又演变成“韮菜”以及简化成“韭菜”的故事；还如“四喜丸子”与慈禧有关，老百姓对清廷的腐败痛恨不已，希望慈禧尽早“完止”，以致流变成今天的“四禧丸子”，后又改成叫“四季圆子”了。这些故事蕴含着老百姓的向往，也道出了民心向背的道理。

而提起枞阳这片热土上的历史人物，更是让人敬仰万分。一代贤相何如宠，半个钱家出的状元郎龙汝言等等，都在华老师笔下呈现出了许多风云过往。另一枞阳史上的好官钱旆，在苍溪任职 5 年后殉职，但他“体恤民情，清正廉洁，举办教育，培养人才”的佳话流传至今，让这片热土上走出的古代官员带着老桐城派的文化基因，彰显了报国爱民的情怀风范。还有《陆墩村民抗日记》记载了枞阳百姓不甘屈辱，不做亡国奴的刚烈血性，也让人的心情久久难以平静……

在“故园情怀”中，华老师写了若干长辈人，又都有一个个平常却温暖的故事，如《父亲的小赶网》，“网住的是鱼，网不住的是岁月。留下的是记忆，是乡愁……”，那是过往的生活画面对心灵的触及，那更是在物质匮乏年代，父辈们“坚韧、乐观且有情趣”的写照，以及带给自己的那份陪伴与滋养；又如在《祖母的顺口溜》中，华老师悟出了“所谓家风，其实就是上辈人的一言一行的引领和渗透”，而华老师笔下的祖母，如这片热土上许多人的祖母一样：慈爱可亲。或许，同在中华文化滋养下的华夏儿女，都有过差不多的祖孙共处欢愉的时光，以及祖辈人一言一行对我们的教育和影响。

正因为此，华老师不沾烟酒，却钟情于茶，这茶里有祖父悉心培养自己读书的过往。10 岁大的华老师，临帖写得好了，祖父就会从纯手工的紫砂壶里倒出一小盏橙黄透亮的茶水作为奖赏。这是华老师在“岁月履痕”中回忆的往事。而往事不仅有祖父的茶，还有更浓烈的酒。在《往事如酒》这篇文章里，因学校同事荣调县城工作，于是有了一场饯行酒。高校长拿出了珍藏的古井贡，向来不饮酒的华老师也端起了酒杯，果然不胜酒力，最后和另一醉位酒的同事一起，“二人一前一后，踩着猫步往回走……”一个有情有义伤离别的华老师，让人肃然充满敬意。

华老师写就的家乡人物，都鲜活真诚，具有高贵的品质。时任西安市委常委、宣传部部长的施启文和华老师并不认识，但得知家乡人来西安了，就热忱地留他多待几天，还送上艺术节开幕式的票给华老师；在华老师返程前，施部长还特地赶到了住地送行并合影留念，这些让华老师感慨道“向我传递着一种怎样做人与处事的智慧”。其实，华老师亦是如此，他不忘去看望在西安交大读书的同事的孩子，一句“给面前衣着单薄的年轻学子留下一张 50 元，便匆匆离去”。其实，乡村教师的收入是很微薄的，50 元在当时是个不小的数目，而且是为了去西安提前支取的两个月工资，可以想见华老师的这一举动，一定会给这位在外求学的学子留下家乡的温暖，这温暖或许会影响他的一生。

华老师的笔，永远是温馨和亲切的。

上小学时教语文的叶老师，因为华老师学习态度不端正，挨了叶老师的一戒尺，“那一棒让我受益终生”。叶老师说右手因为继续写字，所以惩戒的是左手，“尺子举起在空中还迟疑了一下，才漫不经心地落在我的手掌上”，“她似乎有些不安，沉思片刻后她的语言变得亲切、关切起来”，“我不仅渐渐养成了一种细心的习惯，而且心理承受能力不知不觉增强了，更让我领悟到严是爱，松是害，不管不教要变坏”的深刻含义了。这些细节的描述，让那平凡的课堂浸润着人性的光辉，让“严与爱”的教育得到了最好的诠释。我想，带着这份珍贵的成长记忆，华老师的课堂也一定是活泼而有爱的。

华老师的笔下流淌着光阴的故事，更流淌着关于人生、生活的思考。这是他一生的积累。因此让我想起路遥先生在《人生》里写道：“所有少年时期经历过的一草一木，在任何时候都会非常亲切地保留在一个人的记忆中，并且一想起来就叫人甜蜜得鼻子发酸。”所以，华老师的那些生活过往与美好记忆，都有我们自己的影子。而在我们“甜蜜得鼻子发酸”的同时，更多了对生活和人生的思考。也许，这就是文学的魅力吧！

华老师一直坚守在家乡的土地上，他以一颗朝圣者的心面对这片神奇的枞川大地，并通过他的笔，把勤劳朴实的家乡人和永远难忘的家乡味道呈现在我们面前。这是华老师的“麦园”，也是我们每一个家乡人永远的“麦园”。而这片土地上的人们，生生不息，有信仰，有力量，更有希望！

感谢华老师！让我们永远与家乡同在！

2020 年 12 月 31 日

作者简介

王孝武，1975 年 5 月出生于枞阳县老洲镇。博士、教授。现任安徽新华集团副总裁、新华学院董事长。

目录

辑一 枞川行走

走进连城

丁酉年春，一个雨后初晴的上午，雾气还未散去，我们相约来到连城，倾听一番这里千百年的记忆。站在这片土地上，放眼望去，清渠绕户、枕山环水，显得雅静、清新而明丽。尤其是小堤、小桥和那坐落于旁的农家小院，更令人遐想，似隔着潺潺流水，也能够听见悠远岁月里传来的阵阵渔歌互答声。

走近村口，见一尊橙色“迎宾石”，像头老黄牛悠闲地卧于如毯的绿茵之上。两行错落有致的“美丽乡村连湖”红色字体，热情地把我带进群山环绕、连山如城的景象里。我不由得问自己：“连城”这一地名是不是因此而得名的呢?

那天，不只是阳光好，还赶上了几件热闹的事。先是遇到县里“大美枞阳·画里乡村”启动仪式。县领导“‘大美枞阳·画里乡村’启动仪式开始”的话音刚落，就见一支阵容庞大的像是安庆方向过来的骑友队伍，如特约嘉宾莅临现场。可以看出，他们的到来，确实给现场增添了不少人气。骑行队伍中，有位胸飘长髯的老者，更是让我仰慕不已。老人身边有位骑友见我们好奇，热情地向大家作了这样的介绍：他是一位自行车运动达人，虽逾古稀，却一直坚持骑行运动……这时立马就有粉丝争着上前与其合影，似乎要把老人那自信阳光、快乐健康的精气神统统带回家。或许这些骑友们早已是连城的“常客”了，只是因我寡闻而好奇吧。毫无疑问，他们选择连城作为骑行中的一个驿站，一定是看上了连城这里宜居、宜游的独特魅力。

来到连城，不可不去天峰寺。这是一座集自然景观与人文景观于一体的古寺，我早就想去拜谒。

一砖一瓦皆是史，一草一木总关情。用这句话来描述我对天峰寺的印象，一点也不夸张。

初闻天峰寺这个名字，我曾有过这样的猜想：这寺会不会是建在一座险峻的峰顶上？其实这寺名寓意，哪是我等凡夫俗子所能揣测到的？后从一文献中才得知该寺名字来历，与其坐落的“高度”并没有多大关联，只是因庙门朝西，遥望潜山天柱峰而得名，可谓是寓意深远。

同行文友章君，年纪不大，倒是一肚子“古经”。我们一路走，一路听他介绍天峰寺的“身世”。当我们行至杨家山下一处农家菜地时，见地头赫然裸露着一块似“牛蹄”状的粉色巨石。“章古经”指着这石头告诉我，这便是传说中的“马踏石”。我为之一振，像是遇到了“外星人”，端详良久，不舍离去。我已经注意到了，眼前这是一片零星种着各种庄稼的坡地，那巨石似一只从九霄云外掉下来的天马之蹄，只是“蹄底”被厚厚的泥土严严实实地包裹着。

沿着弯弯绕绕的麻石阶，我们上到天峰寺正殿。见殿门右侧墙下方镶嵌着一块面积约一平方米的长方形石刻，密密麻麻地记着天峰寺昨日里的故事，其中就有一段“马踏石”的文字：

一腔直言九重天，朝奏夕贬陌路边。
欲为南国兴邦事，宁洒热血玉阶前。
云横白鹤家何在，雪拥连城马不前。
陈兄远送殷殷意，惜别依依云水边。

一首南唐徐铉（917—992）的诗，一下子把我带到了一千多年前。从这首诗里，我们可以看出大致情景：这徐铉在南唐官吏部尚书，因赵家大兵压境，徐主战，向南唐主李璟力谏，遭到怕打仗的大臣们联手加害，将其贬至舒州境内的枞阳江边荒芜之地。舒州知州陈洪寿，为徐铉故交，亲自送徐铉到连城江口，遇大雪阻路。时徐铉坐骑正踏在一块冰雪遮盖的石面上，因马匹突然受惊，前蹄高扬，昂首长嘶，踏石不走，遂在石旁歇马，留下马蹄印迹。后人因仰慕徐盛名，故名“马踏石”记之，亦名“驻马坡”，现为天峰寺十二景之一。从那深深刻印在马踏石上的一道道印迹看，这一传说并非完全臆造。

浏览着墙上镌刻的壁画，我满脑子回放着“驻马坡”那一幕幕场景。我们哪里会想到，这儿曾经是古代通往安庆的驿路。南唐徐铉被贬连城时，留有《龙门寺记》一文。宋代清远禅师重建该寺，称龙门禅院。明崇祯七年（1634）重修，时名天峰庵。明洪武初年，曾设马踏石巡检司（明清时，凡镇市、关隘要害处俱设巡检司，巡检主官为正九品，归县令管辖），后为巡检署。洪武八年（1375），建有马踏石社学，课读里中子弟。我们不难想象，这里一度是集交通、经贸、文化、教育为一体的重要关隘，用今人话说，有着得天独厚的区位优势。

阅尽湖山，禅意入心。多少先贤，何曾不是？清顺治十一年（1654），天峰庵由智湘和尚重修，更名天峰寺。其匾额为乾隆年间礼部侍郎张若澄（张廷玉次子）所题。后经战乱，几废几建。如今已形成前后几进规模，供奉着观音与四大金刚、十八罗汉诸神。寺内庄严肃穆，气势恢宏！寺旁石壁下有一泉水，清澈见底，久旱不枯，汲之旋满，虽雨不溢，故名“定泉”。北有石如蛙，面对定泉，有跃跃欲试之态，因名“蛙饮定泉”，同属寺内十二景。

出后殿，抬头望见东西二岭各耸立着一尊巨石，似天外来客。我们不知不觉中加快了脚步，朝岭上巨石赶去。躬行在陡峭的山道上，身子不一会儿就渐渐热和起来，口鼻也开始拉起了“风箱”。是过于兴奋，还是体力消耗所致？或许两者都有吧。

通往“一柱擎天”的是条狭窄陡峭的山道。怪石嶙峋的道旁，除了一些不知名的灌木杂草，偶尔也能见到几株绽开笑脸的杜鹃花。可以看出，这些生灵们或许是长期受佛教文化的熏陶，一个个都具有那种平静的内心，它们之间没有恶性竞争，安详、平等地享受着属于它们的那片蓝天、阳光和雨露。尽管也有某个花花草草，会突然跑出来拦住了你的去路，但并没有让人感到它们是一种失礼的行为，而是人类擅闯了它们的领地呢！倒是这湿滑路面让我步步惊心。

登上峰顶，我猫着腰，小心翼翼地围着石柱绕了大半圈（另半圈悬在绝壁上，无法绕过去），凝神屏气地仰望着这尊似悬停在半空中的石柱，愈发臆想：要是能沾上它的一点灵气该多好呀！我俯下身子，对着石柱脚下一处似人为留下的“洞口”，又是一番好奇地端详。同行的章君，见我身在险处不知险，不住地提醒我该注意安全，我心存感激。

倚在石柱下，我蓦然想起了一个古老的传说：相传明洪武初年，刚登上帝位不久的朱皇帝，不知道是听信了哪个臣子的馊主意，说枞阳天峰寺后山这尊石柱具有“定乾坤”的法力。若放在宫中，可保大明江山千秋万代……朱皇帝听了，龙颜大悦，遂下旨派人到天峰寺装运“护国石”。

仰望石柱，大有一柱擎天之势。一阵山风吹过，似摇摇欲坠。若想搬走，谈何容易？为取石柱，朱皇帝劳师兴众，远道而来。数月过去，招数使尽，拉断铁链，不计其数，石柱却岿然不动。虽说是“普天之下，莫非王土”，然天意不可违，终究是竹篮打水一场空。时至今日，石柱如传说中的“仙人”，巍然耸立，笑看世间百态……

下岭时，遇一位带着子孙祭祖的精神矍铄的当地老人，从他口里听到：过鲤鱼鳞山，依径而下至东麓，昔日建有三贤祠，奉祀隋代皖城郡公张威，其子连城县公张植，南唐吏部尚书徐铉。后毁于兵燹。清时，连城乡贤张孔纪，于祠址近处建有望贤楼，以示后人。

清咸丰十一年（1861），太平军为夺取枞阳与清兵于马踏石进行了一场外围大战，终未获胜。旁有毛家墩，为元末毛氏远祖由寿春南迁之地，定居后制坯烧窑，为小缸窑前身。再往前，是枞阳河古源头，当菜子湖进入枞阳河口处，突起二山，隔河相对，俗称“青狮白象守津关”：东岸山形如狮，名狮子山；西岸山形如象，名象山。

徜徉在洁净的环形村道上，我们欣赏着被一块块黄绿相间的油菜田和麦田装扮着的村居农家，望着时隐时现在阡陌交错旷野里的追梦人，听山下园林中的鹊语鸠啼，吮吸着空气中飘过来的阵阵香甜味……竟恍惚起来：难道自己真的走进了“种豆南山下，草盛豆苗稀”“狗吠深巷中，鸡鸣桑树颠”的那个世外桃源？

正当我陶醉于眼前美景时，倏然间，从身后走来了一位老爹爹。老人掌心握一把小巧玲珑紫砂壶，一副古道热肠，一脸悠闲自在。在与我们闲聊时，他一脸幸福地向我们数落着美丽乡村建设带来的一件件喜事与变化。从新农合、养老，到种田有补贴；从孙辈们上学不用交学费，到看病报销费用不贵等惠民政策，如数家珍。

攀谈中得知，老人今年 76 岁，就住在我身后不远处。我顺着他的手指所示，看到了一座乖巧的小桥，连接着山脚下翠竹掩映中的那座粉墙黛瓦的院落。小桥下溪水潺潺，清澈见底，偶尔见到几条手指大的小鱼逆流而上。一辆米黄色的小轿车扭着屁股停放在院门口。院门两侧的文化墙，绽放着催人奋进的诗情画意。

说起文化墙，老人深情地向我们讲起了两则小故事。一是《拖船沟的故事》。讲的是清乾隆年间，这里出了一位名叫张兰的贤达，时任广西柳州知府。此公为官清廉，爱民如子，深得百姓爱戴。某年，张兰回乡省亲，见连城湖通往枞阳上码头的水道，有一段阻碍了交通，便拿出自己的俸银，发动乡亲们去疏通河道。因工期紧，有一地段开挖不深，载重船只能用人力拖过去，故名“拖船沟”。

“此沟遗址今尚在，留有佳话传后人！”我听了，心里默默地感叹起来！

另一则民间故事叫《寒夜送火》。说的是很早以前，有位孝顺婆婆的好媳妇，住在这里的虎庄。在一个天寒地冻的夜里，她怀揣一只小火炉，去为婆婆送暖。刚爬上虎头山，遇到了一只张牙舞爪的老虎向她扑来。媳妇哀求道："老虎呀，老虎，你现在可别吃我，等我把火炉送给婆婆回来再吃吧！"说也奇怪，她回来时，在树底下等了好久，也没有见到那只老虎。听了古老的传说，分享了美丽的故事，我不由得肃然起敬：原来，我每一脚踩着的都是连城厚重的历史！

老人见我不住地称赞着这里的生态与人文，风趣地与我们逗趣道："你若喜欢这里，可以来连城投资兴业呀！"我会心地朝他一笑，一边拱手与老人话别，一边祝福他健康长寿！

但我们居繁华闹市久了，都希望拥有一份宁静致远，那就到连城来吧。寻一段旧梦，找几分心中的念想。老祖宗留下的青山绿水而今已成为宝贵的财富，在当地政府保护开发中，吸引着一拨拨游人，在这里，赶上最美好的遇见。

喜欢连城这样的村落。虽不是青藤竹篱，草舍茅庵，一畦春韭，十里杏花，一派诗意江南，但背倚青山，连一湖清流，看落雁冬去春来，观溪流淙淙流淌，数墟里炊烟……那是不变的风景。还有在这里邂逅的那几位老人，守望着这片静谧而秀美的土地，相伴的是家的温暖，这些不正是我们想要的生活吗？

初识三公山

春分刚过，大地如小姑娘似的，悄悄地换上春装，显得那么妩媚动人。县采风团中巴披着晨曦，朝着枞阳东北边缘小镇——钱铺，不疾不徐地穿行着。

一进入钱铺地界，我目光总是飘忽不定，似一个迫不及待的老小孩，一次又一次地透过车窗，痴痴地在那岸柳青青、油菜花香里寻找着三公山的倩影。

三公山属大别山余脉，名字由来有两种说法：一说地跨枞阳、庐江、无为三县之境，为三县公有，故名三公山。让人疑惑的是，既是三地共有，为什么不叫“三共山”？另一说法是，三公山有南、北、中三座山峰，被当地人演绎成天公、地公、人公，故得名。相对而言，我倾向于后一种说法。

在一隘口处，当地一“导游”指着面前两座相互守望着的山头绘声绘色地说，大家请看，这两座山，是不是像一狮一鹿在镇守？这就是闻名遐迩的“古鹿狮口”，是通往三公山的必经之路。三公山是扼守长江的重要门户，自古以来就是兵家必争之地。三国时期，东吴大将周瑜曾在此屯兵。后人为纪念他，在山脚下建有将军庙。乡镇合并前（1992），这里还曾以“将军”二字作为乡政府命名。在我们来的路上，还见到了将军饭店、将军村、将军景区等一个个标识、标牌。这分明在告诉我们，这脚下的土地有厚重的历史文化气息。

接着，在一竹制品加工厂他又给我们讲了这样一个有趣的故事：抗战时，三公山一度为江北新四军的根据地。某日，一队日本鬼子窜到了这里，转悠了半天，却也找不着北，便向正在地里干活的几位老农打听，这里是什么地方？老乡们操着浓重的枞阳方言比画着说，这儿是“鹿狮”。结果被翻译成中国的“六（个）师”部队，鬼子头目一听，哇啦一声怪叫：不好，不好，小心地开路！

过了隘口，就是鹿狮村。车停在一座雅致的小石桥旁。桥栏上镶有一块黑底描金石刻，上书“鹿狮桥”。桥头一侧是个不大的观景台。凭栏可远眺雨后那气势恢宏的瀑布。如果你择一个静谧的早晨或宁静的傍晚，在此聆听那三公山溪流奏出的天籁之音，可将红尘中的一切烦恼忘得一干二净。都说文人可爱，此话一点不假。譬如那些痴迷于摄影的文友们，一个个都把自己弄成了那恋在花蕊里的蝴蝶、蜜蜂，似乎有拍不完的东西。当然，他们在拍别人的同时，别人也在拍他们。真是应了卞之琳那句诗：“你站在桥上看风景，看风景人在楼上看你。”

行走在外，时光真快，不知不觉，就到了午餐时间。好客的鹿狮人，早已备好了几桌风格迥异的美食。桌上那干竹笋炒肉丁、山粉圆子焖土猪肉等一道道农家特色菜，一下子成了大家的最爱，还有那柴锅烧出来的金黄油亮的锅巴，让大家胃口大开，就连一向矜持的女士们，也一改以往那优雅的吃相……

登三公山是下午的重头戏。好在已新修了一条像样的上山公路，车子可以开到半山腰。但三公山毕竟有海拔 674.9 米的高度，这个高度既是枞阳的地标，也是铜陵市的最高峰。车子沿着路旁的竹林一路上升。每遇路段起伏较大时，车内就会一阵骚动，几个胆小的丫头就会发出一阵尖叫。我担心她们老是这样会影响驾驶员的注意力，便劝慰她们不必害怕。其实，面对险境时，每个人的内心难免都会有一种莫名的恐惧，我也不例外，只是假装镇定而已。

车子七弯八绕，绕进了一座山寨似的古村落。咦，这深山幽谷中哪来这么多人家？莫非到了人间仙境不成？正当我疑惑不解时，耳边响起了一阵欢快的锣鼓声。眼前的场景告诉我，这是一座名叫茅田的高山村落。这一刻，我们真的走进了陶渊明笔下那个“世外桃源”!

更让我没想到的是，茅田人不仅古朴善良，而且能歌善舞。我带着几分好奇，向身边一位名叫李根求的老爹爹打听着这里的人和事。这位85岁的李老爷子热情而开朗地告诉我：他们这个村子一团和气地住着80多户人家，300多口人按地段划分为两个村民组。多年来，他们一直保持着这种“农忙种地搞生活，农闲唱唱跳跳找点乐”的传统习俗。那些古老的采茶歌、折子戏，都是由一代代茅田人传下来的。至今，村里男女老少在劳作之余，都会唱上几段山歌，释放一下心情……而现场正在进行的精彩表演，证明老人所言不虚。说着，老人清了清嗓子，便声情并茂地跟着乐队伴唱了起来。同行的文友及媒体人纷纷用镜头为老人，为坚守乡村文化的茅田人，留下了一张张动人的画面!

告别了茅田，车子伴着引擎的轰鸣声，吃力地向上爬升，越往上行越显得那么神秘。弯道在面前不断地刷新，竹林在车窗外变换着各种身姿。车子终于在一排刚建起来的平房前停下。看样子，此处今后应该是供游人歇脚或打尖的地方。左边不远处有台挖掘机，正吐着烟圈，挥舞着抓斗，在认真地平整着路面。哦，面前的路已被施工阻挡，过不去了。大家下了车，眼前豁然开朗起来，山川河流、道路村落，梯田竹海，一览无余，大有“登泰山而小天下”的那种感觉。

据文献记载，三公山最高峰龙王尖，在枞阳钱铺鹿狮村境内。半山腰，有座叫藏王殿的寺庙，供奉的是地藏王菩萨。在北峰，有座天然的龙王洞，供奉的是龙王菩萨。山中还有多处山神庙。这是人们对大山和自然的一种图腾崇拜，也象征着三公山是家园的守护神。

北峰像一只骆驼，面向东方，昂首而立。等到满坡映山红灿烂如霞时，这里会是另一番景象。北峰有古矾矿遗址，还有专门打造开采工具的铁匠洞遗址。

相传旧时，一位朝中权贵在三公山私开矾矿，当地百姓多次状告，总是不了了之。后来，一位枞阳书生来此观光，出于义愤，他轻轻松松地挥毫写下打油诗一首：三公山，万山之母；七十二洼，三十二洞；洞洞相连，养马屯兵；开矾是假，造反是真。结果，朝廷很快将那位权贵绳之以法。这位枞阳书生的才情也成了三县佳话。

南峰龙王尖是三公山风光绝佳之处。龙王尖险峰伫立，怪石嶙峋，危不可攀。山峰像一头雄狮，俯首向东，蓄势待发。龙王尖东临无为，远处长江如练，山下悬崖峭壁，寒风嗖嗖，深不可测。由龙王尖远眺，四周群峰罗列，山势回环，波澜起伏，气势磅礴。

三公山不仅自然风光优美，而且人文底蕴深厚，民间故事源远流长。在我的脚下，曾经就是一条古栈道。那是一条通向京城的商贸要道。明末，家住横埠左家宕的铁骨御史左光斗也就是从这里被押解进京的。后来乡民为了纪念他，还在这里修建了忠毅亭和忠毅坊。左光斗母亲诰封夫人和大嫂的合葬墓，就在我们上山的路旁那一片青葱的竹林里，车子经过这里时，我们曾在墓前拜谒、瞻仰，敬畏长眠在此的两位先人。

三公山余脉香炉尖被民间称为“龙母宝地”。断尾龙祭母的故事就发生在这里。

传说每年清明节前夕，香炉尖必会刮一场大风，那是断尾龙来此祭母。因为这个传说，香炉尖一直香火旺盛，是远近闻名的民间祈愿之地。人们不顾山高路远，来此祈愿风调雨顺，岁月安好。

太阳西斜，风大了起来，吹在脸上，有种该回去了的温馨提示的味道。满山遍野的茶树在艳阳的光照下，纷纷醒来。尖尖的嫩芽钻出胞衣，眨巴着小眼睛，好奇地望着我们。我忍不住摘下一颗约两粒麦子长的芽头，把它放进嘴里轻轻一嚼，一股淡淡的清香瞬间填满了鼻子与嘴巴，舌头上像是有好多条小虫子在挠痒痒。这些生在高寒山区的茶树，看上去显得很瘦弱，但挺有精神。我想，这是不是代表着茶乡人的一种精神风貌呢！

三公山确实很高，我们到达的位置，距顶峰还有一段不少的路，上面景点也来不及去游览。时间不早了，体力也不允许我们去登顶，就在这里多看几眼吧，毕竟我们一行已到达了这里，与三公山有了一次难得的亲密接触。

与贤哲们对话在方园

或许太阳公公知道我们要去方园拜谒先贤，显得格外善解人意，将最后一抹冬雾也悄悄地撵走了，广袤的枞川大地仿佛一下子又回到了春天。

方园不远，出县城，过会宫，插上一条乡村公路，再看一会儿车窗外的画面就到了。

入园是条百米甬道。甬道两边是一片儒雅而高洁的竹林，散发着一股书香味。苏东坡云："宁可食无肉，不可居无竹。"由此可见，竹子是高雅脱俗的象征，无惧东南西北风，是文人骚客们心灵上的伴侣和住宅的风水防护林。

甬道的尽头是一方可容纳上千人的馆外广场。广场东侧是一尊古铜色年轻书生雕塑。这书生正背着书篓，右手拿着一本厚厚的线装书，边走边瞧。看样子，像是去参加几年一度的大考吧。呵呵，一群可爱的少男少女们，像是遇上了一位大明星似的围了上来。这些爱搞笑的小青年们依偎在"书生"身边，忽而与其勾肩搭背，忽而嘻嘻哈哈地将脸凑过去，与其共读着那本"状元秘诀"……

我的身子似乎被谁推搡了一下，竟模仿起年轻后生，把自己当成了那书生的同门师兄弟，佯装指着他手里的那本"书"，跟他探讨起"之乎者也”来。旁边的几位美女帅哥们见了，捂着嘴，弯着腰，咯咯地笑。这笑声，并没有让我感到多少快乐，而是腼腆中夹杂着一种纠结。脑子里浮现的都是那些沉迷于手机游戏中不能自拔的青少年，还有那些边走边看手机的低头族的身影……

“呶、呶，大家都过来合个影吧!”领队的县委宣传部同志一声招呼，把我从纠结的阴影里拽回。合影背景就是那座典雅而大气的方园总馆正门。

照完合影，转身见镂空雕花的正门上方赫然悬挂着一匾额，上书“桂林第”三个鎏金大字。两侧是“传家孝友三十世，华国文章五百年”的一副楹联。这些文字让我对方氏家族历史渊源、文化成就和历史贡献多了几分敬意与仰慕。经打听，我明白了总馆“桂林第”这三个字，是源自方氏六世祖方懋的住所名字。

总馆对面是一堵徽式建筑风格的照壁，上书“方园”两个醒目的墨色大字。最活跃的莫过于那些摄影爱好者了。这里的一切似乎都是他们眼中的风景。他们时而对着那墙来个特写，时而瞄中站在墙下的那人，一阵咔嚓、咔嚓地拍个不停。不知道他们是看上了这墙的建筑风格，还是看上了墙上的“方园”二字，或许都是吧。我想：被定格在那墙、那字下面的一张张如花般的笑脸，又何尝不是一种文化自信的魅力彰显呢?

没有拿到导游图的我，只是盲从地跟着人群走。穿过总馆，见跨院西侧有一道通透的月亮门。跨过这扇门，是一条清幽静谧的曲径回廊。走着走着，眼前一亮，像是到了另一个世界。哦，这里才是真正意义上的“园”。但见池塘、幽林、亭台，楼榭、廊曲、灵石，应有尽有。而园中的崇实堂、清芬阁、此藏轩、抗希堂、宜田居、东美亭这一个个展馆，错落有致地分布在一泓平静而清澈的水潭岸边。通过一件件珍贵的史料展示、实物介绍、塑像瞻仰，让我与方学渐、方维仪、方以智、方苞、方观承、方东美等先贤们，有了一次近距离接触与心灵对话。游走其间，仿佛是来到了一座圣洁的精神家园，可以说是自己的灵魂受到了一次洗刷。怪不得梁实秋先生说，“桐城方氏，其门望之隆也许会仅次于曲阜孔氏”。作为明清时期最大的家族学派，被多位先哲誉为“北有孔氏，南有方氏”的说法，应该是靠谱的，也是可信的。

在清芬阁，我见识了女中豪杰方仲贤（1585—1668），字维仪。她是明代著名诗人和书画家。年纪轻轻就文史宏瞻，兼工诗画。她与姚孙棨是同乡，在她十七岁时，被父母选定与姚孙棨成亲，其凄苦的命运或许因此注定。方维仪结婚时，姚孙棨已患病六年。难得的是方维仪没有嫌弃这病恹恹的姚孙棨，努力做到妻子的本分。服侍丈夫，喂吃递喝，熬汤煎药。可惜姚孙棨病入膏肓，神仙也回天乏术，最终还是英年早逝了。尽管方维仪伤心不已，但她知道自己不能倒下，因为她的怀里还有一个嗷嗷待哺的九个月大的女儿。然而老天不公，又给了方维仪一个致命的打击，女儿还是找她父亲去了。苦命的方维仪无依无靠，涕泗横流，哀伤至极。悲乎！十八而寡的方维仪无奈地回到了娘家，在文学与艺术中找到了精神寄托。守志“清芬阁”，潜心诗画，与其姊妹妯娌结“名媛诗社”。侄女方子耀在她的精心教授下，成了一位书画俱佳的才女。后人敬仰她“白圭无玷，苦节可贞”的操守，称其为“女中孟郊”。

在一间似教室的馆内，我透过那栩栩如生的蜡像，看到了昔日家族私塾教学的场景。那一张张摆放着文房四宝的书桌，让我见识了什么是国学和传统文化教育。令人不安的是，如今，我们的后代还有多少人在练习毛笔字呢？或许是一种职业生涯的情结吧，已离开教师岗位数年的我，还是忍不住与那“塾师”比肩而坐，随手翻开了一本线装的书籍，恍惚中也成了这位塾师的同仁。

方园，不仅让你体验着一种浓浓的传统文化气息，还可以让你疲惫的身心得到彻底的放松。在方大镇馆，我碰到了文友章君宝哥。他是一位很有趣的人。已是中年的他，不仅小生意做得风生水起，在油盐柴米之外的日子里，钟情于地方文化的研究，悉心收集整理当地风土人情、民俗史料，同样是有滋有味。据说，自开园以来，这是他第三次来到方园。可见他对方园的爱是多么的深沉！

在方大镇馆，他见这里的一切布展都是按府衙公堂场景设置，便大大咧咧地穿戴起案头那套大理寺少卿的官服和顶戴花翎，一屁股坐到那威严的太师椅上，操起案头上的惊堂木，“啪”的一声，高声道：“嘟，下跪者何人？有何冤情？快快道来……”“哈哈哈”，把现场的游客逗得一阵哄堂大笑。笑声过后，一位年轻的女子也好奇地穿上了这套官服，大大方方地扮演起了方老爷。堂下的同伴一边为她鼓掌、拍照，一边竖大拇指不停地夸她说：“呵呵，你生来就是一副贵人相，穿上这朝服更好看！”走出展馆，我满脑子里全是方氏一门三总督那些公正廉明的故事！

望着倒映在水中的游客、小桥、小亭、回廊、马头墙，犹如置身在曹雪芹笔下《红楼梦》中的大观园里。说来可笑，入园前，我与同行的几位文友约定要一起走，以便相互拍些照片，结果还没到一半的行程，我们就失联了。此刻的我，简直就是一个现代版的“刘姥姥”。

半天时间，很快就过去了，我感觉还有好多东西没有来得及去细看。返回时，我打开手机，准备向朋友圈里发一组方园的图片时，定位系统清晰地显示着这里的地名为“方高庄”。当然同样叫高庄的村落或许很多，我想那些高庄肯定缺少“方高庄”这种特有的高度。

环顾四周，这里看不到山，也望不到水。面前的一座座农家小院如历史长河中浮出的星星点点的坐标，化作了方园周边的一组组符号。透过历史的云端，我再一次回眸方园，满脑子里面都是方学渐、方以智、方苞……一位位先贤。其实他们并没有走远，他们就在方园，犹如星空中那一颗颗璀璨的星辰，始终在古老的枞川大地上空闪烁，永远激励着生活在这片土地上的后人……

故乡的笑容

我的故乡麦园很小，地图上几乎找不到。新开通的 G347 国道与县城银塘东路连接线，如天外来的两条飞龙在此缠绵、嬉戏。更让小村人意想不到的是，祖祖辈辈生活过的这块热土，一下子竟然成了这双龙戏耍的珠子。

G347 的开通，无疑是故乡人的福祉。从某种意义上说，这是打开了通往经济强县的一扇大门，预示着故乡未来的发展前景更加美好。有了这条交通大动脉，让更多的枞阳人看到了希望，也给众多的枞阳籍成功人士回乡创业提供了重要机遇。

在故乡麦园，要说回乡创业成功人士，当然要数王恩胜了。早在前几年，他就得知这条路要开工建设的消息，便毅然决然地在家乡创办了“恩胜农场”，流转了村里数千亩撂荒或半撂荒土地，吸纳了上百名剩余劳动力在农场务工，为几十户贫困家庭提供了脱贫致富的机会。2018年，他又投入了几千万元的资金，在 G347 路南兴建了一处集旅游观光、垂钓休闲、农耕文化展示于一体的示范企业——“荷叶田田”度假村。王恩胜一次性投入这么多资金，说到底还是看上了这条路的潜在优势。

G347 不仅为沿线经济发展带来机遇，还为当地群众带来了一种前所未有的幸福感。在故乡麦园，这种幸福感，就是写在晨昏中路两边那三三两两遛弯人脸上的表情。记得以前，若有人说，饭后要去逛马路，那必然会有人讥笑你是个假冒的城里人，吃饱了撑的。呵呵，曾几何时，说这话的人也成了遛弯散步的“闲人”，我不知道他们的观念转变为何这么快？

这条路的建设，给我印象最深的就是一个字“快”！自从2016年9月，发布了开工令后，我似一夜间回到了童年，心里一直处在一种说不出的兴奋与期盼中，并默默地念叨：G347啊，你是故乡人的希望，你让我时时刻刻都在魂牵梦萦！在那些充满期待的日子里，我常常在夜里被村外工地上那清朗的机器声唤醒，恍惚中以为是午后阳光落地的震响，感觉天上地上都是明媚的阳光。

多少次，我独自行走在建设中的路上，貌似一名敬业的摄影师，用手机记录了一个个激动人心的时刻，拍下了一处处值得回味的场景。正是这些鼓舞人心的场景，让我刻骨铭心，增长见识，返老还童。更让我意想不到的是，有一幅手机拍摄的图片，在2018年G347公路摄影大赛中获得了奖项。

两年时间，在历史长河中只是一瞬间。2018年国庆期间，G347已进入了试通车阶段。这是一个深秋的傍晚，红而安静的太阳遥挂在西边的天际，我穿着儿媳妇新买的跑鞋，悠然地漫步在G347人行道上。一块块平整而防滑的彩色地砖，给人的感觉就是爽！走着走着，不禁让人觉得面前的每一段路都是自己的过往，脚下的每一寸土地都是自己的胎记。

“华老师（故乡人一直都是这样亲切称呼我的），你也来逛逛啊！”我循声望去，原来是李坂村民组的八旬老人钱叶忠。他正遛弯回来，与我打了个照面。我忙停下脚步，与他聊了几句。老人一脸兴奋地对我说，门口能有这样漂亮的公路，那是做梦都梦不到的事！是啊，这两年，家乡的变化一天一个样。我顺着老人的话茬接了一句。望着老人硬朗的背影，我仍在回味着他刚才说的那句话。生在这个伟大的国度，我们又何尝不是都在做着中国梦呢?

行至相国大桥上，见来自附近村庄的一群闲逛的人，正在桥上指指点点。在这里，我邂逅了带病回乡的退役老军人钱金庭。这位刚从市里疗养归来的76岁老兵携着73岁的老伴，倚在桥栏边，一脸幸福地跟我说起了他这次去市里疗养的愉快经历。他说医生建议他要多走路。他觉得G347两旁的景色不错，是健身运动的好去处，就养成了和老伴每天傍晚出来走走的习惯。说话间，我从他那一脸幸福的微笑中，看到了他那种惬意的晚年风景。

“灯亮起来着!”人群中不知道是谁惊讶地喊了一句。只见不远处，恩胜度假村的华灯齐放，如镶嵌在G347路边的一颗璀璨的明珠。在路口转弯处，我碰到了在度假村长年务工的贫困户钱叶法，他正骑着公司统一配发的电动三轮车与我挥手打着招呼。他那一脸自信的笑容，让我看到了这位年过花甲的农民，对未来的生活充满了信心与希望!

举目远眺，夕阳悄悄地落到山那边去了。灿烂的晚霞不知道什么时候染红了这里的天上人间。南来北往的车辆卷着一阵阵“松涛”，从身旁双向六车道欢快地驶过，回荡在耳畔的是一阵阵车轮与地面甜蜜的轻吻声。此刻的我，似乎成了一只翱翔于天际的夜鹰，面前的视野开阔了起来，故乡的胸襟开阔起来，世界与我、与故乡都近在咫尺。

一阵阵晚风轻轻拂过，桂香沁脾；就连道路中间的隔离带也不再清冷，而是被那错落有致的景观树木、花草装扮其间，给人一种说不出的舒服感。两边望不到尽头的是已安装完毕的路灯。那伟岸而性感的身姿，给人留下一番回味悠长的想象空间。相信要不了多久，夜晚那辉煌的灯光，给路面，给过往的车辆，给故乡都会平添几分惬意和魅力!

经过高庄、高丰两个村民组路口，十多位大妈大婶正聚在路边彩色水泥砖面上，伴随着柔美的旋律，抖动着手里的紫红色丝扇。她们的身姿忽而如孔雀开屏，翩翩起舞；忽而像天女散花，尽情地在享受这美好的时光，仿佛又回到了远去的青春岁月。她们一个个笑靥如花，笑得那么开心，那么知足。这笑脸，使我想到了九月里故乡遍野金黄的菊花，它们虽然没有城市园林中的花卉那样雍容华贵，娇艳欲滴，但开得又是那么舒心、可爱，笑得那么清香、美丽……

故乡的荷

不知何时，故乡的荷塘越发多了起来。转悠在村内几条主干道上，就不难发现那路边星星点点的荷塘，似乎一夜间把这里的一户户农家小院映进了画里。

一个夜雨初晴的日子，我们爷孙俩来到故乡的母亲河——枞阳神灵赛湖西南边那片迷人的水域。行走在一条中分了 200 多亩荷塘的村村通水泥路上，但见满河绿油油的荷叶宛若大大小小的玉盘，轻盈地托举着珍珠般的水滴。那小水滴似睡在摇篮中的婴儿，一个个在晨曦中醒来，不安分地翻动着身子，睥睨着一对对晶莹剔透的小眼睛，好奇地打量着我们。

那满塘荷花，素洁优雅，知性知趣，俨然是一对对情侣，与莲叶温情相依相守。此刻的我们，就像是一不小心，误入了“爱的王国”，又像是闯进了王母娘娘的瑶池仙境里。

猴急的小孙子却不管这些，刚溜下车，就顺手摘了一只长到路边还没有完全成熟的莲蓬，接着又看上了一株颔首娇羞的荷花，像只小猫咪，将鼻子贴到花蕊边，闻了又闻，兴奋地喊道：“哎呀，好香哦!”我忙用手机为他记下这一快乐的时刻。

徜徉在“荷叶田田青照水”之间，仿佛这里一下子就多了一老一小两株移动的荷花。小孙子是个闲不住的主儿，拿着我临时给他的手机，不停地捕捉着他要拍摄的画面，看上去蛮有“专业”范儿。

望着小孙子他那高兴劲儿，我的思绪一下子又回到了 50 多年前，回到了儿时在这儿踩藕、打莲蓬、捅藕心菜那一幕幕。那是一个食不果腹的年代，这片水域曾是我们填充饥肠的好去处。夏秋季节，我与村里的几个发小，常常来这里“捞外快”。

浅浅的水滩，那是我们向往的游乐场；“扑通、扑通”的水花声，那是我们钻入湖心嬉戏的“开始曲”。一只只快乐的“小青蛙”，把清澈见底的湖水撩拨得阵阵欢笑。当西边的太阳还有两竿子高时，我们把肚子装不了的甜藕、菱角，或莲蓬、藕心菜，一股脑儿地挂在胸前，大有一种王者归来的荣耀。有时候，我会带着这些外快到集市上变几个小钱，买本小人书开开眼界，或换根油条、一两个馒头什么的解解馋。或许是血液里的莲藕味道多了起来，这才渐渐地明白了“一方水土养一方人”这句话的含义。

记忆中的神灵赛湖，西拱大青山，北接马步山，南环斗山、晓峰山诸峰，东抱狗水地、鲢鱼地、茅墩、竹墩、白鸡湾后，再穿石矶头永安、永登双闸，入江达海。

那时的神灵赛湖湖面宽阔得一眼望不到边。夏天的中午，男人们肩负着一家人的期盼，划着那古老的小腰盆（一种椭圆形小木船），时隐时现地出没在湖心莲叶丛中，小心翼翼地将丝网、卡子之类的渔具放入湖中；几个不会捕鱼的憨厚人，光着身子，在河边滩涂只顾闷声闷气地拉着菱角菜、苻苻荷回家喂猪；不远处三五个浣衣的女人们，蹬在河沿上，“啷啷啷……”地敲打着棒槌，伴着“咯咯”的笑声，扯着家长里短；我们这些不安分的男孩子，趁着大人们不注意，偷偷地溜到湖边，坐在柳下，提着一竿用缝衣针弯成的鱼钩，痴痴地等待着鱼儿来咬。可那鱼儿刁得很，往往都是啃食了诱饵，或碰了几下鱼钩后，就没有了下文，只是浸在水中的一双小脚，老是被一些顽皮的小鱼儿啃得痒丝丝的，等你伸手去抓，它们早已不见碌影。更多的时候，总是见露出水面的土包上有三五只老鳖、乌龟在悠闲地晒着太阳。我常常学着电影中的八路军侦察员，从它们背后悄悄地绕过去抓。那些看似没长耳朵的鳖们反应倒是十分敏捷，往往还没等你靠近，早已连滚带爬地消失在一漾一漾的涟漪里了，只有一两只还没有成年的乌龟，呆头呆脑地没有来得及逃走，成了我们手里的“俘虏”。

每当我把这些乌龟带回家时，祖母总是趁我不注意，把它们统统地扔到门前水塘里，谎称是乌龟自己逃走了。其实，我早就从她那句“惹乌龟是有罪的”口头禅中，知道她担心我虐待了乌龟会带来霉运……可叹的是，好景不长。在我刚念初中的时候，沿湖的人们像竞赛似的圈圩造田，先后圈起了立新、姚坂、郭桥、前峰、高祖等十多个大小圩口。烟波浩渺的神灵赛湖最终“瘦”成了一副“鸡肠子”。每到汛期，一些本不该圈的圩口，只要老天爷一生气，几场暴雨过后，不是溃破、漫顶，就是内涝无收。唉，既然如此，那我们何必非要与大自然对着干呢？

想不到面前这块水域，曾经是个十年九不收的圩口。在当地政府鼓励下，被村里大户种上了荷花，成了一处休闲与创收的宝地。如今日子好了，喜爱莲花的人渐渐多了起来。我想，人们爱莲，或许是与荷花性情高洁有关吧。不知道朋友们注意到没有，那荷无论怎么看，都显得素净纯美，静如处子，动若飘逸。无论是花、叶、蕾、茎都有其别样韵味，甚至连残枝败叶都会给人一种独特的美。

我喜欢荷，是因为它有那自然、美妙、超凡的君子形象；我崇敬荷，是因为它以美示人，又以果实予人的大度；我更愿以荷为镜，修炼和完善自己。

麦园油菜花开了

小村麦园是我的故园，也是明末清初著名诗人、桐城派文化鼻祖钱澄之（1612—1693）的故里。400 多年前，诗人便出生在这里。依家谱辈分推算，他应是我上十世从祖了。明亡后，先祖回到故乡枞阳，多半时间都是隐居在麦园躬耕读书，或寓居于枞阳镇上码头闭门著述。他曾筑庐于麦园村东一田野中居住，因以“田间”自号。先祖虽已远去，但他的家国情怀和治学精神，仍激励着这片土地上的后人；先祖的那些荡气回肠的故事，就像播种在故乡的油菜花一样，生生不息，岁岁都在绽放出新的生命。

这是一个春光明媚的日子，我照例行走在门前那条最美的连心道上。蓦然回首，路边那一片片油菜花，仿佛是一夜之间竞相开放了。你看，那层层叠叠，泼泼洒洒，如梦如幻，一朵朵娇嫩的花儿随风摇曳，散发出引人入胜的光芒，成片的油菜花似乎都在共同诉说着春日的浪漫与诗意。

当那些园林里面的名贵花卉还在昏昏沉沉地睡懒觉时，这里漫山遍野的油菜花，已把春天打扮得生机盎然了。那真是“油菜花开满地黄，丛间蝶舞蜜蜂忙；清风吹拂金波涌，飘溢醉人浓郁香”。

这情景，分明就是在告诉我：春天是从油菜花开始的。油菜花开了，那就是春天来了。在我心里，油菜花就是报春花。

油菜是一种易种易收的庄稼。在故乡人眼里，她不需要深耕细作，也不用投入多大的人力、物力。君不见乡村里那些上了年纪的老人，照样可以风生水起地种出大片大片的油菜吗？“老来无处去，回家种旱地。”“一把种子戽上天，春来菜花发到边。”这些顺口溜，都是说油菜是好种易收的。

我与油菜花，可以说是一往情深。退休后的我，每年都在故乡土地上侍弄了几分地的油菜。看着这些小生命无忧无虑地生长，心里就有了一种淡定与从容。

油菜是一种跨年的植物，她几乎经历了春夏秋冬四季轮回。不知道朋友们注意到没有？她那乌黑细小的种子，是吸足了上一年度的金色阳光，带着人们的体温和希望，从一双双勤劳的手中轻盈地滑落到地面。就在那滑落的一瞬间，她还顽皮地跳跃了一下，像是在依依不舍地与你告别。不过那一跳，人们几乎是感觉不到的。从那一刻起，就意味着她入住一个新家的开始。

不吃不喝，静静地睡了几天后的种子，仍然没睁开惺忪的睡眼，只是那胖乎乎的小身子变得可爱起来。哦，这是大地呵护的结果！

过了几天，这些不起眼的小生灵，陆陆续续地绽放出如桂花瓣样的嫩黄芽儿。经过几天秋阳温柔的抚摸，小巧玲珑的油菜芽儿脱去了嫩黄的衣裸，举起了一对对嫩绿的小伞。小伞被雨露一天天地滋润、托起、撑开，阳光小心翼翼地帮她梳理出貌似椭圆形的“发型”。

数日不见，地里的油菜秧儿一个个都成了亭亭玉立的“小姑娘”，卿卿我我，羞羞答答，依偎在一块儿，小声地说着一些人们听不懂的私密话。哦，该为她们婚嫁做准备了。依照“九菜十麦”的农谚，须适时将她们移栽，否则将会耽误她们的青春哟。

油菜，虽有着菜一样的名字，却并不“实至名归”。若倒过来一念，方能看清她真实的内涵。而我更喜欢的正是被人们忽略的这一面：一种惊人的生存能力。比如，在油菜移植的季节，就不难发现被人丢弃在田头地沟里的一些弱小的秧苗，在饱受了多天的暴晒与风寒折磨之后，仍然在那里顽强地生存下来。近前细观，其根部已接上地气，奇迹般地生出如丝样白色绒根。油菜这种随遇而安的品性，正是油菜让人敬佩的地方！

你别小看一粒油菜种子，她的个头是微不足道的，但她的生命力是强大的。她无须像水稻、棉花那样娇生惯养地侍奉着，也不需要像一些娇艳的花卉那样过分地呵护，无论她落在哪里，都会默默无闻地生长、抽薹、开花、结籽的。

虚怀若谷，踏踏实实，无私奉献，又是油菜的另一种品质。她如饱读诗书的谦谦君子，从不哗众取宠。虽满腹经纶，却深藏不露，没有半点怀才不遇的怨气。尽管说是肥得流油，可她从不油嘴滑舌，更不会耍“老油条”，让人生厌。

油菜，一生都在无声无息地奉献。活着，为人们带来了多彩的世界。死后，心甘情愿化作餐桌上佳肴的配角，不声不响地流过人们的舌尖；留下的残叶枯枝肥沃了大地；伟岸的秸秆又化成了房屋装饰的纤维板。

哦，油菜这种生在泥土，落在餐桌，不图回报的奉献精神，正是我们人类应该拥有的品格！

“黄萼裳裳绿叶稠，千村欣卜榨新油。爱他生计资民用，不是闲花野草流。”乾隆皇帝的一首《菜花》诗，既抒发出了对油菜花那种喜爱的情感，也写出了一些民情民意，读起来颇有一种亲切感。

油菜花是她的俗名，这在很多人眼里，她是农作物。如果选个“花王”“花魁”什么的，肯定会没有她的名分，甚至连申报的资格都没有。可油菜花并不在乎这些华而不实的东西，春天一到，她照样准时向人们报告着春天的信息。

她先是从一节节碧玉般的嫩绿的新枝上，露出星星点点的小黄花；

淡淡的小黄花，不知道从什么时候起生成了一枝枝金灿灿的花笔；那金灿灿的花笔可神奇着呢，不用几天，就画出了铺天盖地、流光溢金的油菜花海洋。

来吧，帅哥美女们。在这金色的世界里，你会感到一种震撼，一种冲击：这浓墨重彩的春意图，这金碧辉煌的花儿们的世界，这蜂飞蝶舞的闹春景，竟然是出自一株株柔弱瘦小的油菜花之手笔！

来吧，远方的客人们。这儿不只是有诗意盎然的油菜花，还有一场盛大的油菜花旅游推广周在等着您光临哦！

来吧，这里的油菜花等着你。她们都是诚实、善良、可爱的。在尊贵的客人面前，她总是羞涩地低头、微笑，默默地为你祈祷，祝愿你笑口常开，天天开心、快乐！

来吧，这里的油菜花等着你。她们最爱和能歌善舞、靓丽俊美的美女帅哥们交朋友。在美女面前，她甘当配角与陪衬，会把你侍候得心花怒放，若是拍个照、录个像，更是不在话下。

来吧，朋友。在这个金花盛开的季节，当你走在枞阳五一村那段最美的连心路上，不远处的大青山、马步山、神灵赛湖便跃入眼帘，东边的凸山、巢山、周家山诸峰在烟气里依稀可见，脚下的G347，在那一片又一片的油菜花点缀下，成了枞川大地上最美妙的琴弦。来来往往的车辆宛如一个个跳动的音符，演奏着一曲曲丰收的乐章！

来吧，朋友。如今的油菜不仅是养育一方水土的传统经济作物，油菜花海，现已悄然成了人们踏青休闲的精神大餐。抬头又见一年春，春到三月好风光，遍地油菜花又黄。

亲爱的朋友，你还等什么呢？放飞心情，背起行囊吧，美丽的枞阳——钱澄之故里欢迎您！

四月寻芳枞水边

烟花三月，匆匆离别；四月春光，涉水而来。枞水之阳，胜似江南；石矶江滩，氤氲飘香……这里是枞阳两赛（湖）入江水口，水口两边是一望无垠的江滩。早年，水利部门曾沿着堤脚栽种了大量护堤柳树，给汛期增添了一道安全屏障。柳林外至江边那一大片滩涂，曾被当地人用来开荒种地，俗称“江边南河场”。身后不远处是生我养我的地方，也是我离不开的一方热土。

这是池州大桥合龙前的一天下午，我沿着每天都被清扫车擦拭过的033县道，骑着如我一样老的那辆旧摩托车，向池州大桥上口那一片迷人的江滩，飘然而去。

一路上，映入眼帘的全是四月天的画卷。你看，那痴情的阳光，柔情似水地抚摸着大地；沿途的油菜花，枕着春风，正在孕育着新的生命；刚放学的孩子们，如一群快乐的小鸟，蹦着跳着往家跑；远处连绵起伏的群山，在湛蓝的天空映衬下，显得格外宁静致远。

车驻永登闸，举目东望，大桥雄姿尽显。一对佛手造型的双塔，正在为两岸人们祈福。江面来往的船只，恰是被检阅的三军仪仗队，在瞩目礼中，轻快地穿过桥下。此刻，我感觉大桥似乎已通车了！我举起手机，对着面前那激动人心的画面，拍了一张又一张图片。

闸口下，是一弯通江水面。几只小船静静地躲在这里幽会与缠绵，又像是在编织着一段美丽而古老的童话。我不知道船主们，此时又在哪里？或许是在等待着一场知性的春雨到来吧！因为有了一场适宜的雨，这里的水，就会活起来，就会有灵性，就会再现那渔歌唱晚的场景。

啁啾，一声不知名的鸟鸣，把我的视线挪到了那一片柳树丛边。这些柳树，撒了一地还没有来得及处理的枯枝败叶，就迫不及待地睁开了无数只绿色的小眼。那嫉妒的眼神，似乎在冲着睡懒觉的船儿说，看你们一个个懒的！这样大好的春光，怎么还不出去走走？

只有阳光，是淡定从容的，也是古朴厚道的。她将那份纯真无邪的色彩，均匀地抹在大桥、小船、柳树的身上，还有那望不到尽头的油菜花，宛若是绣在江滩上的锦缎。

独自行走在偌大的江滩边，感觉有种出奇的静，静得几乎能够听到一片柳树叶落地的声音。些许是昨夜刚刚下过一阵春雨的缘故吧，绿莹莹的车前草、嫩嫩的野蒜苗、水灵灵的蒲公英随处可见。踩在松软而富有弹性的泥土上，不时碰到一些刚钻出地面半尺高的芦笋。眼前的这些所谓的野味，对我来说，并没有多少兴趣。我关心的只是，希望能多拍一些想要的图片。

一口横在面前的小圩，倒是引起了我的好奇。在夕阳的装点下，那小圩仿佛就是一座城。一处乖巧的闸口，仿佛就是她的城门楼。圩内的水不多，仅仅盖住了河床。夕阳落在波光粼粼的水面上，跳动着一种诗意，有种“相看两不厌”的味道。

一间低矮的小屋，孤独地守在圩埂边。可她并不觉得寂寞。我想，有她的陪伴，看河人会多点安全感。浅浅的水面，裸露着不知道何时插进去的一根根半截木桩。难道这里面又藏着什么玄机吗？水面的尽头，有只充满沧桑感的小船，像是在夕阳的余晖中慢慢地移动着，给这静谧的水面平添了几分神秘。随着“咔嚓”一声轻响，这小船，便成了我手机里的美图。

拍了十几幅喜欢的图片，仍然没有感到满足。心想，来一趟也不容易，还是继续寻找吧！就在我有些焦躁的时候，一方明镜似的水面进入了我的视线。这块近似三角形的水面，奇妙之处就在于她把蓝天下的大桥、小船、柳树、水草统统揽入怀中。看着这纯蓝而没有一点杂色的水面，感觉自己的耳边回响起奥地利作曲家约翰·施特劳斯的《蓝色多瑙河》那动人的旋律。但事实上，多瑙河并不是纯粹的蓝色，更没有这里的宁静中所透出一种别样的美。

“哗啦啦”，一阵突如其来的水花声，把我弄得大吃一惊。原来是脚下的水面那芦苇丛中，像滑翔机似的弹射出了几只野鸭。不知道是它们吓到了我，还是我惊吓到了它们。公允地说，应该是两者都有吧。尽管是惊魂一刻，但我还是给这些水上的精灵们做了一次补救性的抓拍。画面虽不算完美，看上去还是有点小开心。

正当我还在痴情地把玩着这些图片时，两位斜着身子、吃力地驮着满满一蛇皮袋芦笋的老妇人，慢悠悠地走到我跟前，善意地提醒着我：啊呀，太阳都快要下山了，你这大先生怎么还不回家呀？我只是微微一笑，算是礼节性地回应了她们。

望着远去的妇人背影，我不禁想起了这里的过往。是啊，这千亩“南河场”名字的来历，大概与其地理位置在古镇石矶头的南边有关吧。我曾听一位有识之士说，这江滩具有独特的地理位置和地貌，若稍加改造，就是小城枞阳一处难得的旅游景点。值得欣慰的是，2019 年枞阳油菜花节推广周，已把石矶头外江滩，列入了县里的“一轴四线”拍摄景点。其实这里早已被一些“大师级”的摄影爱好者，看作是自己的后花园了。

最让我弄不明白的是，那些手上刚刚有了几个闲钱的人，为了满足一种说不清的欲望，竟漂洋过海地跑到了那些怀有敌意的国家去撒钱。其实，最美的风景并不在远方，往往就在我们的身边。于我而言，家乡的景最美，家乡的四月，天最蓝、草最绿、花最艳！

荷叶田田，荷花依依

前些日子，友人给我发来一条荷叶田田旅游度假村“首届荷花节暨摄影大赛”的链接，意在提醒我该去试试手气。面对这样高手如云的赛事，我显然是心有余而力不足。转念一想，摄影只是自己的一种爱好，一种自娱自乐的生活方式，说好听点是一种晚年的风景。既然如此，若不参与，岂不是辜负了朋友的一番美意?

揣着一种不为获奖、只为开心的想法，只要有空，我便转悠在那风动荷香的池边，捕捉属于这个季节特有的画面。或许过于投入，竟被那深藏不露的蚊子咬了一个个包，回家时，才觉得有种钻心的痒。值得欣慰的是，我已拍到了多幅意想不到的图片。

荷叶田田度假村，坐拥古镇石矶头，揽神灵赛湖的湖光山色，背倚池州长江大桥与G347国道，东距我家不过几分钟车程。说它是家门口的一座乐园，并非虚言。相信大家还记得吧，2019年春，枞阳县首届油菜花旅游推广周主会场就是在这里举办的哟。

“荷叶田田”，占地几百亩，是一处民营资本兴建起来的乡村旅游示范点。初步形成了旅游观光、休闲度假，农耕文化、农家美食、农家果蔬采摘体验等特色品牌。据介绍，该项目投资规模超过亿元。用城里人的话说，这里的一些硬件设施在五星级酒店里是见不到的。是的，像这么大的规模，在枞阳乃至周边城市都难寻第二家。

以前，我总是羡慕城里人生活条件好，家里来了客人，不用忙着买菜做饭，带上钱包，找个酒店就行。现在好了，来了客人，花几个钱，往荷叶田田一坐，既让客人吃得舒心，玩得开心，自己也有面子。特别是遇到红白喜事，再也不用往城里跑了，省去了舟车劳顿。一个电话，走点路，在家门口，就能享受到城里人的待遇。

荷叶田田，与风光秀美的枞阳大青山，只是隔着神灵赛一湖之水。园北出口处，就是控制着 G347 国道的那座相国大桥。我想，投资人王恩胜或许看上的就是这里的区位优势。他不仅是一位有眼光的投资人，更是一位富有情怀的乡贤。兴办一座旅游观光、休闲度假村，一下子就为当地 50 多名剩余劳动力找到了生活出路。光凭这一点，就让我觉得他很了不起。当然也有人表示不理解，认为搞这么大的烧钱项目，简直是把自己往绝路上逼，不如投资房地产靠谱。不过大多数的人对他这种创业模式，还是赞赏有加。

可以说，我和众多的乡邻一样，一直都在关注着荷叶田田的成长。多少个晨昏，我站在园区门口，望着眼前那山那水那桥，不禁想起这片土地曾经孕育了一代贤相何如宠，想到了被学界尊为桐城派文化鼻祖的钱澄之，想到了被载入清史的好官（四川苍溪县令）钱旆，想到了追随丈夫反清复明失败后投江自尽，化作吴江一段波的女中豪杰——钱澄之方氏夫人……

岁月静好，时光总是在不断地丰富着人生的经历。在我的记忆里，儿时的夏天，这里是一眼望不到边的湖水。近岸水域是一片连着一片的荷叶荷花，夏日的南风摇曳着荷叶荷花，沁人心脾的荷香填满着行路人的鼻孔与口腔。

那时，我没少在这里玩水、打莲蓬、捅藕心菜、掰高瓜。年轻时，我在这里挑过圩堤，参与过抗洪抢险。二轮土地承包后，这里有块三角形的承包田，被父亲叫作“三角子”。我曾在那田里年复一年地播种与收获，如今，这块田已部分成了最美的连心路的路基。新的村庄规划告诉我，那块田要不了多久，又将迎来新一轮的发展机遇。

看着面前一朵朵随风摇曳的荷花，我不由得想起了那个民间故事，说荷花是王母娘娘身边的一个美貌侍女——玉姬的化身。当初，耐不住寂寞的玉姬，竟偷偷跑出天宫，来到杭州西子湖畔嬉戏，后被王母娘娘发现，打入湖中。从此，天宫少了一位美貌侍女，而人间多了一种玉肌水灵的鲜花。

历代文人墨客似乎都与荷花有缘，留下了大量赞美荷花的诗篇。如宋代学者欧阳修的词“荷叶田田青照水，孤舟挽在花阴底。昨夜萧萧疏雨坠，愁不寐，朝来又觉西风起。雨摆风摇金蕊碎，合欢枝上香房翠。莲子与人长断类，无好意，年年苦在中心里。”我想，荷叶田田，这个具有诗意的名字，恐怕就是因荷而得名的吧！

或许是刚刚投入运营的缘故，“荷叶田田”，在周边的知名度并不是很高。从地理位置来看，算是“大隐于市”的好去处，距离枞阳县城也就是十多分钟的车程。因是免费对外开放，在晴好的天气里，总是吸引了一拨又一拨城里人来品美食、游田园、揽湖光，或摄影写生、休闲放松。我想随着池州长江大桥通车，桥港工业园区的建成，今后会有一个不错的发展前景。

不少来过荷叶田田的游客说，这里的小桥流水、亭台楼阁、欧式风车、转轮水车、晃动栈桥，都给人留下了深刻的印象。

每当夜色降临，这里华灯璀璨，星星点点，如落在大地上的玉珠。荷叶田田，靓丽了麦园钱澄之故里，照亮了乡村振兴的路，惊艳了一拨又一拨来这里的游人。他们带走了开心快乐，留下了微笑和感叹。

漫步在农耕文化展厅前那块场地上，我见到了一群跳广场舞的大妈。她们踏着优美的旋律，扭动着轻盈的身躯。别看她们是一帮“乡巴佬”，可舞姿并不比城里人逊色。哦，在不经意间，我仿佛看到了那一张张自信的脸上绽放着彩虹似的梦。这是她们的梦，也是你我的梦，当然更是荷叶田田人的梦。

家门口的长江大桥

第一次认识长江大桥是在 50 年前的课本里，那是长江上第一座由我国自主设计建造的双层式铁路公路两用桥梁——南京长江大桥。没想到的是，几十年后的今天，家门口的江面上，也有了一座更加气派的长江大桥——池州长江大桥。

池州长江大桥，从 2014 年 12 月 30 日正式开工兴建，到 2019 年 7 月具备通车条件，历时四年半。可以说，在那些建造的日子里，我时刻都在关注着她的成长。多少次，我骑着单车，带着小孙子，揣着祝福与期盼，来到枞阳新开沟江边，来到何如宠老相国当年命名的这个古渡，转悠在大桥建筑工地旁，我的思绪如脱缰野马，飘飘悠悠，陷入那远去的岁月，所有的人和事，都浮现在眼前。那些年，我们若是到对岸走亲戚，或去池州赶集，都得靠两条腿量。从家里赶到渡口，虽说只有十多里，但走起来却要好一阵子。再坐上慢腾腾的小机帆船，像乌龟划水似的挪到对岸。等到了小城池州时，那已是一个时辰后的光景了。最刻骨铭心的，莫过于那场江难。那次翻船事故，就是发生在眼前这段江面上。十几条鲜活生命，顷刻之间，说没就没了！唉，伤心的往事不提也罢。在建桥的日子里，每当我看到大桥在一天天地长高，在江面上穿越，在改写这里的历史，一种抑制不住的幸福感与自豪感便油然而生。

如今，一道彩虹般的钢铁巨龙在这里横空出世，多少代人的梦想成了现实。回望这短短的二十几年，枞阳江面，先后有了两座钢铁巨龙，铜陵、池州、枞阳，两岸三地，宛若一个“跨江居民区”，乡邻们出行，有了动车、长途汽车、自驾等多种选择，从此，告别了祖祖辈辈那种出行难的日子。

或许我同芸芸众生一样，平生最大的心愿就是在通车前，能有一次机会到大桥上去走一走、看一看，摸摸这座巨龙的灵气。相信身边有这样想法的朋友不少。

临近通车日子，微信朋友圈里“晒”在大桥上游览的图片渐渐地多了起来，望着一张张灿烂的笑容，我的心被撩得怦怦直跳。我上大桥，且不说想要写点什么，想法如朋友们一样，就是习总书记说的那种“让人民群众有更多获得感、幸福感、安全感”。当然出于安全方面考虑，大桥在通车前还是要管制的，不可能是你想上就能上的。为了便于登桥，我从柜子里面翻出了那个不常用的市作协会员证，要是人家问起来，我就如实地说是上去采风，想写点文字。

就在大桥通车前不久的一天傍晚，我就像出席一场盛典似的，穿着整齐，跨上新买的电驴，驮着在家度暑假的小孙子，在初秋的晚风陪伴下，上了村内的 G347 国道。不消十几分钟，就来到了枞阳东收费站入口。远远就看见“尚未通车，禁止通行”一行红色字体显示在电子屏幕上。我的心“咯噔”一下，是不是白跑一趟了？走近一看，闸口边有块牌子写着“请出示通行证”。于是，我心里又燃起了一丝希望，掏出作协会员证，一位 50 多岁的门卫接过证件，看了一下，嘱咐我要注意照顾好小孙子，便给我放行了。这一刻，让我深深地感受到了社会对文化人的一种尊重与礼遇！

过收费站右拐不远，就上了引桥。骑行在宽阔而平坦的桥面上，那幸福与快乐的感觉，蓦然间被浓缩成了一个字：“爽”！这时，我放慢车速，让坐在车后的小孙子用手机录短视频，以作纪念。

在大桥北跨主塔下，我仰望着这座直插云霄的“佛手”，只见一根根如热水瓶粗细的钢索，稳稳当当地控制着桥面，我的心里暗暗地敬佩起建桥人来：如此一根根定海神针般的庞然大物，竟被他们像安装琴弦似的弄得服服帖帖！

我和小孙子一边居高临下地欣赏着迷人的江景，一边各自忙着拍照。“哇，这里好美呀！江面上的船只，就像是一只只鸭子在游来游去。”小孙子用他那稚嫩的声音脱口说了一句心语。

顺着江流，远眺东南。一条支流朝着那白色小方块样的建筑群缓缓地流淌。哦，那是迷人的江南小城池州。我指着小城背后那一座座竹笋似的山峰对小孙子说，你知道吗？那就是莲花佛国九华山。小孙子说，嗯，我看到了云朵在上面慢慢移动。是的，这云朵或许就是从佛国净土里升腾起来的。

回眸东望，不远处是那熟悉的枞阳邖山，向西是巍巍如屏的大青山、马步山诸峰，西南的枞阳县城在夕阳余晖下熠熠生辉……一幅幅美景尽收眼底，一声声赞叹发自心里，一张张美图珍藏于手机。

不知不觉，我们来到了一块写着“池州市界”的牌子下。我对小孙子逗趣地说，呵呵，我们已经做客池州市了。想不到，这牌子也成了我们游览拍照的一处“胜景”。

夕阳朝着山口在慢慢地坠下，天边出现了一道道如佛光样的云彩。冥冥中感觉南北两座几百米高的主塔披着神秘的袈裟，捧着六颗佛珠，在一种朦胧美的意境里，隐隐约约地诵着梵音：阿弥陀佛，施主，该回去啦！哦，这是两位佛老在善意地提醒着我们。看来这个傍晚，我们很幸运，既看到了佛光，又听到了佛音。这难道就是佛门中人说的那种善缘？

在回来的路上，我脑子里不断地在回放着“跨天堑，越千年”那一幅幅激动人心的画面与场景。这画面，让我联想到 2018 年是改革开放 40 周年，2019 年是新中国成立 70 周年。对于国家，70 年的历程让这片土地发生了波澜壮阔、天翻地覆的改变；对于每个家庭、个人，70周年切切实实带给我们巨变，让我们的生活更加富裕、美好，让我们对未来充满期望！我庆幸自己生活在今天这个四通八达的时代，安享着一个幸福而快乐的晚年。值此新中国七十华诞到来之际，我要大声喊出自己的心声：祖国母亲，生日快乐！我对您的爱永远不变！

布谷飞飞劝早耕

当窗外刚刚泛起一帘灰白色时，我已被回荡在小村上空中那一阵阵布谷鸟的叫声唤醒。这清脆而悠扬的歌声，不仅唤醒了我，也唤醒了外面的世界。走出小院，我漫步在村前的机耕路上，呈现在眼前的是，刚刚翻过的一层层冲坂田，浅浅的田水似一层透明的保护膜，包裹着褐色的泥土。倦怠了一个寒冬的稻田秸秆，已化作了泥土中的营养。一片连着一片的金灿灿油菜花儿不见了，取而代之的是密密匝匝的玉簪般的籽角，这分明是在告诉勤劳的人们：一个丰年即将到来。地里的玉米秧，不知道什么时候放出了几片嫩绿的叶子，悬在叶尖上的小水滴，似一颗颗珍珠在晨曦中闪闪发光。只有路边几株无人问津的野桃树，还在自恋地炫耀着那点稀稀落落的花儿。这情景让我想起了清代诗人姚鼐的《山行》里的诗句：

"布谷飞飞劝早耕，舂锄扑扑趁春晴。千层石树通行路，一带山田放水声。"是啊，季节不等人，春耕已然来临!

"突突……"，一阵旋耕机声把我的视线引向前方。不远处，一大一小两台旋耕机正在奔跑、歌唱。几只早起的八哥算是逮到了机会，轻盈而乖巧地跳跃在机子后面那新翻出来的泥土上，欢快地捡拾着便宜。相对而言的是，那身着一袭洁白连衣裙的鹭鸶们就显得格外矜持，懒得去与八哥争食，只是用那细长的腿在水田里踱来踱去，宛若是 T 形台上走秀的美女模特。

在一弯道处，我遇见了枞阳五一村腾达农场主何孔友。眼前这两台机子就是他租来的，司机师傅在加班加点。几句招呼后，我不解地笑问他：“何老板，你做田干吗要用一大一小两台机子？用一台大机子做不是更划算吗？”“钱老师，你有所不知，我所承包的土地基本上是冲坂田。这些田都分布在梯形的冲口里，上下坡度较大，不适合大机子耕作，只有冲脚下的那圩田，大机子才派上用场，小田块只能用小机子来做。”呵呵，不是园中人哪知园中事？

攀谈中，我得知何孔友当初创办家庭农场的事，并不是一帆风顺。早年的他，怀揣着一个个梦想，做过水产，搞过农产品加工，也尝试过农产品流通，但都没有成功。

五年前的一个春天，不甘于现状的他，说服了家人，拿出了家里所有积蓄，在众人一片疑惑的眼神中，果断地承包了本村 100 亩撂荒田。经机械平整成片，开挖了 7 条旱能灌、涝能排的沟渠，架设了总长 3000 多米的抗旱排涝用电设施。有投入必有回报，100 亩撂荒田，当年就喜获水稻 13.5 万斤，净收入 10 万元。

初战告捷，信心满满的他，在第二年，早早地就将村里的汤庄、何园、刘庄等 7 个村民组 270 亩山坂田全部流转过来，总亩数达到了 370 亩。经过改造，初步达到了“集约化经营，规模化种植”的模式。“腾达家庭农场”也成了当地一块响当当的牌子。

谈到今年的农事，何孔友意味深长地告诉我：农时不等人哦，幸亏动手早！截至目前，370 亩稻田已完成了栽插前的翻耕，所需的化肥农药和种子等农资都已备好。接下来的任务主要是，根据天时安排人手播种与田间管理。今年的疫情，可能会导致全球粮食市场价格波动较大。作为一直在享受政府扶持的私营小农场，要有等不起的紧迫感、慢不得的危机感、坐不住的责任感，种好粮食、端牢饭碗，是嘱托也是使命，更是光荣与骄傲！听了何孔友一席话，感觉面前这位新型职业农民的眼界就是不一样，我不由得对他竖起大拇指。是啊，手中有粮，心里不慌，道理就是这么简单。

告别了何孔友，聆听着田陌里的机器声，闻着空气中的泥腥味，这种味道无异于一种粮食的味道。是的，每一个春天，都是生命全新的开始。铧犁下，春芽破土而出，迎接春光。更耐人寻味的是，春天的歌声，往往都是在布谷鸟的叫声里真真切切地奏响，也是在蛙鸣虫啾，土地浸润，溪水叮咚声中到来。相信那些早起的人们，就是听着这歌声，走出了疫情的阴影，走进了希望的田野。只有被人瞧不起的懒汉，才躺在家里睡大觉呢。勤劳的人们都知道，春天是播种希望的季节，那是耽误不起的啊！

草莓园里的笑声

早就想到“双凤草莓园”去看看了，因为最近一段时间，我被朋友圈里那些来自双凤草莓园的草莓图片撩得心里直痒痒的。

其实双凤草莓园离我家不远，园主就是枞阳五一村农民钱叶平，园的名字取自他的妻子李双凤。夫妇俩虽说与我同住在一个村子，但因中间隔着汴泗河与汴、戈两个圩口，于是两地就有了几里地路程。正是由于这几里地的路程，使我们之间变得似陌路人。初次见到他们，是在他的“双凤草莓园”里。

那天下午，我骑着电动车，慕名来到双凤草莓园门口。车子还没停稳，忽然天下起了一阵淅淅沥沥的雨。这春雨就像是好客的劝酒主人，动不动就趁人不注意给你满上一杯，但这并没有影响我的兴致。理由很简单，对我来说，一次春雨就是一次春天的免费“洗礼”。在简易的园门口，我第一眼看到的是，园门口立有一把褪去了色彩的大伞。伞下是一张小木桌，几只小塑料筐箩里装着的全是一颗颗晶莹剔透的草莓。那红而艳的色泽，似乎是在向来客炫耀着主人的一种成就感。一帮衣着时尚的城里年轻小夫妻，带着孩子，拿着小箩，正分头往几座大棚内钻。我想，这就是当下流行的一种亲子采摘草莓体验活动吧。

说来见笑，这样的场面，对我这个懒得出门的人来说，还是第一次看到。因事先有了电话预约，我与钱叶平很快就认识了。几句寒暄之后，我便尾随远方的客人，钻进了其中的一座草莓大棚里。啧啧，真是让我开了眼界！通体泛白的塑料大棚内却是难得一见的另一番景象。一株株匍匐在地垄里的草莓，开着一朵朵娇艳欲滴的白色小花，那小巧可爱的花瓣似一张张小嘴，将几根银针般的花蕊含在口中，似吞非吞。由红黄白几种色调搭配的心形的草莓果子静静地睡在花丛里。这情景似乎给人一种错觉：若看那刚绽放的花朵，感觉面前是在春天里；若看那诱人的果子，又仿佛是置身在秋天的收获季节里。而边开花边结果，或许就是草莓这种植物的一大奇观吧，如此曼妙的景致，如何让我不爱它？我忙掏出手机，将这些小精灵统统收入相册。

趁着来客还在大棚内精挑细选地采摘草莓，我转身回到钱叶平的大伞下，与其拉起了家常。面前的这位中年汉子，身子虽然显得有点单薄，但给人留下了一种干练利落的个性，清瘦而黝黑的脸颊上，写满着自信和希望。谈到种植草莓的事，钱叶平心情难以平静地告诉我："在一次轧草事故中，我老婆意外地失去了右手。从此，一家人的生活陷入了困境。为了让我早日走出生活的阴影，镇村干部们多次登门向我普及扶贫政策和相关法规，还帮我与农户签了土地流转合同，让我享受法律保障，现在我通过种植草莓和葡萄以及养殖孔雀和羊，收入逐年增加，去年彻底告别了贫困……"

接着，他又指着面前这片十亩地的草莓园对我说，钱老师，你是知道的，这里原来是一处地势较高的黄土坡，被老辈人俗称为"毛墩"，意思就是不毛孤岛。我接手前，这里已荒芜多年。去年，镇村干部帮我解决了一笔 5 万元的国家无息贷款，解了燃眉之急，让我及时地建起了这座造价 10 多万元的园子。

在谈到草莓的销路时，钱叶平一脸兴奋地告诉我，现在人都讲究生活质量，食用的东西不仅注意安全、环保，还注重营养、药用价值。是的，确实如此。回家后，作为草莓种植门外汉的我，经查阅资料，得知

《本草纲目》上也有这样的记载，草莓具有“补脾气，固元气，制伏亢阳，扶持衰土，壮精神，益气，宽痞，消痰，解酒毒，止酒后发渴，利头目，开心益志”等多种药效。

生产周期短，见效快，销路好，是目前草莓种植的一大优势。若是管理得当，正常年景，是从上年 11 月中下旬到第二年 5 月上旬，都有草莓挂果面市，因此当年收回投资款并不是什么难事。谈到用工情况，钱叶平指着不远处一间小铁皮房告诉我，为了便于打理园子，一家四口分两处吃住，老母亲和孩子住在家，自己和妻子吃住在园里。遇上忙不过来时，也要找人帮忙的。通常都是本村的几个贫困户，一年下来，也给他们增加了七八千元的收入。

说着话的工夫，钱叶平的妻子李双凤，一位身高不足 1.5 米的中年女子来到我面前，朝我憨厚地笑了笑，算是一种礼节性的招呼吧。看着没了右手的她，我实在不敢相信眼前这座精致的草莓园子是她与丈夫一手经营出来的。

钱叶平说，回想过去的日子，自己像一条海中没有方向的船，心里一片茫然，更谈不上安全感。但经过这几年的打拼，凭着一股韧劲走出了泥潭。是的，历经了生活的磨炼，李双凤这位残疾人变得坚强从容，面对困难时，她不言沧桑，不语忧伤，不再手忙脚乱，而是能坦然面对。忽然大棚内传来一阵阵孩子们快乐的笑声，此刻的李双凤也笑了，笑得是那么灿烂。

当我挥手与钱叶平夫妻告别时，目光再次投向他们住的那座闷罐似的小铁皮房子时，一种敬佩之情油然而生：钱叶平夫妻，用行动诠释了什么是心宽天地宽，心静世间静的积极人生。而我们这些物质生活越来越好的当代人，脸上的笑容却越来越少了，越来越焦虑了，抑郁了……

哦，原来快乐无关金钱，无关身份。雨仍在下，风还在刮，但我归程的路明显温暖了很多，心情也豁然开朗了。

军民鱼水情

受持续强降雨和上游来水叠加影响，枞阳县境内的各大湖泊均超警戒水位。截至 2020 年 7 月 17 日，仅菜籽湖水位已达到 17.23 米，超保证水位 0.38 米，防洪形势十分严峻。紧急驰援枞阳的武警蚌埠支队数百名官兵，连日来，一直顶风冒雨，在县城防洪墙下，踩着泥泞，挥着汗水，装袋、搬运、压实、加固，以血肉之躯，守护着枞阳县城最后一道安全屏障。

枞阳镇五一村“麦园荷香生态养殖”的张钱、刘宏龙、张士兵，都是有着军人情怀的三位合伙人。当他们获知官兵们这一阵子没日没夜地辛苦筑堤，深感不安。三个年轻人觉得，应该为子弟兵做点什么。7 月 17 日下午，受合伙人委托，法人张钱，驾车带着一批刚加工好的生、熟仔公鸡、茶叶蛋和从超市选购的一线品牌方便面、矿泉水、饮料等，慕名来到枞阳实验学校蚌埠市武警支队临时驻地，向驻在这里的官兵献上了一份爱心。

刚受到枞阳镇党委表彰的优秀党员张钱，是去年年底回乡创业的一位年轻人。年初，因疫情影响，活禽交易市场曾一度被关闭，刚刚才起步的这个小微企业便跌进举步维艰的深谷。在五一村驻村工作队队长、村联合党委第一书记周斌（由铜化集团公司下派挂职）和县委办左克才、村联合党委书记钱春林等热心帮扶下，凭着一股拼劲，企业慢慢地走出困境。为了回报社会，他们决定捐献价值 3000 元的爱心慰问品。或许这些物品显得微不足道，但对一个处于创业阶段的小微企业来说，已经很不容易了。重要的是，让人欣喜地看到了，灾难面前，总有一种力量在支撑；危急关头，总有一种精神在迸发。面对险情，子弟兵们冲锋在前，成为危险地带的“突击队员”。更让我感动的是，枞阳社会各界志愿者们都在用不同的方式书写着自己的大爱，为眼前这场大灾难带来了一些温暖，增加了一抹暖色。

“谢谢你们的帮助，你们是最可爱的人!”这是我在捐赠现场听到最多的一种声音，也是爱心企业人士表达最多的一句心语。志愿者们一个个深情地表示，人民子弟兵为保护咱们枞阳人民生命财产安全做出了巨大贡献，他们默默无闻地付出，值得我们每一个枞阳人敬佩和学习，他们是当代最可爱的人！我还注意到，有几位家长把已上中学的孩子带到现场感受这种特殊教育。

当天下午，在官兵们的临时驻地——枞阳实验学校，我还见到了远道而来的江阴市福缘义工和铜陵三毛服装有限公司、安徽力峰建材科技有限公司、枞阳出租车 6 号台志愿服务队等多家爱心企业。钱同宝中校代表蚌埠市武警支队向爱心人士表示一一感谢。感激之余，这位中校军官一次又一次向志愿者们敬礼，并热情地邀请大家有机会到蚌埠来做客。

置身现场，我一直被那血浓于水的亲情与气氛深深地震撼着，感觉自己的内心世界受到了一次净化。我坚信：有当地各级党委和政府的坚强领导，有人民子弟兵的奋勇战斗，有广大志愿者爱心汇聚的强大力量，我们同呼吸、共命运、肩并肩、心连心，一定能够打赢 2020 年抗洪救灾这场硬仗。

辑二

枞川古韵

九 龙 庵

芒种节气已过去了数日，乡邻们忙着收割油菜籽、栽种玉米。我独自一人，开始了九龙庵之旅。

或许是多年没有走过这条路，眼前的一切都觉得是那么新鲜与美好。平坦整洁的乡村道路两旁全是绿荫连绵，路上几乎没有行人，也见不到车辆，感觉有种出奇的静，静得可以听到一片枯叶落地的响声。

路边那些不知名的白色小花，每隔一段路就能看到几株。那浓郁的香气，始终迎着我。我使劲地吮吸着这久违的味道，脑子里满满的都是一种神清气爽的感觉。

拐过了一道又一道弯，在一条水泥路面的尽头，有一块简易的提示牌写着“大青山九龙水库休闲垂钓中心”的字样。哦，九龙庵应该就在水库的后梢了。刚前行不到百米，忽闻林荫深处传来一阵“汪——汪汪——”的犬吠声。须臾，就见园门口出现一大一小两条冲着我龇牙咧嘴的黄狗。

“好了，好了，不要咬！”我循声望去，见从园内快步走出一个身着黑色 T 恤衫的汉子。他支开了狗，我停好车，告诉他，到这里来是为了看看九龙风光与几处摩崖石刻，顺便拍些照片。

汉子说：哦，那石刻可不好找哟，还是我带你去看看吧！

我一听这话，心情顿时舒爽开来，连声道谢！

经闲聊得知，他叫佘有才，是这里的农场主。周围山坡上那绿油油的茶园、葱茏的果木林，还有山下那近百亩面积的水库都是他一手打理的。

行至一处早已没有了水流的山沟边，佘总停下脚步说，这下面有块古老的石刻，可以下去看看。我顺着他手指的方向，低头、猫腰、拽树，小心翼翼地转到沟底，在布满苔藓的岩石正面找到了“亦自悠然”四个一尺见方的阴刻字，但未见有落款人与题刻年月。据说这字是明嘉靖年间（1522—1566）御医何云峰所留。“亦自悠然”，不难理解。在我看来，这与陶潜“采菊东篱下，悠然见南山”有着一种相似的韵味。我忙用手机将其存入相册，以分享题刻人那种悠然自在、闲适的生活心境。

顺着石涧蜿蜒而上，双脚不时地踩着那些被千百年风雨洗刷过的麻石阶，感觉自己已置身在那个古老的年代。

佘有才指着一尊通体圆润的巨石说：“呶，虎跑泉到了。”哦，虎跑泉，一听这名字，就觉得这里面有故事。当然，以虎跑泉作为旅游景点，相信在神州大地上肯定不会少。如在杭州市西南大慈山白鹤峰下慧禅寺内就有虎跑泉，该寺亦俗称虎跑寺。我兴致十足地绕到那巨石前，见正面有“虎跑泉”三个硕大的石刻，字体同样为阴刻。这字无论远望还是近观，都是那么遒劲有力，给人以一种艺术上的享受。

虎跑泉的意象，除了虎以外，应该还有泉水叮咚。可惜的是，今日的虎跑泉除了仅存一方石刻外，什么也见不到了。更让我纳闷的是，这么好的石刻，为何不见当年的题刻人的落款与年代呢？或许这与题刻人那种看破红尘而不愿留名的秉性有关吧！而民间说法是，这些石刻都是何云峰晚年隐居九龙时所留，他将自己一手建起的庐舍称之为“九龙庵”。

说到“庵”字，恐怕会有不少人认为：那是尼姑待的地方。其实不然。“庵”的另一种意思就是指一种圆顶草屋。而晚于何云峰 106 年的桐城文派开山鼻祖钱澄之（1612—1693）在他的《虎窦记》中说，“土人言其中故有庵址，废久已”，难道这久废的庵堂就是当初何云峰所建构的?

据青山何氏族谱称，何云峰（1506—1576）是大明御医，嘉靖年间（1522—1566）安庆府医学正科（明清时代府医学官名。府曰正科，州曰典科，县曰训科）。晚年的何云峰归隐九龙幽谷，究竟是为了避兵燹之乱，还是另有原因？这些还是留给史学家们去考证吧。

据说，何云峰筑九龙庵，并在庵内开设义塾，延师训导族中子弟。所需资金，悉数来自他名下的店铺与田产收入。他还自立九龙庵学社碑：“岫（云峰）藏祠之左建义塾，子姓纯良者俾延师训导之……各宜体念如达，公斥毋负我心。”云峰临终前，曾交代“吾其长息于斯乎，基焉祠焉”，意思将屋宇用作自己的墓祠。云峰离世时，后人遵从他的心愿，将其安葬在祠后，并在门前立了一座牌坊，上刻“大明御医何云峰之墓”，在墓祠四周立了坟界，并刻山禁碑一块。在我见到该碑时，其已于 20 世纪 70 年代被垫放在九龙庵中进（时作古塘公社九龙大队林场用房）的大门前作踏步石，上面的部分字迹因长时间被人为地践踏而难以辨认。该碑石长约 1 米，宽约 0.7 米，为汉白玉石料所制。

今人只知枞阳青山石屋寺有“十六景”，却不知道青山九龙亦有“十景”。那是先贤何云峰在九龙庵留下的文化瑰宝。他将这十景雕刻在庵后一处崖石上，并雅称之为“玉屏”：

允龙潜洞　二虎跑泉

玉屏障墙　石鼓悬空

裴仙故迹　汪圣遗踪

长江流带　翠峰笼云

马踏真石　鸟落苍洲

山不在高，有仙则名；水不在深，有龙则灵。青山九龙，因其独特的文化底蕴而美名远扬。应该说这是先人留给今人的一份珍贵的旅游资源。方以智的外祖父、明进士吴应宾（1564—1635）在《云峰公传》一文中说：“青山有坞，其名九龙，相传为羽人所栖，然销沉久矣。公乐之曰：吾其长息于斯乎？墓焉祠焉，甓为群室，听子弟贴括其中。即以其山供樵苏第割半食黄寇之典守者。何氏之彦，今成进士者多人，潜而跃率于兹宇也。余尝一至其地，鸣泉淙淙，竹柏成列，壑幽谷窈，时笼云雾，磐石可坐者随地而有。四山如环，缺其南面，每开霁则长江如练，远岫列屏飞飒据案可数。公炉烟茗椀坐啸其中，乐哉邱乎。”吴应宾这段记载九龙庵的文字，与钱澄之在《虎窦记》中记录的“距青山一里，冈峦迤逦以南，忽回旋若有抱者，土人言其中故有庵址，废久已，荆棘蒙笼，豺虎狎处，樵夫牧竖皆踯躅不敢深入……予从子龙友（钱欧舫，方苞挚友）名其庐曰虎窦，请予记之”有着异曲同工之妙。其情景描述，与我在现场所感受到的有着惊人相似！

九龙庵，四面环山，独南面开阔。竹柏成荫的出口处，是一泓碧水。那灵动的水，将蓝天白云、秀竹森林、奇峰怪石统统揽入怀里。置身这里，俨然是走进了世外桃源。

或许我这次来得还不是时候，应该等待一场大暴雨之后再来这里。那会不会是这样的一番景象：耳畔所听到的是，除了百转千回的鸟鸣，还有那似从天上飘落下来的山泉曼妙之音。这声音会让人超然脱俗，有灵魂被洗刷了的感觉。

下山时，偶遇了九龙村 88 岁的长者何来德。老人给我讲了一个这样有趣的故事：说是很早以前的某日，有当地一伙人上山打柴时，见青山脚下的一山崖上有九条“蛇郎中”（这种动物也称四脚蛇，俗称蜥蜴或石龙子，因为它有“蛇”字，许多人怕被它咬后中毒，其实，四脚蛇既不是蛇，也不会咬人的）齐刷刷地趴在上面晒太阳，见了人不仅没有逃走，反而摆出“九龙戏珠”造型。同野之人，哪见过这等奇观，一个个都觉得十分蹊跷。因蛇郎中的长相与传说中的龙颇有相似之处。于是，有人说，我们今天遇到了圣物，应当行叩拜之礼。说也奇怪，等众人行完大礼起身时，却再也见不到九条“蛇郎中”的身影。为敬畏此事，山下村子，因名九龙。

他与一座桥同辉

有的人炫耀自己见多识广，常说："我吃的盐比你吃的米多，过的桥比你走的路多。"桥和路就像人生履带，或者说无数个人生叠加就是桥和路。

我这里要说的也是一座桥，一座古老的石拱桥。建桥者为 500 年前本家一位名叫钱如畿的先人。这桥坐落在距枞阳县城北约 40 公里的麻溪河上。值得一提的是，2019 年 4 月 9 日，钱家桥被列为省级文物保护单位。这对钱氏家族来说，确实是一种莫大的荣幸与鼓舞！

据枞阳钱氏家乘及相关史料记载，钱如畿（1485—1533），字公锡，明弘治（1488—1505）年间贡生，曾官至浙江布政司都事。一个明代布政司都事，究竟是好大的官？我并不清楚。而百度说这一职务，在明代官员的位阶中，相当于当时的中层官员，清朝沿袭，正式定为正四品绿营武官。家谱告诉我，如畿公是我上十五世远祖钱如岳（1466—1520）的堂弟，擅长古文诗词，著有《柳溪遗稿》若干卷存世。

家谱说他因不屑于官场那尔虞我诈、钩心斗角的风气而归隐故土枞阳，构别业于河滨，环庐植柳，自号柳溪。或许是受钱氏家训家风的熏陶，如畿不仅淡泊名利，而且乐善好施。每遇灾年，常施粥于路人，或见身边有穷苦人家断了炊，总要嘱家人送去一两斗米接济一下，因此被乡人尊为“钱大善人”。

明弘治年某个夏日，归隐田园的钱如畿，路经麻溪河王家渡，见这条不是太宽的河水，却阻断了两岸的行人，给当地百姓带来诸多不便。陷入沉思的他，心想，自己是不是该为这里的乡亲做点什么。于是他找到地方官员，说要从自己养老的俸银中拿出一笔善款建桥。此等好事，地方乡保长们当然是求之不得。很快就请来了当地的一些能工巧匠共商建桥方案，并发动当地民工投劳。斗转星移，冬去春来。一座气势恢宏的大石桥终于赶在汛期来临前建成了。开通之日，地方官员自然要请柳溪公到现场题写桥名。慈眉善目的柳溪公，手捋美髯，在众人的一片喝彩声中，欣然命笔，行云流水般地写下了“柏家渡桥”四个桌面大小的字。意思是，因原渡口叫王家渡，又有柏氏家族聚居河东，故名柏家渡桥。如此低调没有半点沽名钓誉的想法，着实让人钦佩。而当地百姓却不大习惯叫柏家渡桥，在他们眼里，既然建桥善款全部来自钱如畿，那么该桥就应当称“钱家桥”。

这座雄伟壮观的大石桥，在当时来说，其影响力也不亚于今天的一座长江大桥。用今天的话说，当地的区位优势明显提升，一些商家先后云集于此，渐渐形成了一方小集镇。而新兴的小镇名字，也顺理成章地叫“钱桥镇”，并一直沿袭至今。

沧海桑田，经历了数百年风雨考验的大石桥稳如泰山。到了清道光二十年（1840），当地人对桥更是呵护有加，并在桥身立下护桥公约碑一块，以资永久保护。清光绪二十年（1894），该桥进行了一次修缮，并刻有捐款者与重修记事等石刻，记载着其修建经历及管护诸方面的条款。

钱家桥，浓缩着一个时代的建筑风格和艺术。这是一座三孔二垛花岗岩质石拱桥，全长 34 米，宽 4.4 米，高 7 米。桥垛逆水流向，呈船头尖形。分水墩为条石垒筑而成，桥面由长形条石铺架构成，砌筑错落有致，沉稳坚固。两旁石雕，蹲狮望柱；栏板饰有翼龙、飞蝶、花卉等精美图案。古朴典雅，镌刻精细。对研究明中期石雕艺术，具有很高的历史价值。

500 年时光，在历史的长河中，虽说不够长，但也不算短。钱家桥依旧还是当初那个模样，依旧静静地横卧在古老的麻溪河上，依旧任凭这一方土地上的人从她身上跨过，依旧以欣赏者的姿态，看河水落下去涨起来。昔人已远去，留下的只是一道如虹的桥。我想这桥身就是先祖如畿的化身，她静静地卧在这里，看日出日落，赏麻溪河岸柳絮飘飞，听流水潺潺，沐天地之灵气，与日月同辉！

巍巍青山，悠悠文脉

已入人间四月天，对于诗人而言，这是一个对酒作赋的季节；对于画家而言，是天青色等烟雨，是缭绕的山雾，是雨后的初晴；对于我而言，是梦里老家，是追寻与缅怀一位位先贤的日子。

来到大青山，一个人静静地伫立在石屋后的石阶上，摩挲着石壁上的摩崖石刻，聆听习习山风在深情地吟诵着何老相国的诗句："坚云堕地阁山椒……"恍惚中，我似乎看到了一位位先贤圣哲，或谈笑风生，或开怀畅饮，或相互唱和，或挥毫泼墨，或独坐幽篁……

含黛凝翠的枞阳大青山，浑然雄奇，巍峨壮美。远看，似一座巨型丰碑；近观，如端坐的一尊大佛，有风韵天成的神秘感。而半山腰石屋，似天造地设，更像是天边飘过来的一朵"祥云"。

推开虚掩的山门，步入石屋，是间近百平方米的大"客厅"。闭上双眼，凝神屏气，耳边隐隐约约传来那悠远的读书声。盛夏，这里清凉静谧，远离尘嚣，是难得的修身治学清净之地。

我们若要了解"相国书庐"，不得不提及清末藏书家、桐城派后期作家萧穆（1835—1904）。他在《追录旧游何氏青山石屋寺后记》一文中讲了这样一则故事：青山有一天然石屋，为何如申、何如宠读书处。某年岁末，身无分文的兄弟俩，不便回家过年，就待在山中读书。除夕夜，三更时分，忽听屋后山中“轰隆”一声巨响，哥俩出来一看，惊奇地发现山中突然开了一个大洞，洞内亮如白昼，里面白银累累。何如宠视而不见，他拉着二哥如申的衣袂，叫他快回屋去。何如申一脸无奈地说道：“我俩如此窘迫，以后用钱的地方肯定不少。眼下借钱无门，一家老小何以为生？不如现在暂借一银，等以后有钱了再奉还到这里，也不算失节。”何如宠一声长叹，不再说什么，算是默认。遂写借条一张，放入洞中，从银堆上取了一锭银子出了洞来。刚走不远，只见身后的洞门又奇迹般地合上了。

多年后，何如申官至浙江右布政使。一次，他核查库银时，发现少了一锭白银，就追问库吏。库吏此前曾在库中拾得一借据，墨迹如新，忙将其呈了上去。何如申一看，正是自己当年在青山时留下的那一张。他惊奇不已，赶紧从自己的俸禄中补交了欠银。萧穆在文末不胜唏嘘道，何氏兄弟为官数十载，高风亮节，人神共知。借银一事，是天帮善人，也是试探兄弟俩的操守如何。萧穆以此告诫乡邦后俊：“处困之时总要志气坚定，如何氏两公之所行，方为载福之器也。”

何如申中进士后，初授户部主事。大司农赵南渚很看好他，推荐如申到辽东督粮。管粮之事，向来是个肥缺。何如申到辽东之后，按时足额发放军粮，从不克扣。若是遇到朝中粮饷不能及时拨付时，他必想方设法借资照常发放，赢得了卫士们的拥戴。他离任时，部下们将其督署围了起来，乞求他留任。三年后，何如申另有升迁，不得不离开辽东。他离职之日，军民拥舆而行，顶炉燃香，烟雾弥漫数十里。后官至嘉湖参政，转浙江右布政使。引疾归里时，除了几箱图书之外，身无长物。后任见他实在过于清贫，且身体有病，需钱医治，便在何如申走后，设法筹集了一些银两，遣人送到他的青山故里。这时，何如申已经病重不能说话，但他神志清楚，以摆手示意诸子，勿收此款。卒后遗薄田数亩，居室亦不蔽风雨。何如申竟如此清白，坊间将他列为老桐城清官廉吏第一人。

何如宠（1569—1642），桐城人（今枞阳县石矶大青山人）。明神宗万历二十六年（1598）进士，官至礼部尚书，拜武英殿大学士，赠太傅，是明末一代名臣。《明史》称他“操行恬雅，与物无竞，难进易退，世尤高之”。如宠文才出众，在南京居住时，方以智、冒辟疆等复社诸公子常出入其门下。著有《后乐堂集》《西畴诗集》等传世。

大青山，钟灵毓秀，孔孟儒学在这片土地上源远流长，孕育了多位才俊。明清时，仅何氏一门就出了七位进士。其中明代三人，清代四人，而何如申、何如宠兄弟则在万历二十六年（1598）同登进士榜，成为科举史上罕见的佳话。另五位分别是：

何应奎，明万历四十七年（1619）进士。

何采，何如宠孙。清顺治六年（1649）进士。

何隆遇，清康熙五十一年（1712）进士。

何循，清乾隆四十年（1775）进士。

何元辅，清道光三十年进士（1850）进士。

大青山人文底蕴深厚。明清以来，达官显贵，名流学者，前来寻幽访胜者络绎不绝，石屋古寺声名鹊起。以文章传道义，以诗篇记良辰，其诗歌有着“诗史”之称的钱澄之，曾在石屋寺留下诗文多篇。其中《书石屋僧化衣缘簿》一诗这样写道：

六月炎蒸正中伏，老夫逃暑上石屋。
山门昼闭徒众稀，沙弥迎客出无衣。
明朝持簿长一尺，愿乞匹布增光辉。
今年天旱农最苦，尔持此簿向谁语？
早暮精耕拜世尊，好仗佛力四天雨。
秋成大有人乐施，破衣且向檐前补。

在另一首《石屋》诗中，钱澄之又慨叹道：

石屋重来万恨侵，独留高桧碧森森。
两廊罗汉旧相识，记得捻须夜苦吟。
唱和已稀莲社侣，送迎不见虎溪僧。
夜深醒却十年梦，独对千峰一点灯。

在石屋寺，至今我们还能见到清末书法家方守敦、文学家殷希生等先贤留下的诗文题刻。清末举人殷小经曾为石屋作联曰：

古寺万山深，凭画槛雕栏，却放怀千里长江，如游赤壁黄州，鹿门襄水；

竖云九霄坠，眄奇崖灵壑，倘寄迹六朝胜境，那数翠螺采石，钟阜秦淮。

大青山文脉涓涓绵长，到了现当代，同样是英才辈出。如民国时期冯玉祥的秘书长何其巩，曾出任北平市首任市长。皖中教育名士何子诚，早年受教育家陶行知教育理念影响，潜心致力于家乡教育，创办了青山学社，桃李满天下，被邑人尊为“教育大家”；其孙何斯迈，作为安庆一中高二学生，斩获了第 33 届国际中学生数学奥林匹克竞赛金牌殊荣。

如今，大青山是一张备受人们青睐的名片。在当地有青山中学，有大青山村；在县城有青山路……从这里走出去的学子，已有不少人成为社会精英。他们当中，除了有安徽省委组织部常务副部长何军，也有像何刘胜、何晓明等在国内外高校、科研机构的知名学者。还有大家熟知的我军信息化知名专家钱立志少将，其祖籍就在大青山南边不远处的何家徐庄。有这么多先贤、名流、才俊，出生、生长或血脉根源在这片土地上，你能不为大青山有这样深厚灿烂的文脉和灵气而感到骄傲吗？

大青山有着丰沛的水资源，终年不断地注入山下的神灵赛湖，即便遇旱，也不断流。这或许就是青山不老、文脉长流的一种诠释吧。

大青山与佛教文化同样有着深厚的历史渊源。据记载，东晋建元初，高僧清洪禅师云游至此，见石屋大喜，遂辟为佛门净地，凿佛像于壁上。后经四处化缘，募得善款，于石屋旁添建佛殿，因名“石屋寺”。

古时青山还是道家修炼之地。相传元至正年间，有道人裴某号“仙人”，于石屋中修炼，有乌鸦为其清扫庭堂，白驴化米供其饮食，即所谓的“乌鸦候客”和“白驴化米”；石屋后树木荫翳，花香鸟语，其间有一“炼丹井”，为裴仙人炼丹处所，民间说他在青山之北的会宫岭得道升天去了。

明正统初年，西蜀圆态和尚续建庙宇，香火日盛，梵音远扬，享有“青山小九华”的美称。后因世事变迁，屡建屡废。殿内遗存碑刻 6 块，似乎在向世人反复诉说着石屋寺的前世今生与岁月沧桑。

民国年间，僧人释真达为石屋寺住持。他除悉心研究佛学外，还尚习中国传统武术及岐黄之术，在革命战争年代与我党地方领导人结为至交，多次冒险接待和掩护革命者，为共和国的解放事业做出了贡献。新中国成立后，中殿因白蚁侵蚀，残败不堪而拆除。1987 年，经真达主持四方筹集善款，恢复了中殿。禅殿上悬有何如宠手书“水月津梁”四字木刻。

寺左厢房后有一眼“龙隐灵泉”。据当地人介绍，此泉的开挖是真达大师为解决当地居民旱季饮水难的一大善举。当时他四处寻找泉源，终究在竹林脚下掘得此泉。泉眼建成后，似大地的乳汁，常年汩汩不断，清冽、甘美。有诗赞道：“龙隐千古石不开，大师真达破尘埃。从兹佛地无干旱，一眼清泉立井台。”“龙隐灵泉”，现为青山十六景之一。

大青山自然景观十分丰富。洞壑幽深，奇岩怪石，星罗棋布。老虎洞，奇石磊磊，从上入内，如高空坠落；再觅出口，须躬行，或伏地匍行。金鸡洞，陡岩峻险，望之心惊胆寒，无人敢攀；锣石，如天造地设；鼓石，酷似鬼斧神工；鹰嘴石，神形毕肖；虎石，栩栩如生；狮石，横卧高岗之上，须毛皆全；青鸟飞栖于崖壑，流莺婉转于高空，清泉倒挂于崖上，翠柏耸立于岩端。这就是前人依景构想出的“大青山十六景”，现留刻在石屋寺内石柱上。

大青山长满了密密匝匝的树木，杂树生花，姹紫嫣红。最醒目的当属修身竹了，它们亭亭玉立，纤尘不染，在清冽的山风里姿容曼妙地舒展着，窈窕地沐浴着每一阵风每一场雨。大青山因有树而媚，树有山而壮。翠竹既显示了大青山的阴柔，又映衬了大青山的粗犷和阳刚。

我喜欢大青山上的野茶。清明时节，也许是刚下过雨的缘故，一棵棵半人高的茶树，早早地生出了茶芽。那种近似半透明的浅绿色茶芽，远远看时，像一种通体覆着一层细小绒毛的小动物，咧着小嘴，挤满枝头。

哦，巍巍青山，悠悠文脉，绵绵不绝！

一代贤相何如宠

徜徉小城枞阳，抬头就见城外东北角不远处有一峰挺立。远远望去，山青色紫，巍峨生秀，因名青山。山下有个叫何家祖庄的小山村，400 多年前，明崇祯朝户部尚书、武英殿大学士何如宠（1569—1642），人称何宰相就出生在这里。这也是枞阳史上唯一的宰相。青山，因此被当地人看作是一座有灵性的山脉，故俗称何家青山，如今又多了一个昵称：大青山。

一月茅堂两度过，适欢无奈故人何。
开筵水近鱼虾美，卜筑山深松桂多。
不少残题淹岁月，依然尘榻挂烟箩。
殷勤往事重回首，黄菊丹枫满旧柯。

这是何如宠写给同里布衣老友——钱澄之父亲钱尔卓（又名钱志立、钱镜水）的一首《再过钱尔卓草堂》诗作。读着这首诗，可见其不以华衮布衣而疏远，唯有君子之交坦荡荡的品行。怪不得《明史》称他“操行恬雅，与物无竞，难进易退，世尤高之”，可见其有着过人的人格魅力。在民间，关于何如宠的传说故事很多，现撷部分与读者朋友共享。

重诺守义

相传，少年何如宠，家境贫寒，一度为丐。正如他在《外舅许公静斋墓志铭》中所说的："宠，公之赘婿也……宠家故寒俭。"许静斋的墓志铭实出何如宠之手，何家当年的"寒俭"是可信的。

何如宠在"墓志铭"中又称："宠生七龄，偶持书本拾薪山隅"，这里"持书""拾薪"，正好印证了下面的一则民间故事：年方 7 岁的何如宠，人穷志不穷。上山放牛、打柴时，怀里总是揣着本书，有空就拿出来读。买不起笔墨纸砚，就用树枝当笔，在地上或沙盘里写着画着。有时候，砍好柴，他就静静地守在学馆外，如痴如醉地听着里面的先生讲课。日子一久，那些孔孟儒学经典，便烂熟于心。

何如宠是个重情重义的人。他在最困难的时候，是当地一位名叫许静斋的乡绅收养了他，并以未来的女婿名义帮他完成了学业，考取了功名。得志后的何如宠，一直保持着读书人的应有品性。大婚时，岳父认为长女容貌一般，欲以容貌姣好的次女易嫁。这对别人来说，是件求之不得的事。而何如宠觉得这样做，不仅会给原订婚的大小姐带来深深的伤害，更重要的是"违背诺言，忘恩负义"，有辱读书人声誉，故而坚持与原定的大小姐成婚。

施鱼惠民

"何如宠不宠鱼"，"何宰相不爱财，河里鱼任你抬"，这古老的民谣，是说何如宠在家乡"两赛湖"（羹脍赛和神灵赛）不设管河人，让利乡人，随意业渔。相传某年灾荒，何如宠家人没收了部分下湖捕鱼人的渔具，何如宠知道后，立即给家人写了封信，明确告诫家人：灾荒之年应共度，小鱼留下作鱼苗，大鱼让人去度荒。积德无须人见，行善自有天知……何如宠以善惠民，以德传家，誉满乡邦。

身在朝廷的何如宠心系乡梓，记挂着乡里乡亲。某年，他回乡省亲时，途经桐城，向时任县令提议：沿青山脚下开挖一条经神灵赛湖、石矶头的通江河道。几年后，这条 10 多公里长的人工河开通了。各地商船带来了商贸，于是形成了石矶头小镇和新开沟江边渡口。当地老百姓去对面的江心洲（即现在的贵池乌沙）种地也方便多了。为了纪念何如宠这一造福乡民的义举，乡人遂将开挖的大沟和新设立的江边渡码，分别称为“新开沟”“新开沟渡码”，并将对面江心洲称为“乌沙洲”。

奉亲至孝

何如宠和他的哥哥何如申不仅人品和文采出众，且都是大孝子。有文献记载，明万历二十六年，何氏兄弟俩同时考中新科进士。何如宠被选入翰林院，授庶吉士。这本是一个天大的好消息。可兄弟俩却犯了难，当时，他们面临着一个现实问题，如果他们都在京城当官，那么，家乡年迈的父母由谁来照顾呢？当然，服侍父母的事，他们也完全可以让家仆去做，可此举在何氏兄弟看来，是不孝之举。身为人子，必须亲自侍奉双亲，这是基本的人伦之道。何如宠和哥哥何如申相约，两人不能同时外出为官，必须留一人在父母身边尽孝。不久，何父病重，何如宠得到消息，就辞官归家探视。他四处延请名医，想方设法为父亲治病，亲自煎药，夜里和衣而卧，端茶送水，尽心服侍，无微不至。老父去世后，何如宠压抑着内心的痛苦，又坚持庐墓守孝三年。三年后，他才依依不舍地告别乡里，回京复职，被授予编修一职。此时，因老母年事已高，哥哥何如申又暂时辞官回家侍奉母亲。连皇帝也被兄弟俩的孝心所感动，每次请假，都格外恩准。何母因为子孝，寿高九十有五，成为乡人佳话。

良好的家风，无言的教育。长孙何亮功，清顺治丁酉举人，官福建古田知县。另一孙子何采，顺治六年进士，官翰林侍读。他们都踏着祖父何如宠的足迹，传承着优良家风。

何如宠这位先贤，虽然与我们相隔 300 多年，但其高雅风范，优良家风，是立在皖江大地上的一座丰碑，是生活在这片热土上的后人的共同财富！

钱旆，枞阳史上的好官

缘　起

人们常说，一方水土养育一方人；一方人造就一方文化。钱旆出生于江南桐城南乡（今枞阳五一村钱家麦园），骨子里渗透着一种桐城派与吴越钱氏“诗书传家”文化血脉和儒家道德精髓。其实，他命运多舛。有民间故事说，钱旆早年丧父，遗下孤儿寡母，靠乞讨与亲友接济为生。其母是个了不起的女性！她宁可忍受人间千辛万苦，也要将儿子培养成人成才。或许正是苦难的人生，熬熟了他的心智。看上去，他明显地比同龄孩子懂事早。据传，他 1 岁开始说话，3 岁能对句，5 岁入学，能诵孔孟贤书，7 岁吟诗作文就见才气横溢，深受邑中名流喜爱，都称他少有大志，聪慧过人。更令人敬佩的是，他那种一目十行、过目成诵的读书能力。

一代国学名儒、族长钱光夔（1632—1706），号欧舫，字龙友，康熙丙寅岁贡士，系文学大师钱澄之从侄，亦是方苞、戴名世交游挚友。曾慨曰：此子，为吾家骄子，吾辈远不及也。康熙戊辰年（1688），年方 24 岁的他，摘取了进士桂冠，圆了读书入仕的梦想。经过一番历练，钱旆被派往交通闭塞、贫穷落后的西蜀苍溪任县令。

闻钱彭源卒于苍溪诗以哭之

烛暗窗昏夜黯然，惊闻巴蜀讣音传。
一官薄俸蚕丛外，万里全家鸟道边。
但有清名堪寿世，更无灵药可延年。
伤心堂北孀亲老，哭向秋风暮雨天。

这是清代名臣杨汝谷（1665—1740）闻钱旆殉职于苍溪任上而作的一首挽歌。显然这位左都御史杨大人是用带血的诗句在恸哭钱旆啊！人们不禁要问：杨汝谷（安庆怀宁籍）这位清廷一品大员怎么会为七品县令如此悲痛呢？欲知缘由，我们不妨先来看看民国版《苍溪县志》上是怎么说的：

“钱旆，江南桐城人，康熙三十四年以进士令苍溪。为人敦博笃雅，劝农兴学，一本于诚。目观地瘠民劳，作《田家苦》诗（其详见下文）以寄慨，深恻动人，读者泪下。又以干戈之后，弦诵声息。邑旧无书院，每学使至，应试者乏人。乃建义学于城内，使贫而有志者入其中。公暇辄与之，讲明孝悌忠信焉，夫读书稽古之法。自撰作箴论，文洋洋数百千言，得桐城一派真传。当日负笈来学者，则有渝万王咸宜、黄维屏辈，后皆领乡者有焉。而本邑中解元者，有薛景珏；得贤书者，有崔岱熊、良辅；成明经者，有任绅，亦皆出其门下，可谓极一时之盛。昔人，称苍溪为小郡鲁，至是始，复其旧矣。在任五年，卒于苍土，民哀之反亲。时，门人有送至夔门以下者，官囊则琴鹤而（无）外，惟贮有歌词挽章而已。”

从这段苍溪县志记载的文字来看，我们不难发现，钱旆在苍溪任上短短五年，体恤民情，清正廉明，兴办教育，培养人才，切切实实做了大量有益于地方的善事，我想，这恐怕就是杨大人为痛失一位爱民如子的好官而悲伤的原因吧！

钱旆在西蜀苍溪任县令，只短短五年，政绩却非常突出。不一样的苍溪，有着不一样的风土民情，钱旆任上发生了很多趣闻轶事。

带头吃螯虫

刚到苍溪上任还没几天，就有两个当地乡民相互指责地闹着来打官司。乡民甲指着乙说：“我的田和他的田搭界，他把螯虫捉了往我田里丢，我田里禾苗遭殃不浅。望大老爷明察!”乡民乙气得满脸通红地说：“不要冤枉人好不好？明明是他田中螯虫爬到我田中，反说我捉虫朝他田中放，真是岂有此理!”钱旆平静地说：“你俩无须争辩，各自回去捉两只送来给我看看。”

次日上午，钱老爷见了两个乡民捉来的螯虫，立即笑道：“哦，这个东西啊，在我们家乡安庆桐城，大家都叫它螃蟹，是可以吃的。”两个乡民听了，似乎都不敢相信自己的耳朵。难道这个长着两排脚且腥乎乎的东西还能吃？钱旆见二人都是目瞪口呆，便叫厨子把这几只蟹煮了，并端来生姜、米醋，当场吃给他们看，又叫他们也上来尝尝。两个乡民壮着胆子，各拈起一只蟹脚放进嘴里轻轻一嚼，果然味道鲜美无比，四目相对一笑，不再吵闹，各自拜谢大老爷后回去了。从此，苍溪县人都学会了吃螃蟹，也不再为“螯虫”之灾闹纠纷了。

巧解斗牛案

话说某日，县衙外一阵吵吵嚷嚷，争吵之声由远而近。只见两个乡民衣冠不整，双手扯着对方衣领，嘴里不停地骂骂咧咧，一直拽扯到大堂下也不肯松手。

钱老爷见状，操起惊堂木，喝住二人。详问得知：原来是张李两家各有一头水牛，放在同一山坡上吃草。不知何故，两头牛只要一碰面，就红着眼，顶撞在一起。这一天，说也怪，两牛越斗越生气，双方斗到遍体鳞伤也不肯罢手，结果“啪”的一声造成张家的耕牛气管破裂，倒地身亡，李家的耕牛受伤后幸存。于是，引发了两家牛主人索赔纷争。张家失去了一头大耕牛，自然要找李家来赔偿。李家认为，两牛系互斗而死，与己无关，再者自家的牛在斗殴中也受伤不轻，死活也不答应张家的诉求。

钱老爷见了，摇头一笑，提笔写道："两牛打角，一死一活；活的共用，死的共剥；汝等回家，就此算着。"哈哈，一纸顺口溜就这样轻松地摆平了两家闹得不可开交的纠纷。二人当堂愿服老爷判决，表示互不纠缠，和好如初。

扫黑除恶不手软

西蜀苍溪，交通闭塞，地瘠民穷，农耕落后；黑恶势力，欺行霸市，当地百姓，苦不堪言。身为父母官的钱旃，坐卧不安，茶饭不香。经明察暗访，摸清了黑恶势力活动规律后，制定了一套铁腕整治方案。先在城内出入口和重点乡镇张贴文告，宣布对改恶从善者，从宽发落；对继续为害百姓，顽固到底的匪首，严惩不贷。

文告贴出，百姓叫好。多数黑恶势力看到文告后，稍有收敛，并暗中观望新上任的老爷是如何烧"三把火"的。少数匪首毫不买账，继续祸害地方。钱旃一面向上级请求派军队协助抓捕，同时采取欲擒故纵、内紧外松的办法来麻痹匪首，并在一些客栈和隘口布下一张张天罗地网，最后一举将其悉数捉拿到案。所逮匪首个个都是血债累累，罪大恶极，百姓见了，恨不得都将他们一个个生吞活剐了。

为了起到杀一儆百的震慑效果，所逮匪首均采用极刑重典，接着又审结了一大批陈年积案，给了当地百姓一个久违的公道。从此，苍溪境内及周边治安环境发生了根本性改变，盗贼匪患销声匿迹，百姓安居乐业。

田家是处皆辛苦，惟有苍民苦更深。

顽石稠叠无平土，日荷畚锸耕荒林。

上山动经十余里，伛偻爬扶秃前趾。
累累怪石凿不开，披寻空隙相耘耔。
播种未及吐萌芽，野彘山鹿食之矣。
十亩常无一亩收，家中已有吏诛求。
辍耕自办差催去，为呼馌妇代犁耰。
炎天烈烈芳草秽，挥锄日中不敢退。
汗流如水湿衣裙，更约婴儿负着背。
吁嗟乎，噫嘻！
苍民营生苦如此，丰年妇子犹啼饥。
方今圣主念民依，安得绘图达金闱。
天涯小臣无治术，朝朝惟有泪沾衣。

一首钱旆的《田家苦》史诗，不仅让我们看到了300多年前的苍溪是何等贫穷落后，而且还看到了他用血拌着泪，一字一句地写出来那种位卑未敢忘忧国的情怀。

在任后几年里，钱旆力推废陈苛，减税赋，让百姓休养生息；兴办学堂，培养人才；挖塘建堰，方便灌溉；筑路造桥，改善交通。据老辈人介绍，他还利用回乡省亲的机会，组织了一批老家枞阳的能工巧匠至苍溪，指导和帮助当地建造水车、风扇等生产农具，提高了工效，促进了当地农耕经济的发展。

钱旆殉职任上

钱旆政绩突出，官声誉满川蜀的消息，很快传至京城，朝廷便派大员来苍溪考察慰问，拟以重任。然天有不测之风云，人有旦夕之祸福。钱旆，这位年轻有为的县令，早已把身心与抱负融入这块热土，他视苍溪为第二故乡。一介文弱书生的他，自幼饱受疾苦，哪经得起如此拼命？多少个不眠的日子，耗尽了他的心血，他终因积劳成疾，猝然殉职苍溪。生命之花永远凋落在36岁的人生路上。

朝廷大员方岳高在赶赴苍溪的路上闻之殉职，痛惜万分！一到苍溪，领同僚一起捐俸银，为其治丧。出殡之日，苍溪百姓自发披麻戴孝，恸哭送灵榇至城外十里，仍迟迟不肯离去。当地一些乡贤组织民众，为钱旆送来了“万民伞”和“福泽苍溪”等多块褒奖他的匾额，其场面实为罕见！

探访枞阳长山庄“太史府第”

说来惭愧，一向以关心身边事自居的我，却不清楚家门口有座建于清乾隆年间的“太史府第”。其实，长山庄太史府第离我家并不远，只是因为隔着一道几里路宽的神灵赛湖而无缘相识。

记忆中的长山庄是奢华的，也是非常夸张的。儿时的我，每当走在上学路上的时候，总是觉得湖那边一大片白花花的建筑群充满着一种神秘感，而老辈人给我的解读是：从前，这庄上出了一个富得流油的大财主，据说是花了一百万两银子，为全家上百口人盖了一座大豪宅。因建造工艺要求高，所有工匠都是从外地请来的。建好后的房子若问有多大，里面住着几十户人家仍显得很宽敞。更令人叹服不已的是，这房子，上有走马楼可观景，下有九曲回廊可休闲。即使天阴雨下，住在里面的人，根本不用担心走湿滑的路面。长山庄凭借着这一霸气的建筑，曾一度享誉周边十里八乡。不过在老辈们口里，并听不到“长山庄”的称谓，都习惯性地叫何家长庄，有的干脆叫长庄。

有道是，好花不常开，好景不常在。生活如此，太史府第亦然。那一大片白花花的建筑群，终于在某个冬季走到了尽头。这不能不说是一件憾事。前些日子，有文友邀我去看看那风雨飘摇中的太史府第，我因琐事缠身而未能从行。见他们发在朋友圈里的图片，一下子又把我的魂魄拽走了。夜深人静时，冥冥中似乎有人在责怪我：这么好的地方，你为什么不去看看呢？五一假期的第三天，在一处似皖南宏村的老房子里，我拜访了长山庄的守望者 82 岁的何继美老人。

这是一处老得不能再老的屋子。一条窄窄的走道，一头连着卧室，一头连着厨卫。一张雕工精美的老花床，一下就把我带到那久远的年代。据何老介绍，这是他祖父成家时，曾祖父从池州府一官宦人家买来的，当时花了不少银子。床前的墙面上，仍挂着他的祖父何浩然的画像。他说，这像是祖父逝世（1948）前一省城朋友为他画的。呵呵，老人家里的背景确实不一般，怪不得乡人说他家过去是个大名鼎鼎的地主。

好客健谈的何老得知我的来意，显得有些激动与兴奋。小坐片刻，呷了几口茶，老人把我领到当年曾挂着“太史第”匾额那老堂屋前。这是一幢仅存三进的老堂屋，也是昔日长山庄人安放祖宗灵位的地方。从墙壁上刷过的涂料看，这里像是不久前做过了一次简易的修缮。一对图案精美的大门磴，稳重地驮着一副青石料子打磨成的大门框。两只大红灯笼，高高挂在门楣上。老人指着一根横梁下方的位置说，“太史第”匾额就挂在这上面。那是三个字体遒劲的描金大字。我急不可待地问，匾额现在何处？老人叹了一口气说，被毁啦！唉，可惜哦！我不禁喟叹道。站在门前一块不大的空地上，见一对半人高的麻石凿成的拴马石分立左右两侧，两尊近似井口形的旗杆石静静地陪伴在拴马石旁，形成了一种高低搭配的气场。一块不太显眼的上马石，不离不弃地守望在右边的拴马石旁。何老告诉我，这里本来有四尊旗杆石，因青山何氏祠堂需要，把那两尊好看的搬过去了。我笑了笑说，这是长山庄人舍小家顾大家的一种胸襟吧。往前看，是一方如镜的村塘。环池植香樟、枫、柳树多株。如果从民俗文化讲，这一湾池水，则是象征着人财两旺之意。当然更现实的还是，给庄人带来生活上的便利。

跨过三级青石条铺成的台阶，就是太史府第的第二进。眼前突然一亮，哦，迎接你的是，一方吸纳了天地日月之光的天井。用内行人的话说，这天井，上有“四水归堂”，下有“财不外流”。当然，蓝天白云，阳光飞鸟，才是这里常见的一道靓丽风景线。沿天井宕四周的水沟，本是藏污纳垢的地方，却被这里的雨水冲刷得异常干净，找不到人世间半点尘埃，裸露在你面前的是，那一道道如流动在人体中的大大小小静脉血管状的纹理。几株不知名的小草，似没见过世面的孩子，伸着长长的小脑袋瓜子，好奇地打量着我。此刻的我，仿佛走进了那久远年代里，痴痴地听着这里的哗哗雨声。雨帘落地成溪，池水满而不溢，悄悄地顺着暗道流向庄外。透过花栏木窗，眺望着远处的青山、笔架山，不由得暗暗地敬佩起这方土地上的先人智慧。

钱老师，请往这边看！这上方原有块匾额，上书“垂喻后昆”四个大字。哦，多么好的一处家训家风文化！可见题匾人当时的良苦用心。我顺着何老的手指看去，见到的只是，一方灰暗的墙面。何老见我有些惋惜的样子，叹口气说：唉，老堂屋共有匾额三块，还有一块是“宴启青琳”，悬挂在神龛前面，后均被毁坏。

我走出老屋，跟着何老，沿着昔日的太史府第的遗迹，一路走，一路听着老人指指点点，介绍着当初这里的模样……一路上，各种造型的青石磴、青条石与石磨、石滚、石碾，随处可见或砌在旧民居的屋脚，或遗弃在草丛中，或被垫在猪圈里作地坪……

告别老人时，他向我出示了一纸写给政府的申请报告。他说，这报告先递到村里，请他们往上反映，希望在有生之年，能看到政府把长山庄“太史府第”，列入重点文物保护单位。我手捧报告，端详着那用心血写出的一个个滚烫的文字，久久说不出话来。此刻的我，不知道是感动还是难过，似乎什么心情都有。老人在一旁憨厚而谦逊地笑着说：“我是个‘大老粗’，没有文化，写不来这东西。”我安慰他说，写得很好！如果“太史府第”修复了，今后这里又多了一个旅游观光的景点。

在回来的路上，我脑子里一直在盘桓着：何继美老人所说的长山庄的“太史府第”的主人——何依石究竟是何方神圣呢？孤陋寡闻的我，迫切希望得到准确的答案。为此，我曾请教何老，依石公的墓地还在吗？他只说一个字，在。那就好！如果去看看墓碑，或许什么都清楚了。因多有不便，我只好打消了去墓地的念头。心想，这事还是留给青山何氏有识之人去探究吧。

延伸阅读：

事实上，清朝没有太史这个职位，修史由翰林院负责，也许人们习惯于把那些翰林叫太史吧。其实这一职务并不高，也就是六品，略高于知县。何老说，长山庄的太史第的建造者，是康熙年间的翰林院进士何依石，而何依石的名字又不在明清青山何氏七位进士之列。如果从时间上判断，长山庄太史第主人有两位人选：一位是何隆遇，字志合，号石峰，为康熙五十一年（1712）进士，选授贵州清镇知县，改修文知县，调遵义知县，后又调任福建安溪知县。及至辞官卸任，仍返遵义终老。此公，既然是终老遵义，应该排除。唯有十二世何循可能性很大，何循，字质厚，号南陔。乾隆乙未科（1775）二甲第二十名进士，官翰林院编修（即太史），与当时掌院和珅有忤，谢官归里。著有《南辕诗草》《因附斋文集》。

纵观中国文化史，一直推崇一种“归隐”的情怀。何循，虽然是一介书生，自恃满腹经纶，却总是与他的顶头上司和绅说不到一块去，久而久之，二人的矛盾越来越深，这总得想个办法才是啊。多少个不眠之夜，何循想到了家乡桐南神灵赛湖里的那莼菜与江鲜，它们已成为最经典的乡愁意象。秋风起了，他要归隐故土长山庄吃鱼，喝莼菜羹了。这跟今天许多“90后”辞职的理由一样任性：“我要像梦一样自由，回家养猪。”可见，对于诗和远方的追求，古往今来的人，不会有太大的差异。

龙汝言，枞阳钱家半个状元

翻看老谱（民国版《吴越钱氏宗谱》），我的目光，久久地停留在这样的一段文字上：“学轼，鹊山公长子，子三：舟、楫、顺殇；女三：长适从九品龙骧，生子汝言，嘉庆甲戌状元……”

这段话，文字不多，但已明确地告诉我们：龙汝言，嘉庆甲戌（1814）科状元，其母，为钱学轼长女，与钱舟、钱楫是同胞兄妹。换句话说，这龙状元的外婆家，就是在枞阳钱家麦园庄。

这段文字还告诉我们，龙汝言父亲龙骧，是个从九品小吏。从九品是个什么级别官员呢？百度是这样解释的：从九品是古代的官职品级，是九品十八级官制中的第十八等级，也就是最末位的一个等级。由此可见，龙汝言父亲当时只是个最底层的小吏。

官卑职小并不可怜，可怜的是龙骧因病早早地走了，遗下孤儿寡母，靠行乞为生。钱舟、钱楫兄弟俩，不忍心妹妹和外甥流落街头，遂将母子由桐城（今属安庆市宜秀区）罗岭龙家湾接回枞阳钱家麦园庄。钱舟、钱楫秉承家学，在当地也算是小有名气的私塾先生，家境殷实。

身为钱家外甥的龙汝言，在舅舅学馆里，只管一门心思读书，无学费、生活费之忧。龙母在娘家接些纺纱织布活计，以贴补家用，日子过得还算安稳。

苦难的经历，往往也是引人向上的动力。龙汝言自然要比同龄的孩子懂事早。左邻右舍常在深更半夜，还能听到龙汝言的琅琅读书声。有道是一分耕耘，一分收获。数年后，未及弱冠的龙汝言，轻松地考取了秀才功名。

不甘寂寞的龙汝言，想去看看外面的世界。他怀揣着梦想，带着两个舅舅凑的盘缠和引荐信，只身来到千里之外的皇城寻梦。或许上天眷顾他，不久，龙汝言便找到了一份理想的家教工作，受教对象是赫赫有名的京城八旗都统家的孩子。

有句戏言说，当好运到来的时候，你想挡都挡不住的。就在龙汝言担任都统家庭教师不久，恰逢嘉庆皇帝寿庆。这位喜好玩新花样的嘉庆，要求每个文武官员在寿庆当天，须向他献一篇贺寿词。这一下，可愁坏了肚里没有多少墨水的都统大人。

正当他一筹莫展时，忽然想到了家里新来的年轻书生。于是，他将这一重任交给了龙汝言。龙汝言是个有心人，经过一番冥思苦想，他觉得这篇贺寿文既不能落入俗套，又要别具一格，方能讨得皇上欢心。

功夫不负有心人。龙汝言别出心裁地从康熙、乾隆两先帝几万首诗中搞了一个集句式贺寿词。而这种集别人诗作中的句子组合成新的一首诗的做法，当时叫作“集句”，其难度远比自己创作大得多。试想，仅从康熙、乾隆二帝的四五万首（相当于一部全唐诗集）诗中集句，其难度是可想而知的。但对龙汝言来说，是一次出人头地的机遇，他不得不拼尽全力。

转眼就到了寿庆，群臣们一个个将自己的贺寿词献上。不知道嘉庆皇帝是怎么想的，龙案上堆着那么多文臣的折子懒得去看，却偏偏要看这行伍出身的都统献上的“小贡”。看着，看着，嘉庆的脸上的笑容渐渐多了起来，连声说，嗯，不错，合朕的意！当即就要奖赏他，转而又疑惑地问，这是你作的吗？这都统岂敢贪功，便如实回禀。

当嘉庆得知作者是江南一秀才时，喜不自禁地向大臣们夸赞道：

“南方士子不屑读先皇诗，此人熟读如此，可见其爱君之诚!”当即下旨，命都统把龙汝言带来见驾。

说来也怪，这嘉庆皇帝好像是前世欠龙汝言的，一见这个眉清目秀的江南士子，就打心眼里高兴。他眯着眼，隔着龙案笑问道：下跪者哪里人士？家住何处？龙汝言操着一口枞阳腔，稳重而得体地回禀道：启禀万岁，草民龙汝言，家住安庆府桐城县大龙乡小龙保。

“哦哦，大龙乡（襄）——小龙保——龙汝言”。嘉庆一听这几个关键词，也不由自主跟着复述了一遍，心里一阵“嘿嘿”，差点笑出声来。啊呀呀，一句话，三个词，每个词都带着“龙”字。难道面前这书生是上天赐予朕的一名股肱之臣？“大龙乡（襄）”，这分明是在暗示着先皇要帮他；“小龙保”，自然是孤王我要保举了。如此看来，这士子真的与孤王有超级的缘分啊!

这嘉庆皇帝越想越高兴，当即赐龙汝言举人功名，并命龙汝言参加即将开考的礼部会试。嘉庆十六年（1811），举国关注的会试大考如期举行，主考官们夜以继日地阅卷、评卷，会试科考终于揭晓。录取名单呈到皇上面前。嘉庆一看，一甲没有龙汝言，二甲找不到，三甲还是没有，在这100多人的名单中，独独少了龙汝言，十分不快地将呈上的折子扔到一边，脸色十分难看地说，欸，此次科考太让朕失望！并将主考大臣们都训了一通。那些老朽们百思不得其解，都不知道差错出在哪，便请教了近侍太监。太监神秘地笑道：“还不是你们没把龙汝言录取嘛。万岁有这种想法，但又不便跟你们言明啊。”得到此话，大臣们都谨记在心。

嘉庆十九年甲戌（1814）科，又是一年大考时。这次，主考官们哪敢怠慢，一甲第一名，毫无悬念地落到了龙汝言的头上。嘉庆皇帝见一长串名单上赫然写着：状元龙汝言、榜眼祝庆蕃、探花伍长华……便喜出望外地对群臣们自诩说：“朕所赏果不谬也!”随即破格任命龙汝言为南书房行走，参与《高宗（乾隆）实录》的修撰。

在一些人眼里，龙汝言中状元，似乎凭借着一种运气而非自己的实力，因此各种负面的议论纷至沓来，甚至被人扣上了一顶“马屁状元”的帽子。其实他还是挺有才华的，无论书法还是绘画，都有很高造诣。有文献介绍说，龙汝言工花鸟，尤擅墨竹。

至于龙汝言后来丢官罢职的原因，有几种说法。一是说他未尽到校对之责，没有将书稿中绝皇帝的“绝”字改成“纯”字，这是直接原因。二是讲他到舅舅家拜年时，做了一桩荒唐无理事而遭到了报应。尽管这些说法没有多少科学依据，但或多或少折射出了一种风土人情。

柏文蔚与枞阳“松柏山房”

小城枞阳，有块不大的天然湖泊，叫“羹脍赛”。她如一双母性的手，轻柔地爱抚着这座古老的小城。历尽了风风雨雨的“柏文蔚松柏山房”就筑在湖的东北岸边。来自安庆方向的西南风，吹过湖面，直达松柏山房。

一个春日的午后，我怀着一颗敬畏的心，虔诚地走进柏文蔚这位国民党元老当年筑就的寓所——松柏山房。说是“松柏山房”，听起来，名字很不一般，其实就是一处很平常的民国年间的建筑，整个建筑为四合院布局。我绕着山房转了一圈，见屋脚码着半人高的麻石条，上面是青砖抹灰山墙到顶。墙体多处楔有一根根锈迹斑驳的半尺长铁楔子，这大概是用来除险加固的吧。

当我双脚踏进这座院落时，已不见当年那两株高大的松柏，取而代之的是，墙壁上爬满着肆意张扬的青苔，一株株蒿草、杂树竟然把这里当作是自己的家，一些不知名的藤藤蔓蔓爬满了门头，连窗棂也不放过，墙面多处浸染着一道道刺眼的黄褐色水迹，像是山房的老泪在纵横流淌。门前一块不大的空地上，散乱地丢放着这里“新主人”（羹脍赛湖水面承租户）的一些生产与生活用品。目睹此情此景，我的心在一阵阵地紧缩。

山房对面，耸立着一座座新开发的楼盘。那些气派的楼宇，与松柏山房隔湖相望。看起来，虽说是近在咫尺，但在对岸却很难见到这边的山房。我更不知道什么时候，山房周边冒出了一幢幢霸气的居民楼。

在县城银塘东路与东湖路交汇处附近，有条贯穿于羹脍赛东边湖汊的乡村公路。这也是唯一通往松柏山房的便道。在我的记忆里，也就是四十多年前吧，这里并没有路，一方波光粼粼的湖面成了这里的天然屏障。通往外界的出口，是一处简易的民间渡口。一只可载十几个人的小木船，是这里唯一的水运工具，渡一次里把宽的湖面，船钱是五分。

那些年，我上县城，这里是必经之路。多少次，我随着一群行色匆匆的赶集人，同坐在那条敞着口的小木船上。船后梢立着一条肤色黝黑的汉子，一匹长长的单桨，在他的胯下，吱嘎吱嘎地响着，粉色的湖水哗哗地吻着船舷，小船慢悠悠地移动着，岸上那座标志性建筑——松柏山房，在身后渐行渐远。那时，我根本不知道面前这座气势恢宏的建筑，还有一个别样的名字叫“松柏山房”，更不知道它的主人当初选择在这里筑舍的意图，是看上了这里的宜居环境，还是出于远离政治中心的一种考虑？或许都是吧。

有文献说，柏文蔚是中国现代史上一位颇有影响的风云人物，其寓所建筑风格自然也折射出了他的个性。当年，我曾见过院内有两株高大挺拔的松柏。那树梢穿过天井，如剑出鞘，直指蓝天。似乎蕴含着柏文蔚这位国民党元老的一身正气！

在我的记忆里，冬天，这里湖水落下，湖心露出一条米把宽的粉红色砂石便道，上面可容一辆板车通行。刺骨的西北风驱赶着粉色的波浪，不断地撞击着路肩下面的石块，一朵又一朵黄褐色的泡沫，不断地堆积在埂脚的石块上。这泡沫在一次次地破灭后又一次次地迭起，循环往复，像是在不断地诉说着柏文蔚当年的那些美好的故事。

柏文蔚的故事很多，也很感人。然而随着岁月流逝，大都湮灭在历史的尘埃里。这里，作者兹录两则民间故事，以示追忆、缅怀这位先贤与枞川大地结下的情缘！

手捧牛粪兴庄稼

这是一个家喻户晓的故事，说柏文蔚（当地人称柏令武）赋闲在枞阳松柏山房时，附近老百姓常惊奇地见到这位身材魁梧的皖北侉子，挑着一担畚箕，穿行于羹脍赛湖一带村落里，捡拾着人畜粪便。多日后，才发现他在寓所边开了一块精致的小菜园，里面种着各种果蔬，过着一种隐居山林的生活。

某冬日早起，他正在湖边散步，忽见不远处有泡黄牛粪，因未带拾粪工具，便走上前，捋袖、弯腰，竟用双手将牛屎捧回粪窖。沿路百姓见了，个个惊讶不已。有人不解地问他："这么邋遢的东西，您老怎么不怕呢?"他笑呵呵地回应说："这有什么好怕的？在俺老家寿县不仅用手捧，还要做成牛屎饼，贴到墙壁上晒干，当柴火烧哩!"又问："大冬天的，不冷吗?"他风趣幽默地说："刚拉的，不冷，还在冒着热气呢。"瞧，这就是柏文蔚!

虎皮被窃视相送

柏文蔚戎马半生，落下一身病根，没少遭病痛折磨。一东北好友听说后，便送他一张虎皮被褥御寒。开春后，天气渐渐暖和起来，虎皮被褥派不上用场了，由女佣拿到院子里晒晒，准备收纳起来。阳光映衬下的这张东北虎皮，显得格外诱人。女佣的那双手像中了邪似的，一遍又一遍地在虎皮上掸着、摩挲着，始终舍不得放下。一种不该有的念头，终于在她的心里萌生了：主人出远门去了，今日，其他下人都不在家，她觉得自己就是这个院子里的"主人"。这不是天赐的良机吗？何不如此这般……过了一段日子，柏文蔚从外地回到松柏山房还没几天，那位女佣突然故作镇定的称家中有变故，不能再来帮工。柏文蔚也就没有多说什么，忙吩咐家人给她结清了工钱。

转眼又到了冬天，可是再也找不到那床东北虎皮被褥了。有人给柏出主意，应该去那女佣家里查找。柏文蔚平静地摆摆手说："算了，相遇一场，也是一种缘分，就当作一礼物送她吧！”

如果说这两则民间小故事，不足以说明什么，那我们再来看看柏文蔚后人又是怎么说他的：“柏文蔚，寿县人。我们柏家一直有个传说，柏文蔚反清犯谋逆之大家规，怕株连九族，逐出柏家，从家谱等抹掉一切信息，柏文蔚流走寿县，入寿县柏氏。后文蔚三遣长子长跪祠堂，请求归宗，不许，遂在枞阳置家产。”

又曰：柏文蔚 57 岁（1932）时，“柏……又时返安徽桐城县之南乡（今枞阳）羹脍赛湖，筑屋数间，名曰：‘松柏山房’”。时国民党监察院长、书法家于右任亲题“松柏山房”匾额，悬挂于正厅。柏在自己的《松柏居士日记》中述：“一年之间，住松柏山房与昆山（上海）则占九个月与十个月之久……”

另有文字记载：柏文蔚（1876—1947），字烈武，号松柏居士，安徽寿县柏家寨人，同盟会员。武昌起义后任第一军军长兼北伐联军总指挥；二次革命时，宣布安徽独立，任安徽讨袁军总司令；1924 年国民党一大上当选为中央执行委员；北伐战争开始后，任国民革命军第三十三军军长；1930 年任北平国民党中央党部扩大会议常务委员；柏文蔚是国民党的元老，又与蒋介石政见不合，并反蒋，深为蒋介石记恨。1933 年，蒋介石曾密令安徽省政府主席刘镇华派密探监视柏。秋天，刘由安庆亲到松柏山房，目睹柏悠然参禅，笃志佛学。刘离开时，出于公正与善意，示意柏尽快离开羹脍赛湖，免遭暗害。后蒋介石派人要杀害柏，经老友于右任与蒋说情，柏才免遭毒手。

抗战胜利后，柏作于枞阳羹脍赛湖边松柏山房的一首诗云：

一别山房整十年，归来松柏已参天。
湖光倒影寒星斗，江水东流任变迁。
大难临头泯礼义，疮痍满目遍林泉。
何时恢复真民主，凿井耕田乐自然。

从这首诗中，我们不难看出柏文蔚这位追随孙中山先生革命多年的国民党元老的家国情怀，他是多么向往那种自由自在、真正民主的田园生活。柏文蔚一生追求真理，寄希望于中国共产党，曾作春联贴大门上：

渴望国共合作，倭奴奸暴终必灭；

吾神威灵显化，土豪劣绅不容昌。

民国三十六年（1947），柏文蔚登报声明辞去国民党中央执行委员和国民政府委员等职，以示同蒋介石的独裁统治彻底决裂。4 月 26 日，因患病医治无效在上海逝世。

弹指一瞬，70 多年过去。当我再次徘徊在这座“松柏山房”前时，已很难寻觅到柏文蔚当年钟情小城枞阳，视这块山水为清静之地的那种情怀了。在不经意间，我的心像是被什么东西堵住了，感觉一种莫名的痛……

麦园宝莲庵

古朴厚重的宝莲庵，坐落在麦园老虎山南麓。庵前是一片秀美的田园风光，新修的铜官路与恩胜农场大道在庵东南写了个“丁”字。青松翠竹，环庙抱庵；佛香烟火，终年冉冉。每逢节假日与农历每月初一、十五，远近游客、香客，纷至沓来，瞻仰古树、古遗存，祈祷人寿年丰。

宝莲庵，这座承载着明清及民国数百年历史文化的古庙，始建于清顺治乙酉年间（1645）。初为钱麦园党寰公家庙，其曾孙钱旆（1664—1699），字叔邕，号彭源，康熙戊辰（1688，时年仅 24 岁）进士，官四川苍溪县令。公，谨遵祖训，清正廉明，励精图治，造福于民，积劳成疾，英年早逝，痛哉惜哉。值得欣慰的是，钱旆烈迹已载入苍溪县志。

其伯兄浚城公夫妇同生于顺治辛丑（1661），得一子，幼年早殇，恸痛之极。后育二女，遂入庵堂，吃斋修行。多年后，同年逝去，乡人称奇。乾隆戊午（1738）合葬于庵庙右。所遗二女，由三弟江都夫妇抚养成人。长女嫁举人吴凡仲，幼女嫁州同知王沛远。同知夫妇，时刻怀念岳父岳母，时时惦念着庵墓香火能否正常为继。便拿出自己的俸银，命子燕词专程赴宝莲庵省祭外公外婆，并为庵堂墓场添买山场田地，以资久远祭奉，并刻“王氏置祭外祖公墓田碑”一块。

该石刻现存庵大殿前东侧。乾隆二十年（1755），宝莲庵山场田地遭侵占，朝廷相关署衙综合各地类似情况，上奏皇帝。丙戌年（1766）三月十四日，乾隆降旨恩准："依议，钦此。"是年九月，圣旨颁发，施主王衍左、方德光依据宝莲庵住持僧"松彻"所存历年契据，刻"遵示勒碑"一块，详记本庵原有香灯田、茶园山地及所置田产概况，碑首冠以"圣旨"醒目二字。其碑刻现存庵内。

宝莲庵后遭毁坏，经"法悟"僧尼及众施主的不懈努力，筹集善款，于1993年复建后殿，又于1996年拆建前殿，重新恭请了佛像菩萨四尊，又拓兴院宇，加盖僧房数间。现任住持释正定，在兴建庵宇的气魄上更是令人钦佩。新建大殿，气派壮观，为方圆几十里罕见。

每次登临宝莲庵，令我牵挂最多的是那株生长在院中的罗汉松。记得儿时，我与几个发小，几乎每年春天都去宝莲庵采摘罗汉松枝条，拿回家找来墨水瓶子洗净，装上清水，插上刚采的鲜嫩枝丫，放在窗前，天天趴在瓶边，期待它能够快点生根吐芽。明知养活不了这种灵性的东西，可自己偏偏痴痴地爱上了它。我不知道这是"任性"，还是"执着"？好在庵内几位斋奶奶都慈悲为怀，我每次去弄都从未阻止过，只是提醒少摘些，免得糟蹋了。到了上中学时，才懂得去欣赏古松的那伟岸身躯，挺拔品格，英秀气质，从此不再去动它身上的一叶一枝了。

据老辈人说，宝莲庵原有罗汉古松三株，分别长在大殿东西两边和院子中间，呈掎角之势。它们曾是远方贵客。据说都是经桐城派文化鼻祖、明末清初一代文学大师钱澄之（1612—1693，初名秉镫，字饮光，一字幼光，晚号田间老人、西顽道人），千里迢迢从福建带回故里麦园，并亲手植于庵中。当时，田间公匡明反清失利后，誓不仕清。为避清廷及投降派阮大铖一伙追杀，只好身着衲衣，流亡四方。途经闽南邵武宝莲寺，寺僧岑伯，同乡文友，留公长住，作诗多首，其中就有："参禅撒手元无事，满壁新诗任意题。""宝莲精舍倚山开，曳杖寻师破暑来。午夜梵音回客梦，半生心事付炉灰。"透过诗句，足见诗人当时的心境与被迫害的经历。

当年，田间公过邵武宝莲寺，见寺内有罗汉松多株，甚喜。寺僧岑伯便送他三株，以作纪念。三株古松，在我的记忆中仅见到了两株。庵东头那株古松早年遭白蚁侵蚀后，根烂树空，千疮百孔，成了黄鼠狼等小动物的洞府。数根碗口粗的松枝不知何时断裂而悬于空中，寒风袭来，满耳悲鸣。2008 年的那场无情的冬雪，似乎比以往任何一场雪来得更猛。这株有着 300 多岁高龄的古松终于走到了生命的尽头，如一尊得道的佛，在此坐化升天去了。

至于西边那株古松是何时消失的，我一无所知，也没有人向我提起过。现存庵天井中的这株古松，除了饱经世间的沧桑外，更多的是见证了 300 多年的风风雨雨，实属珍中之珍（注：现枞阳境内这样的古松仅剩两株，另一株生长在浮山景区东南的选佛岩前）。我想如此珍贵之树，当属镇庵之宝了。

值得欣慰的是，现庵住持释正定，不仅一心向佛，且有文物保护意识。我有幸见到了，她近几年来，收藏老庙基出土的一些石柱磴子和石刻匾额。其中一块匾额，字体灵动、飘逸，闪烁着先人的文脉与气息。我忙用镜头录下了这一瑰宝，并再三叮嘱她收好，待日后文物部门来鉴定。

如今的宝莲庵，不仅是当地敬佛参禅居士们的精神家园，更多的则是成了钱澄之故里的一处供游客人文揽胜、旅游休闲之地。

山水石矶，人文小镇

翻开民国二十七年（1938）版的老桐城县地图，沿着江边搜索，就见一个被世人渐渐忘却的小镇——石矶头。小镇石矶头西距枞阳县城约10公里，宛若县城东边的一颗小小卫星。

从山水走向上看，西北巍峨的大青山、马步山诸峰余脉绵延至此，不知道为何显得那么低调，似一匹卧槽马悄无声息地睡在这里。那圆润的“马屁股”，成了一湾江流中的矶头。多少年来，钟灵毓秀的羹脍、神灵两赛湖水从这矶头下静静地流入长江。如今，因连羹湖工程一体化，从这里入江又新添了县城西边的连城湖。没想到今日的小镇石矶头，却成了控制县城周边三处湖水入江的咽喉要道。

据当地一些老辈人说，很早以前，这矶头曾是皖江北岸中的一处险滩。因水流湍急，给往来船只航运造成诸多不便。于是便有了“石矶头，水流急，船夫到此急着哭”这一古老民谣。

水是流动的，也是生命的象征。选择依山临水而居，应该说是先人的一种生存智慧。据吴越钱氏族谱记载，钱氏迁石矶头始祖钱如岳（1466—1520，与钱如京、钱如畿为堂兄弟）于明成化年间，由枞阳宕山西迁至石矶麦园，四世之后，有了钱镜水（初名钱志立，又名钱尔卓，理学家，曾任枞阳辅仁会馆主讲多年）、钱澄之（1612—1693，钱镜水幼子）父子，以及明末重臣何如宠（1569—1642，今石矶头附近何青山人），何如申兄弟等。

早在明永乐元年（1403），桐城南乡（即今枞阳镇及周边部分乡镇）就在石矶头上口圈圩造田，故名永乐圩。天启元年（1621），桐城县令胡必选为遵从宰相何如宠之愿：据说一是为了疏通水系，二是让其大青山上祖茔“飞鹅地”呈飞鹅戏水之形，拟将大青山脚下圩、渠、河、湖疏通成大湖泊，并由何如宠定名为“神灵赛湖”。湖全长近10公里，沿途被多座大小山岗和马形山矶石阻隔。为保证按时完工，胡县令筹措银两，组织民夫，避山绕石，人工新开挖了一条长约2公里的引江济湖大沟，名以“新开沟”记之。后人为不忘这一重大历史事件，曾用“新开乡”“新开沟渡码”和“新开中学”等来命名。该大沟流域，至今由枞阳县所涉水系的枞阳、㘵山两镇共治。而绕开的突兀矶石，用其原名曰“石矶头”。

当年，民工开挖大沟时，食宿于马形山脚下的山岗，沿岗临时设立几家小商铺与客栈，以供大量民工生活之需。后来，周边商贩看上这里水运优势与商机，逐渐云集，初步形成了一处商贸交易市场，故名“石矶头小街”。当地百姓根据街面是自然形成的石头地面，又称之为“石头街”。清代中后期，桐城南乡署治，为进一步规范航运秩序，在此设立了“石矶头航道船舶管理所”，从此航商渐聚，商贸日兴。石矶头之名，也随着各地的商船往来而远扬四面八方。

咸丰八年（1859），太平天国英王陈玉成、忠王李秀成率众将于枞阳县城望龙庵召开战前军事部署会议后，有部将领千余人扼守石矶头这一军事要塞。白天，步兵山岗对阵习武，水兵神灵赛湖搏击操练；夜里，矶石上下彻夜响着“嚯——嚯——嚯”的磨刀声……当时，一乡绅为记下这一历史事件，曾在街头后石壁上方刻下五尺见方楷书“磨刀石”三个大字。太平军失利后，字毁。昔日练兵场遗址演变成了今日的㘵山镇一家生猪家禽养殖场，磨刀石旧址也被今人辟为上街头农贸市场。早在半个世纪前，当地乡镇组织群众冬修时，曾有几个农民在神灵赛湖淤泥中挖到了几件锈迹斑斑的刀矛剑戟之类的兵器。

民国二十年（1931）前后，安徽省黄梅戏第一位女演员胡普伢（原籍太湖新仓乡胡家老屋），为避封建家族迫害，携夫大老张（原名张庭玉）隐居于石矶头小镇下街头，开了一家名为“合意茶肆”的店铺，以做早点营生。馆内兼收弟子门徒，教唱黄梅调，开草台业余戏团，盛达四五年之久。其教授的“春台班”弟子，不仅在县内冚山镇的农富、新开，枞阳镇北圣、展望、龙窝、麦园、汴泗等地轮回演出，而且辐射到江对岸的乌沙峡、鸟落洲（新中国成立前，属旧桐城县新青鸟乡，今属池州市贵池区）等地。其播撒的黄梅戏文化种子一直延绵到 20 世纪 60 年代，其影响长达半个世纪。至今，石矶头周边一些八九十岁的老人，仍能字正腔圆地唱上几段黄梅调。可见胡普伢这位黄梅戏艺术大师当年在石矶头的影响力是多么深远。遗憾的是，民国二十四年（1935），这位开创我省黄梅戏坤角演员之第一人，不幸病逝于石矶头。当地乡贤陆淡如出于对这位黄梅戏大师的敬重，组织乡民募捐善款，隆重地将她安葬在石矶头后山，让她的灵魂伴着黄梅戏唱腔永远长眠在这块土地上。令人扼腕叹息的是，大师的墓地当时未能留碑记载，而这一重要史实，也只能在民间口口相传。前些年，我曾受县文联、县作协领导的委托，几次去石矶街走访一些老辈人，希望从他们口里得到胡普伢大师的一点有用的信息，终因大师当年教授的徒弟们都先后作古，无功而返。唉，只恨自己晚来了一步，遗下憾事一件！

民国二十七年（1938），日军飞机轰炸了石矶头。炸掉石矶头街后方氏油坊，炸死庐江籍雇工 5 人，激起了石矶头街上爱国青年吴多贤、陆翊青、江哲梅等人愤慨。他们自发组织“抗日盘查哨”，积极投身爱国抗日。在一个月黑风高的深夜，汉奸告密，日军突袭，将三名爱国青年抓至新开沟渡口。经严刑拷打，三人威武不屈，后被刺死于江边。英烈鲜血染红了江岸，化作江面上的一道彩虹……后经桐城县上报，民国安徽省政府批准三青年为“抗日英雄烈士”。其事迹可查1944年编纂的《安徽概览》。当地百姓被三英烈壮举所感动，自发地捐资捐物在古镇下街头水府庙侧建抗日烈士庙，供三烈士牌位、遗物以纪念。民间塾师金勺元（𫘤山镇原道畈村人）为烈士撰联悼念：

总算得健儿，为国捐躯，万姓之中称铁汉；
这才是烈士，断头不屈，千秋以后仰雄风。

1954年，一场百年未遇的特大洪水，导致枞阳县境内长江全流域大小圩口先后溃破，唯有石矶头的瓜洲圩固若金汤，最终战胜了洪魔，后被誉为“英雄圩”。自此，古老的石矶头小镇又在民间增添了几分神秘的色彩。

麦园老井

井，是一个村庄繁衍生息和兴旺发达的见证，往往与村庄历史同步，与农耕文明相息。越是名流辈出的古村，井的故事与文化越是久远、丰富与绵长。然而谁也没想到，时代发展到今天，井，竟然会慢慢退出历史舞台。那圆圆的井圈，恰是一个村落嬗变的句号。

我的故乡麦园，有新老井两口，分别建在庄前的当家塘南北两端。如果说水塘是村庄的嘴，那么两口井就是一双灵气而深邃的眼睛，在读着村庄的昨日与今日。

老井为钱氏迁麦园始祖双松公（即钱澄之曾祖）所建，至今已有500年了。新井建于20世纪70年代中期，还不满半百呢。这新井因为选错了井址，刚建起来就没怎么用。一遇旱情，无水可汲，到了雨季，这井水与塘水几乎没有区别，村里人对新井渐渐失去了兴趣，久而久之，就成了摆设。

在我的记忆里，老井边有株两人合抱不了的古栗树。硕大的树冠宛如一把巨伞，遮着井口上方好大的一片天空。健硕浑圆的树根从地下凸起，似神龙见首不见尾。更奇妙的是，大树旁还丛生了一棵茶杯粗细的小栗树，与大树连根而生，而大树的一根碗口粗的枝干，如一位母亲的手爱抚着小树，庄人给它们起了一个形象的名字叫“母子树”。阴翳蔽日的树冠深处是鸟儿的天堂。置身树下，只闻鸟歌唱，不见鸟身影。一条勉强能容自行车过去的乡间小道，在古树下画了半个圆，恰似旧时的一处驿站。

每当夕阳西下时，劳碌了一天的人们坐在古树下，喝着古井泉水，听老人们讲老井的故事：明成化间，麦园钱氏始祖如岳公，驾一叶扁舟，举家由峦漕（今枞阳汤沟钱宕山）西迁至石矶头桂庄，生子三。长子双松成家后另迁麦园，次子与三子仍与双亲留居桂庄。越数年，遇旱，人畜焦渴，水贵如油。双松公举全家之力，率庄人于村东掘井一口。井成之日，井水汩汩，泉脉绵绵，荫泽了整个村子的人畜。

清代至民国年间，村人有以井水酿酒的习惯。或自用，或代客加工。甘泉造佳酿，让这个古朴的小村庄多了些浓郁的文化韵味。

每当我翻开老谱，轻轻地拂去岁月的浮尘，细细地品味着那些带着先人气息的文字，让我敬畏的是："族人多凭势恫喝乡里，大司寇心甚不安。闻侄双松之所行，赞叹不已。乃遣书之曰：'极知汝贤，无以赠汝，𠙶山下有故井栏，相传宋陈九万物也，特赠以况贞洁。'其井栏至今在翁宅旁，共一家汲也……"这是明末何如宠老相国，为我上十四世远祖双松公（1506—1581）撰写《钱翁双松公传》中的一段文字。由此可见，该井栏就是如京公（人称钱尚书）在明正德年间任刑部尚书时，对堂侄双松贤良品德的一种褒奖。

老井，浸染着深厚的文化底蕴，有多位先哲为其撰文，或留诗作记。如先从祖镜水公（1557—1640，钱澄之父亲），曾留有"井边落日游人过，风起啼鸦老树秋"的诗句传世。从另一位先贤，田间公（1612—1693，初名钱秉镫，又名钱澄之）在《述井德》的诗文中，对老井石栏的来历讲得更详尽。其诗曰：

"有石者井，于宅之东。朝斯夕斯，以养不穷。门百其口，惟井是供。谁其诒之，曰司寇公。于惟司寇，家声有赫。同支实繁，竞趋其热。矫矫先祖，如泉斯洌。贻兹井栏，以况贞洁。井栏之来，于山之阳。彼谁者宅，墟址就荒。蒙笼荆棘，翳彼道傍。善人迁焉，厥泽以长。天道无常，惟德斯久。我饮于井，无誉无咎。嗟司寇公，遗迹未朽。丘墓将倾，子孙不守。尚慎旃哉，歌以垂后。”

以上摘自《田间诗集》167 页，诗题目下方还有这样诠释：

饮水思源，遗泽斯在。敬述四章，以示后人。

可见家祖钱澄之所述的井栏来历，与老相国何如宠撰写的传文完全一致。老井因有两位先贤的诗文而显得文化底蕴深厚。在老谱上，我还看到这样一段文字记载：清道光年间，有继配汪氏，“晚年好佛，素食善心，施茶以济行人，放生以活鱼命，此二善至殁方休，不因苦而懈其志，亦可谓乐善好施矣。”这段文字，褒奖的不是别人，正是我上五世嫡祖(妣) 汪老孺人。见了先祖善举，肃然起敬！我辈定当传承与弘扬。

如今，庄上人家都通了自来水，虽然庄人不用再去井中汲水了，但遇到应急情况时，还会想起老井。比如，2019 年一场多年不遇的秋旱，村里的几口山塘先后干涸。正当大家一筹莫展时，忽然有人想到了老井，打开了那尘封的井盖，喜滋滋地挑着老井的水，去滋润地里刚栽下的油菜苗，井口旁又恢复了久违的嬉笑声与水桶的碰撞声……

随着城市化进程不断推进，乡村的守望者也会越来越少，而老井却成了村里一位年龄最大、辈分最高的守望者。老井，似一位经历沧桑的老人，辉煌过、热闹过，目睹了村庄世世代代的悲欢离合，见证了村庄一草一木的枯荣，是一部不会说话的村史。如果老井真的有灵性，当她看到县内一条最美的连心路从她眼前穿过，并在她面前建了一座风格简约、明快的公交车站台，让庄人出行不再难时，相信她一定会高兴得合不拢嘴的，会把自己的隐退看作是一个完美的结局，为村庄走进新时代而默默祝福！

麦园百箩丘

相传很早以前，一个初夏的插秧时节，有一外地年轻货郎（俗称小卖零），挑着货担，摇着“不咚”鼓，来到枞阳钱家麦园村头大栎树下，向村人兜售着针头线脑之类的小商品。一群正准备栽秧的人也在树下歇息。忽然有人抱怨道：唉，这么大的一个田，不晓得要插到哪天？小货郎闻听，微微一笑道：“这有什么好怕的？只要有人帮我把秧拔好，均匀抛撒在田里，我一人只要一天工夫就可以把这大田插完。”在场的人认为他是在吹牛，都用怀疑的目光看着他笑。谁知，他急了，提高大嗓门再次表明态度：“我是讲真的，不是讲着玩的。”于是，有人问他可有胆量打赌。货郎斩钉截铁地说：“这有何不敢?”便主动地说：“如果我输了，将这货郎担子留下，光身走人；如果我赢了，他停顿了一下，瞅了瞅人群中一位俊俏的姑娘，指着她说，那就将这妹子许配给我为妻。”庄人根本不相信他会有这个能耐，就爽快地答应了他，等着看他的笑话。

一夜无话。第二天一早，货郎早早地来到田边，从容地挽起裤腿袖子。众人按约定，为他打下手。只见货郎身轻如燕，手疾眼快。那右手指简直就是一架纺织机在水田里来回织带。不消片刻，面前的水田就成了一大片绿色锦缎。庄人哪里见识过如此神速的插秧能手？围观的人群挤满了几条田埂，个个竖起大拇指称奇。

到了晌午饭，田里秧苗栽插也已过半。为节省时间，货郎提出把饭菜拿到田头就餐。饭后，货郎顾不上休息，继续插秧。临近傍晚，偌大的秧田所剩无几。俏姑娘的母亲欣喜地看到秧田即将插完，忙从家中端来一碗刚煮的糖打鸡蛋，来到田头犒赏未来的女婿。乐滋滋地招呼着小货郎说："伢嘞，你这头亲算结妥子了！快上来喝口水吧！"谁知人的命运，往往就是在那关键的一刻出现了变数。就在这充满着幸福与成就感的一刻，过度劳累了一天的货郎，由于一整天都是处在高度紧张的弯腰状态下，不料，这一喊，那长时间强迫性弯曲的腰椎骨哪里承受得了？只见他猛地一抬身，还没等身子站直，突然一软，瘫倒在仅剩下不足两间屋基大小的空白秧田中。惜乎，悲乎，一个鲜活的生命，转眼间就这样消失在异乡的美梦中。

秋收时，这片被神手货郎栽插的大田庄稼特别喜人，其收成破了历年最高纪录。庄人将收获的稻谷过秤时，足足装了一百只稻箩。庄人在收获惊奇的同时，为了不忘这位有缘而无分的后生，遂将这片似一小圩口样的大田命名为"百箩丘"。

藕山话藕

朋友，当你驾车行驶在池州长江大桥上，透过车窗，向太阳升起的地方望去，就见一山形如藕静静地卧于滨江之畔。我曾听不少老辈人讲，这山的名字由来是与其“藕形”有关。

17岁那年，高中肄业，经人介绍，我兴冲冲地跑到江对岸小城一所小学当了代课教师，常与同邑汤沟的一朱姓代课老兄去滨江码头溜达。

或许是初次远离家门吧，一种莫名的伤感时时袭扰着心头。徘徊在江岸，目光掠过烟波浩瀚的江面，眺望着家的方向，思乡之情就不再那么迫切。而每每进入眼帘的，总是家乡那座青紫色的藕形山峰。望见了那山，就如同看到了自己的家。在那相看两不厌的意境里，山越发娇媚起来，慢慢成了一幅贵妃醉酒的画面。

山色恬美，令人遐想，而山名读写却不那么利索。“𡵉”字在电脑或手机上都是输入不了的，就连官方往来公文也只能无奈地以“藕”或“ou”来替代。就这么一个“𡵉”字，可没少闹出笑话。

我曾见一些媒体将𡵉山读写成“函山”“了山”“山山”，甚至还有“幽山”“凼山”等。

𡵉山，在我眼里是一座与江相依相伴的“多情之山”。这不是我诳语，君不见：一江一山，同一走向，隔堤相望；江绕着山，山望着江，两情相悦，多好一对！

关于“㠊山”名字来历，我们能看到的最早的文献，恐怕是清初张廷玉（1672—1755，保和殿大学士兼户部尚书）主纂的《康熙字典》了。

该典籍子集“凵”部中是这样解释的：“《唐韵》，乌后切；《集韵》，于口切，并音殴。山名，在溧阳。杨慎《丹铅录》，‘㠊’山在宜兴县。汉‘㠊’亭侯（即汉时一种以地名册封的爵位，在乡侯、县侯、万户侯之下）㠊山即其地。今桐城、宜兴㠊山同号异地。”

1949 年 2 月，中共皖西区委，将桐城县的东南两乡析出为县，即今枞阳县。1950 年，在原破罡区的命名征求意见时，曾有干部群众提议以“㠊山”定名，后因考虑当时工农干部多，“㠊”字不易识，且行文与对外邮寄信函会有诸多不便，乃定名为破罡区。1992 年，随着教育普及，人们的文化水平不断提高，撤区并乡（镇）时，遂定名为㠊山镇。

据传，㠊山在元末明初，未圈永赖圩（亦称永乐圩。据考，若依永乐圩定名，圈圩时间应在明永乐年间较为接近史实）之前，突兀于江北岸水域中，俗称断腰山，为军事要塞，是历来兵家必争之地。对帆船水运，尤为不便，民间故有船民、纤夫留下“黄鹂山（今枞阳汤沟镇仪山）上拉断纤，只缘㠊山大矶头”的感叹。

唐末，以郭力武为首的山贼踞山扎寨，祸害百姓，滋扰官府，成了朝廷心腹之患。唐懿宗派阮况（873—944，京城长安人）率兵前来围剿。阮况采取围而不攻、以火焚山的办法，不费一卒，大获全胜。懿宗以况灭匪安民有功，赐封其为征南大将军并镇守㠊山。阮况领旨后，易名阮枞江（其详可见《枞阳文物志》第 99 页记载）。亦因其喜爱㠊山形胜，遂定居于此，成为破罡阮氏鼻祖。后来，阮氏修谱，认为其祖之名，应与山并举。寓山中匪患已了之意，遂在“凵”中加“了”，谐山之原始名莲花，花下有藕，将山名读作藕山。于是，一个生僻字“㠊”

就这样被生造出来了，没想到会给我们今人带来诸多不便。

传至明代，有后人浙江提学副使阮鹗（1509—1567），明嘉靖二十三年（1544）进士，字应荐，号藕峰，系阮大铖曾祖父，抗倭受勋，致仕归里，卒后葬山之阴，穴名“黄龙出洞”。

可惜其墓葬曾多次遭贼盗挖。令人发指的是 2002 年 7 月雨后的一天，有盗墓贼从墓侧挖洞进墓室，阮鹗尸暴坟台。有现场目击者称，阮鹗衣冠靴带完好，尸体未腐，胡须顺垂不乱，手指掰开仍自行收回握拳……后归其墓穴。1998 年 5 月，该墓被列入省重点文物保护单位，成为枞阳 G347 线上的一处重要文化旅游景点。

有民间故事说，元末群雄并起，逐鹿中原，朱元璋与陈友谅曾大战于岇山。朱元璋兵败，藏身于山庵脱险。后登帝位，封此庵为“护国庵”。至今，当地群众仍将其所在行政村命名为“护国”，以志名胜。

正因为山势如莲藕半隐半现，且“藕”与“岇”谐音，故又有双莲峰之名。民间故事一直流传岇山的藕茎潜伸江底，延至铜陵大通江面露出一片荷叶，故名荷叶洲，后更名“和悦洲”。“和悦”即“荷叶”的谐音，有暗喻诙谐之妙。从某种意义上说，枞阳融入铜陵，或许也是一种必然的结果。

山上有大小凤龙洞各一，流传着一则这样的神话：每到清明，有小龙出洞，飞往安庆大龙山扫墓祭母，沿途所经之处，遭龙卷风肆虐，毁民房，坏庄稼，伤树木……大凤龙洞深不可测。我在永登中学读书和回乡当民办教师时，曾两次登上岇山之巅，到过大凤龙洞口。那是一处约好几亩地面积的口面，呈漏斗状。洞口斜坡上长着滑溜溜的浅草丛，周围看不到一株树木，更找不到鸡蛋大的一块石头。

据说洞口周边所有石块，都是来这里的游人，出于好奇而被当作探秘之物，扔到深不见底的洞中去了。游人至此，大都不敢轻易近前，只是在洞口外远远地俯瞰，而洞中究竟藏有多少秘密谁也说不清楚。

有民间故事说，很早以前，有位胆大的樵夫，在洞口边打柴，不慎将扁担滑落到了洞里。多日后，被人在铜陵大通江心洲头发现。因此，坊间又称这江心洲的源头在凤山，其洲地又叫“扁担洲”。

每当久旱的清晨，若见山顶有云雾飘出洞外，则预示着当天有降雨。这一奇观，遂成了当地百姓看天识雨的一种依据。

凤山山体，多石少树，尤以松树罕见。据传，很早以前，山下有一喜松老农。年轻时，在山脚植松树数株，经悉心呵护，数十年后，松树参天，枝繁叶茂，绿荫如盖，成为村庄一道亮丽的风景，当地人视之为宝，故将庄名易为松园。

民国年间，松园有个叫唐瑞庭的年轻人，原仅有村小文化，后经自学，遂有长进，欲出人头地，乃自称于某夕与仙女谢自然相遇凤龙洞口。从此，文思泉涌，吟诗作赋，名噪一时。至今，犹有《春游凤山赋》《三月三日函》等脍炙人口的文字在坊间流传。我读中学时，曾见过家居松园同学有该手抄文。读后，颇感文采飞扬，耳目一新。

有资料显示，凤山东西长约 2 公里，宽约 1 公里，海拔高 254 米，为大型优质石灰矿山，总储量为 7 亿吨。如今海螺水泥公司，每年从这里输出的水泥熟料可达到 1200 万吨。这些水泥走进四面八方的建筑工地，装点着人们的生活，奉献在一座座桥梁与一条条道路上……

岁月逝去化无痕，沧海沧丧出平川。古老的凤山如一位慈母，以她那甘甜的乳汁，滋养着百万枞阳人。当然，她总会有从人们视线中消失的那一天，但愿世人能记住这座曾经滋养过我们的灵山吧！

坊间笔刀何泛滨

枞阳城北，有条扁担似的县道，分别挑着石矶头、黄泥岗这两个古老的小镇与村落，故名“黄石路”。如果你沿着这条东西走向的县道一直西行，会在终点处看到一座上下坡长约几百米的山岗。这岗被当地人称为“风水岭”。岭上的灌木丛中，有处不显眼的荒坟头。让人意想不到的是，这座无人祭奠的墓主，竟是坊间盛传已久的当地名人何泛滨！

何泛滨，清末年间（生卒年月不详）老桐城南乡（今枞阳镇何家青山）人，以讼师（旧称笔刀）谋生，终身未婚。虽说没有家室子嗣，却有文墨奇才，为人公道正义。因其在当地做了一些善事而被世人传为佳话，尤其是成功援助了一名蒙冤受屈的哑巴告状的事仍在流传。

帮哑巴赢官司

话说那日，何泛滨着一件旧长衫，背个装有文房四宝的布袋，身后跟着一蓬头垢面的哑巴，辗转来到县衙大门外。“咚咚咚”，何泛滨上来就是一阵击鼓鸣冤。县大老爷将二人传唤上堂，何泛滨示意哑巴呈上状纸。县官接过诉状，见上面只有短短几句话：“具状人，是哑巴；大老爷，准了吧。发公差，跟着他；到那家，捕那家；定有人，说公话。”

县太爷见状纸写得言简意赅，在情在理，便依状文所说，派出一路公差，尾随哑巴身后，居然轻松地将一桩哑巴冤案破了，使哑巴及时沉冤得雪。这一案例，受助的对象因是位孤苦伶仃的哑巴，相当于今天法律援助困难群体，属善事义举，从此，何泛滨在当地声名大振。

助寡妇维权

某户一女子，早年丧夫，其夫家担心其年纪轻轻，难以久留，意在净身出户，不给家产。何泛滨怜其孤弱，慨而代诉。他在状纸上奋笔疾书，写了这样几句词："十六嫁为妇，十七痛丧夫，十八公叔驱，弱女何所依？叩请老爷怜，为妇做主乎！"县老爷一见这状纸，顿生恻隐之心，遂判给田产，让其归养娘家。透过此案，可见何泛滨是个爱管"闲事"、怜弱扶孤的古道热肠人。

惩罚刁人

对一些奸巧滑坏的刁民，何泛滨向来是看不顺眼的。其家青山保（保，在旧时，相当于今天的一个行政村）边有个殷姓石匠，为人做事，投机取巧，爱占便宜，名声很臭，何泛滨早就有给他一点教训的想法。

某天，何泛滨来到殷石匠家，佯装问道："请问殷师傅，石磙（过去农家一种由耕牛牵引作脱谷用的石具）可否改作猪食槽？"

那殷石匠以为是生意找上门来了，便满脸堆笑地答道："可以呀，不过工钱肯定要加倍。"

"这个好说，我不会让你吃亏的。"

石匠用三角眼瞟了何泛滨一下："你大先生是谁？我怎么不认识？"

"你到了我家，不就晓得了？"何泛滨领着那石匠七弯八绕地来到一庄口，指了指打谷场上那个大麻石磙说："这就是我家的两个石磙中的一个，你替我加工，我回家备饭，等会再叫人送些茶水来。"何泛滨将那石匠"安置"好后，就消失了。石匠忙活了大半天，腹中又饥又渴，可始终不见何泛滨人影。正在疑惑时，一班气势汹汹的庄人围了上来，一个个铁青着脸，拳头捏着呜呜叫，指着石匠大鼻子厉声喝道：“哪个叫你毁了我们家的大石磙？你可是活得不耐烦哦？”石匠此时如梦方醒，连呼上当。白忙了半天是小，还得赔付人家的石磙钱。

惩治贪官

又过了些年，桐城来了个贪污受贿、欺压百姓的胡县官。端午节前夕，他带着多房姨太太，十分招摇地乘坐着数辆华丽彩车，前呼后拥地来枞阳江边看龙舟。何泛滨瞅准了机会，决定要为老百姓出口恶气。于是，他把所有叫花子招进全镇大小酒馆，告诉他们敞开肚皮尽兴地吃。说是今天过节，老爷大发慈悲，所有费用都由他来统一结算。老板们深信不疑。叫花子们酒足饭饱后，一个个溜之大吉。第二天，酒店老板们一起来到县官下榻处，纷纷找他结算费用。县官一头雾水：“荒唐！哪个说的？”

“何泛滨何先生说的啊。”店家们异口同声答道。

“奶奶的，又是这个混蛋的何泛滨！”这一下，可把县老爷气坏了。他忙将何泛滨传唤到跟前，咬牙切齿地问道：

“好你个何泛滨，为何这般坑害本官？今天要是说不出道理，哼哼，就刑法伺候！”

何泛滨不卑不亢地连说三声：“悲！悲！悲！”县官更是丈二和尚摸不着头脑。“你这又是何意？”只见何泛滨连连哀声道：“痛呀痛呀我的天，先皇您去未周年，文武百官皆孝服，县官锦衣看龙船。”原来，咸丰皇帝刚去世，而县官携家眷，穿艳服，享娱乐，都是犯了掉脑袋的大忌。县官一听这话，吓得面如土色，慌忙答应付清所有的吃喝账，以息事宁人。

在何泛滨大量的民间传说故事中，既有匡扶孤弱、伸张正义的，也有荒诞不经、捉弄他人的。譬如下面这两则就是他的负面故事。

笤帚诓侄

晚年的何泛滨，穷困潦倒，无家室子嗣，只得寄身于侄子家。为得到侄儿精心照顾，他曾在侄儿面前许诺："你若好好地伺候我，直至送老归山，临终时，我会给你留下一件宝贝，保证你一辈子都用不完。"侄儿见他一生行走江湖，身上不会没有一件值钱的东西，便深信不疑，小心翼翼地侍奉着。直至何泛滨快咽气时，侄儿才问他：叔叔呀，您的"宝贝"放在哪？何泛滨带着一种愧疚与无奈的眼神，望着门后一柄竹枝编的旧扫把说："那扫把上面的竹枝有的是，就留给你用来剔牙，够你用这后半生吧。"说完两眼一闭，驾鹤西去……

倒葬与顺葬

这是说木匠给何泛滨遗体收敛入棺时，为发泄往日里的怨气，故意不按民间习俗给他入敛，有意将死者头顶朝向放在棺材板小头，这样脚掌朝向就在棺材大头。孰料上山入土安葬时，土工也如法炮制，有意将棺木朝向弄反。呵呵，这样一来，正好把木匠入敛时尸身的错误朝向给纠正了，无形中又帮了何泛滨的一个大忙。事后，有人感慨万分地说，人算不如天算，这是天意啊！

以上两个负面故事，不排除与他爱管闲事而与一些仇家结怨有关，引发对他进行恶意贬损也是很自然的事。看待一个历史人物，站在今人的视角，我以为，他既有足智多谋、能言善辩、正义幽默的一面，又不乏存在着一些诡诈与下三滥的手法，甚至让人觉得有些荒唐与不合情理的另一面。当然，他那种玩世不恭、狂放不羁的个性，也是被封建道德价值观所不容的，因此有了这些类似的负面性故事也就不足为怪了。这或许也是我们见不到官方有文字记载他的主要原因吧。值得欣慰的是，在许志熹老先生编写的《枞阳历史人物志》与《青山何氏族谱》中，还能找到一些关于何泛滨的文字记载。而当地老百姓却一直津津乐道地谈论他，并记住他，恐怕是与希望有更多的何泛滨出来帮助他们主持公道、伸张正义、维护权益的想法分不开吧。

何泛滨，一位生活在封建时代最底层的凡夫俗子，一个名不见经传的讼师，一把让多少无良之人感到害怕的笔刀，自然会被人们记住。何泛滨，作为故乡土地上的一位乡贤和历史人物，不管怎么说，我还是十分崇敬他的，这也是我要写本文的初衷吧！

陆墩村民抗日记

1939年农历九月里的一天下午，一艘来自石矶江对岸的乌沙小镇日占区的小汽艇（当地老辈人称“小汽划子”）正“突突”地吐着黑烟，朝枞阳新开沟渡口扑来。小艇还未停稳，就见从船上跳下十几个乌里哇啦的日本鬼子。鬼子上岸后，分成了两组出动。前一组沿江堤窜至石矶头小街骚扰；后一组翻过江堤，沿堤脚住家逐户抢劫。

这班没有人性的鬼子见柳树下卧着一头大水牛，打起了牛后胯子肉的主意。用麻绳将那牛死死地绑在大树上，再用军刀一刀一刀地从活牛腿上直截将牛肉剐了下来，连同劫来的半坛米酒、几十只活鸡全掳上汽艇，并残忍地杀害了阻止剐牛的牛主人陆某某。接着，这几个鬼子又看上了一名正往家赶的少女，贼溜溜地紧随其后，一边追撵着一边恬不知耻地高声叫喊着谁也听不懂的怪腔怪调。

路上，这少女遇到了陆家墩的陆腊梅、陆苗秀等几名要去做观音会的妇女，忙向她们求助。陆腊梅等姐妹们，危急中将少女带进了陆墩村里藏起来，并马上向聚集在村东边一家吃丧宴（烧纸扎灵屋）的人们报信。酒酣耳热的众人一听，纷纷将酒杯摔到地上说：“不就这么几个小鬼子嘛，竟敢在咱们地盘上撒野，今天老子要让他们有来无回!”随即由陆七顺、陆保家、陆义生、陆宜云、陆旭光、陆来元、陆思南、陆子来、陆腊梅（女）、陆苗秀（女）等十几位热血青年，自发成立临时抗日民众组织。没有武器，就用家里的锄头铁锹、渔叉扁担、斧头菜刀当作武器，并商定以敲打洗脸盆、洋铁箱作警报声。一场同仇敌忾、全村杀敌的阵势就这样地拉开了。

气焰嚣张的鬼子，哪知道陆墩村人民一个个都是不好欺负的！这班家伙如入无人之境，肆意妄为地砸开一户户人家的门。当一个徒手的鬼子将躺在病床上一位老太婆的银耳环劫下后，又强行脱光其上衣欲行不轨时，被激怒的人群一拥而上。一顿乱棍后，再拎起脚脖子，将其倒拖到屋外，用一阵雨点般的砖头石块将其送回了“老家”。

在村口一处菜地，村民们见一个未带武器的鬼子紧抱着一妇女不放时，手拿锄头铁锹等农具的村民们将其团团地围住。热血青年陆七顺、陆保家怒眼圆睁，从鬼子的两侧冲了上来，挥起手中的栗树扁担，朝鬼子的后背、双膝狠狠地一击。只见那鬼子“哎哟”一声，瘫软在地。身后那些恨得咬牙切齿的陆墩人个个抢步上前，愤怒的喊打声夹杂着一阵沉闷的乱棍声，不一会儿，就将这鬼子脑袋打成了万朵桃花开，结束了其罪恶的一生。

义士陆保家不顾腹部重伤，强忍着痛，将涌出肚外的肠子又重新塞回肚内，继续与鬼子展开殊死地拼搏，后因失血过多，不治身亡。义士陆来元腿部被鬼子军刀戳了一个深深的口子，鲜血顺着裤腿不断地往下流，但他仍拿着鱼叉，死死地追着一鬼子不放。

当这穷途末路的鬼子四面被围时，如一只丧家之犬，仓皇地跳进了村边一口齐胸深的水宕中。让这鬼子没想到是，岸上一柄柄复仇的鱼叉又在瞄准着他。困在水中的鬼子拼命地挣扎，几柄鱼叉齿先后都被他捏变了形。后另一名鬼子赶来，两人合伙鼠窜到水深齐颈的庄外壕沟里。这时，村民们抬来鸭溜子船紧咬着追打，岸上的土块、石头，“砰砰”地在两个鬼子的脑袋旁溅起了一朵朵怒吼的水花。被追打的鬼子如受惊的水鼠，在沟渠里忽上忽下地躲闪着。终因鬼子训练有素，加上天色已晚，可惜未能灭掉这两个祸害根，还是让其溜到了江边，爬上了小汽艇逃走了，导致了第三天鬼子血洗陆家墩的惨案。

是夜，全村无眠，众人不敢懈怠，做好鬼子第二天要来报复的准备。各家各户备好三天干粮，村四周挖通壕沟蓄水，在垒起的三个 1 米多高的土墩上各架一支土猎枪。在村口牛粪堆处掩埋了三具无头颅的鬼子尸体（其首级全部砍下），用牛粪堆成鬼子坟，以泄国仇家恨。

次日天亮后，三个鬼子首级，有两个挂在村西 3 里地外的石矶街城隍庙前示众，另一鬼子首级由陆七顺报送国民政府桐城县去请功（陆七顺也因此躲过了第三天那场灾难）。

就在此时，距陆家墩约 10 多里地的青山何家祠堂，驻扎了一支几十人的新四军游击队伍。队长陶宏根闻讯后，第二天增派 10 多名队员前去陆家墩协防。当日昼夜无动静，10 多名队员又仓促地撤回驻地。不料第三天，驻池州日军纠集了汤沟、乌沙之敌及维持会汉奸百余人，乘坐一艘轻型舰艇过江，来陆墩村疯狂报复。狡诈的鬼子先下绕到离陆墩有七八里地的扫帚沟江边上岸。民众闻风，人去屋空。鬼子先扑向扫帚小街，逐户抢劫财物，尔后一把火将扫帚小街数百间民房烧个尽光，方丽花（9 岁）、方仁宝（6 岁）姐弟俩被烧死，同时还残杀了 6 名无辜百姓。接着，由那两个漏网而身着红马甲的鬼子做向导，朝着陆家墩一路扑来。沿途还放火烧了程家墩、朱家墩几个村庄的一些民房。

鬼子到了陆墩村口，不敢贸然进村。陆墩村民，面对强敌，毫不畏惧。他们手握铁锹、鱼叉、扁担、木棍等器械，隐蔽在屋拐墙角，等敌人近前，再来个猛然一击。已尝到了陆墩村村民厉害的鬼子，不敢轻易靠近，就用枪口逼着维持会汉奸在前探路。这些汉奸身上未配备有效武器，一个个鬼头鬼脑、战战兢兢地向村里靠近，正好挨到了村民的“闷棍”。一时间，汉奸们被揍得“哎哟、哎哟”地呼爹喊娘，连连败退。

鬼子见势不妙，忙用重武器开道。鸟枪农具岂是火力凶猛的鬼子对手？在奋勇抵抗中，几位划着小船，拿着鱼叉、鸟枪的勇士，先后被鬼子密集的机枪子弹射中，英勇地倒在河沟里。

鬼子进村，见人就杀。没有来得及转移的陆玉才的两个未满周岁的孪生妹妹，被日军用刺刀戳进体内挑死。陆思南躲在草堆里，也未能幸免。鬼子发现后，连劈数刀，割头剜心，丢进火堆。陈桂英老祖母卧病在床，强盗们将心剜出。陆守成一家九口，除本人幸免外，余皆被害。在撤往后山的过程中，又有多名义士倒在河汊中。33 名拼命抵抗的忠勇志士的鲜血染红了陆家墩的土地、沟面。与陆家墩近邻的汪家墩、胡家墩，共有几百间民房同时化为灰烬。

血染的夕阳带着凄凉的倦容，沉重地坠下山口。血色的晚霞久久不愿散去，似乎在为死难者鸣不平。夜色低垂，晚风吼着一阵阵悲壮的旋律，似乎在为死难者超度。河沿上的那些芦苇呜呜地怒嚎，仿佛是追杀鬼子的喊杀声。作恶多端的鬼子，似乎感到了又有许多中国民众拿着最原始的武器赶来拼命，害怕天黑后再遭袭击，慌慌张张地回撤。

当鬼子小汽艇发动逃离时，江滩水中还有几名受伤、没有来得及爬上艇的汉奸摇晃着手臂，朝着渐行渐远的小艇不断地哀号……

陆墩村遭难后，附近的乡邻纷纷赶来清理现场，协理善后，帮助重建。村外后山的不少群众还送来了木料、粮食等过冬的生活用品。劫难中的幸存者陆少奇等多名热血青年，在掩埋了亲人的尸骨后，主动投奔到驻扎在枞阳铁板洲一带的新四军陈定一、何东初部。

陆墩村民众英勇抗日壮举，震动了整个皖江区域，沉重地打击了日本侵略者的嚣张气焰，从此以后，皖江地域小股零星的鬼子再也不敢出来骚扰百姓了。

抓　　周

抓周是一种古老的习俗，在家乡枞阳一直很流行。

依照旧习，当小孩满周岁时，都会给孩子举办一次抓周仪式的。当然这抓周是有讲究的。到了抓周那天，父母长辈们要给孩子穿新衣、戴新帽、着新鞋、套长命锁等。因小孩这些新衣全是亲友送来的生日贺礼，俗称“百家衣”。有民谣说：“姑姑的鞋，姨姨的袜，家（外）婆的兜肚，舅母的褂。”至于小孩脖子上挂的“长命锁”“项圈”或脚颈上戴的“脚箍”之类的小物件，是来自外公外婆的“特供”，其他亲戚不可代劳。因民间普遍认为，外孙是外公外婆身上长出来的“根”。小孩周岁生日穿上“百家衣”，戴上“长命锁”，则寓意托百家福，将会易长易大。

生日当天，还要为小孩准备一把新买的长木梳，俗称“平安梳”。由其祖母或曾祖母，给宝宝边梳头边吟唱周岁“梳头谣”。当年，我儿子周岁生日礼梳头时，是由我祖母亲手完成的。

记得老太太边梳边低声浅唱道：“一梳智慧开，我伢聪明乖；二梳财富来，我伢发大财；三梳手儿巧，我伢做事好；四梳人缘好，贵人多得不得了；五梳身子好，无病无灾立业早；六梳点状元，富贵万万年；七梳八梳梳成一百二十岁（方言音，细），我伢胡子拖到地。”梳毕，大家都夸老太太口才好，记性好。老人家一脸成就感地说：“还有好多词儿呢，老了，记不得了……”

完成穿戴梳洗，父亲照例要抱着小孩，跪拜神龛上悬挂的“天地君亲师”神像，禀告宝宝满一周岁的讯息，祈祷神灵及祖宗的庇佑。接下来的才是抓周。此时，有人早已在桌上摆好了文房四宝、钱币、印章、糖果、玩具、土块等，呈半弧形，让小孩端坐跟前，不给任何引诱，任其自主挑选。若是女孩周岁生日，则会添加胭脂水粉、针头线脑等物品。如果小孩抓到了铜钱，在场人就恭维说，小孩将来有花不完的钱财，享不尽的荣华富贵；如果抓了印章，则会祝贺小孩将来飞黄腾达，前途无量；如果抓了笔墨，则会贺喜小孩将来会金榜题名、光宗耀祖等。

枞阳曾有民谣说：“七坐八爬，九月长门牙；三翻（身）六上，十月能站；十一月学讲话，十二月叫大大（爸爸）。”过了周岁生日的小孩，喜欢模仿大人，会有自己的喜好，他们对眼前五彩斑斓的玩具和食品更有兴趣，抓起的往往也是些精美包装的糖果、亮丽的玩具，甚至，有的男孩对那些花里胡哨的胭脂水粉更有兴趣，这时，大人们看见小孩抓到这些东西，一个个地都会笑骂小孩是个吃货、耍公子，将来有口福、艳福不浅等等，纯属讨个口彩，大家都不当回事，一笑置之。

在我的记忆中，抓周真正灵验的少之又少，仅有一例，让我眼界大开，实属偶然吧。那是多年前一位年长的许姓同事，老婆养了一对双胞胎男孩。抓周时，老大抓了本书，于是取名许双文，长大后考上师范大学，毕业成了一名中学教师；老小抓了把玩具枪，因名许双武，长大成了一位少校军官。这情形有点像钱锺书。据说锺书先生周岁抓周时，抓了一本书，其父就给他起名“锺书”，结果后来真的成了一代著名学者和作家。

在科学高度发达的今天，人们仍然会给自己的孩子操办“抓周”的，其安排都显得十分的周详和庄重，但已不是那么看重抓周的结果了。一个周身散发着乳香的婴儿是纯洁无瑕的，纯真的明眸里，则闪烁着人性通往神性的短暂一瞥，有谁还会在乎当初孩子抓周时手里的那点东西？

压 岁 钱

春节，是中国人最具生命情感的日子。每逢春节，长辈总少不了要给儿孙一些“压岁钱”，祈望孩子们过个“四方无事”的太平年。

儿时，腊月一到，我就天天扳着指头，盼着腊月廿四这天快点到来。因为小年一到，我们这些曾孙辈们就会得到曾祖母的一个红包。那时不懂事，把长辈们的恩赐，则是当作一份私房钱的来源。记得每到小年前一天，曾祖母就托人捎口信，叫我们去她那里接受压岁钱。那时，曾祖父已过世，她一个人孤零零地守着石矶小街上那一大幢房子（早年，她与曾祖父在这里经营茶馆），其收入来源主要靠零星的外地小商贩来歇脚捡几个零花钱。她每次给我们的压岁钱都是四角，可能有“四世同堂，事事如意”这样的寓意吧。

印象中的曾祖母，是位非常心细的人！几份压岁钱看似不多，但在50多年前却是个不小的数目。那时候的“红纸包”没有现在精致的外套，外面只是卷着一道两指宽的红纸条。当我接过那留有体温的压岁钱时，老太太的一双浑浊老眼顿时泛起了光亮，一脸慈爱地替我们讨着新年的彩头说：包两个钱给我伢起起意思，望我伢无病无灾，顺顺利利，长大个子，念书聪明考大学，将来活120岁，胡子拖到地……如今，每当我想起这些话，泪眼婆娑里，总是闪现着曾祖母佝偻的身影，那压岁钱的往事，是一种植入了血脉里的记忆！

压岁钱是一种古老的民俗，始于唐代。据说，唐玄宗天宝年间，宫廷盛行春日撒钱。这钱除贺喜外，主要是长者为新生儿镇邪驱魔。

民间故事说，压岁钱，源于一个美丽而神奇的故事。古时候，有一种小妖怪叫“祟”，大年三十晚上会出来活动。一旦来到别人家里，就用手去摸熟睡中的孩子头。小孩被摸过后，就会发高烧、说梦话，退烧后就会变成痴呆或疯癫之类的废人。大人们怕“祟”来伤害孩子，常常在除夕整夜亮灯不睡，守护在孩子身边，因此叫“守祟”。

相传，有对夫妻老年得子，视为掌上明珠。到了年三十晚上，他们怕“祟”来祸害孩子，就拿出八枚铜钱和孩子玩耍。不到一个时辰，孩子玩累了，就去睡了。夫妻俩把这八枚铜钱用红纸小心翼翼地包好，放在孩子枕头下，便和衣坐在孩子身边不敢合眼。

大约夜里三更时分，小木门突然被一阵阴风吹开，昏暗的油灯忽地一下也灭了，“祟”如幽灵般的出现在孩子床前。正当妖怪那毛乎乎的手伸到孩子的头上方时，枕头边猛然迸发一道道耀眼的金光，那“祟”哇的一声尖叫，夺门而逃。

翌日天明，夫妻俩把用红纸包八枚铜钱吓退“祟”的事如实地告诉了村子里的人，大伙儿都觉得这事既新鲜又神奇，后来大家都学着做，孩子们从此便太平无事了。

后来被一得道高僧揭开了“谜底”：原来八枚铜钱是八仙变的，在暗中保护孩子。因为“祟”与“岁”谐音，就逐渐演变成了今天的“压岁钱”。

其实，我们每个人都经历过压岁钱那段美好的时光，都会有一段幸福的回忆。古人云“礼敬存诚”，就是要孩子学会惭愧，懂得感恩。告诉孩子：压岁钱虽然是一种习俗，是长辈对孩子们的一种怜爱。但这些钱不是你的劳动所得，所以应该怀有惭愧的想法。收到钱时，应该感谢；而花钱时，则应该感恩。我想，这一点恐怕是天下所有的为人父母或长辈们最大的心愿吧！

闲话拈阄子

我曾读过一则这样的小故事：说是很早以前，有对恩爱夫妻因受朝廷迫害，两人中必有一死。夫妻双方都希望对方能够活下来，争相赴难，于是相约抓阄。丈夫急中生智，便在两个阄上都写了“生”字，妻子先抓，如约当活，丈夫甘愿赴难。在今天看来，这位对妻子深藏大爱的丈夫的“作弊”，分明是充满了正能量。

“阄”字，百度的解释是：为了赌输赢或决定事情，预先在纸上做好记号揉成纸卷或纸团，然后每人抓去一个，打开看，按纸卷或纸团上定的行事。这种纸卷或纸团称“阄儿”，这种做法称“抓阄儿”。

抓阄，在枞阳俗称拈阄，又叫抽勾，这是民间“公平、公正”处理一些棘手问题的方式；而官方则美其名曰“抽签”或“摇号”，通常也是地方政府破解一些敏感问题的有效办法。

拈阄，源于何时，恐怕很难给出准确答案，不过有一点可以肯定，很早就有了，也可以说是先人的一种智慧。从古文献记载看，抽签可以看作是拈阄这类行为的起源。当初，先人出于一种占卜的需要，便用树叶、贝壳、龟甲，后用竹签、铜钱，甚至脚上穿的鞋子等物品来推演判断吉凶。到周文王时，有了一套完整版的“六十四卦”，后人大多以此来作为解释凶吉依据。

相传三国时期，孙权称帝不久，太子孙登病逝，孙权担心将来其余各子会结交权臣争夺嗣位。一位名叫景养的近臣，为他出了一个主意，让还不会说话的众皇孙去“拈阄”。孙权择良辰，挑吉日，让皇孙们在一个盛满珠贝、象牙、犀角、翡翠、简册、绶带等物的盘子里随意抓取。结果只有孙和的儿子孙皓，一手抓过竹简，一手抓着绶带。这分明寓意孙皓是当皇帝的人选。于是，其父孙和就靠自己的儿子当上了皇太子。当然，这种做法实在荒唐可笑，不可取。

据说，明代，吏部对官员选授迁除，先用的也是拈阄法，明代后期，孙丕扬任吏部尚书，创掣签法以示铨选之不容情。法用竹签若干，预写所选的职位、地区及姓名等，杂置筒中，当堂随手掣取，与拈阄同。孙丕扬创设这种竹签阄子，后被流传到民间。记得大集体年代，生产队在给各家各户分口粮时，就曾用过类似竹签阄子。在长宽约两指的竹签上，用毛笔写着大写的编号。靠近上方有个小孔，是便于用细铁丝串起与携带。一个生产队有多少户人家，就有多少个这样阄子。平时由生产队会计保管。每当称粮食时，就见会计把那挂竹阄子散放到一只布袋里，让大家去拈。这竹制阄子最大的好处，就是方便实用，不易损坏。

小时候，我们经常玩一种叫“官、打、聋、捉、贼”的游戏。就是事先弄五个方形小纸片，在上面分别写着“官、打、聋、捉、贼”五个字，参加游戏的五个伙伴各摸取一个。抓到“贼”的成了“逃犯”，马上要逃离；抓到“捉”，就要执行“抓捕”任务。“逃犯”一旦被抓回来，拈到“打”字的“打手”，就要执行惩办“逃犯”的职责，而这一切都是在抓到“官”字与“聋”字的“联合执法”之下进行。“官”先吩咐打了几下后，便问监督的“聋”可听到了。如果“聋”说没听到，那还得继续接着打，直到“聋”说听到为止。

抓阄，是特定场合下形成的一种看不见法律字眼游戏规则，已被社会广泛接受。小到一年一度的中小学新生分班，大到高考试题的抽取，以及重大的国际体育赛事分组等都离不开一个“阄”字。

有人说，每个人在来到这世上之前，似乎早已被父母为他抓好了这一生命运的“阄子”。既然如此，那我们又何必强求自己做些不切实际的事呢？其实，在现实生活中，人生没有白走的路，每一步都真的算数，没有必要去羡慕别人，时常想想自己所拥有的，才发现自己也过得挺好。

辑三

故园情怀

祖父逸事

1907年腊月十八，祖父生于枞阳石矶头钱家麦园。初名长家，入新四军后，更名钱通。曾祖，培高公，勤耕力田，兼营餐饮，在石矶头、麦园各置宅子一座。如果说乡下的宅子是住房，那么街上房产则是"银行"。说是银行，其实只是一爿小小茶肆。早点自然是少不了，偶尔也有一些路过的散客在此歇脚打尖。民国至新中国成立前，一家人生活开销，全赖这茶肆。那时候的乡下人，对"荒年荒乡不荒镇"这句老话是深信不疑的。

曾祖晚年嗜酒如命，每饮必多。捶桌子、摔碗碟，闹得鸡飞狗跳，差不多是我听到大人们最多的话题。在我的记忆里，他已双目失明，似庙里的一尊菩萨，静静地坐在那昏暗的老屋深处。一只外表涂着褐色釉的小酒壶，被他牢牢地攥在掌心。这是解闷，还是过酒瘾？尚未发蒙的我，一无所知。当听到我们几个曾孙来看他，那塌陷的嘴唇轻轻地抽动了一下，像是在说什么，陪在身边的曾祖母见我们一脸茫然，便笑容满面地向我们转译、解释，意思是，你们来了，老太爷很高兴……

对曾祖最后的一点印象，是一天下午，我被人从一年级教室里匆匆叫回，让我跪在他的面前，烧纸钱，送他上路。祖父、小祖父分立两边，将曾祖瘫软的身子扶靠在一张旧柳树椅子上。祖父扶着肩头，小祖父用大表纸托住他的下巴颏，父亲跪在一口破锅前烧纸，祖母、小祖母、姑奶等在一旁不住地号啕大哭。我根本不晓得她们为何会哭得如此伤心，只是觉得在纸钱化作一道道跳跃的火光映照下，曾祖仍在眷恋着这个人生如酒的世界……

说完曾祖父，不能不说曾祖母黄老孺人。据祖母讲，她是石矶街一破落财主的千金。自古红颜多薄命。薄命多舛的她，产下小祖父兴家公不久，便去了瑶池。曾祖母殁，家道中落，未及弱冠的祖父，便成家，单立门户。

民国年间，军阀混战，社会动荡，百业凋敝，百姓流离，饥嚎遍野。石矶乡下，土豪劣绅，巧取豪夺，不劳而获。性格耿直的祖父，自恃力大，常爱管身边不平事，因此积怨地方黑恶势力。有道是好汉难敌四手，猛虎难斗群狼，在家待不下去的祖父，曾几次避难他乡。

祖父的遭遇，被桐怀长江工委办事处主任兼新四军桐南独立大队队长何东初获悉。何东初，枞阳官埠桥何罗庄人，右手残疾，形似鸡爪，人送绰号“何爪子”。他虽残了一只手，可能耐十分了得。那左手不仅写得一手好书法，且千字文，潇潇洒洒，即刻草就。

战场上，当然也不含糊，只是他给短枪上子弹时有些特别：先是将枪把子夹在右胳肢窝里，再用左手将子弹顶上枪膛。那娴熟的动作，常常让健全的人都感到不可思议。当时，他以笔墨贩子身份作掩护，行走于枞阳沿江一带学堂，以发展进步师生为对象，为抗日输送武装力量。某天，何东初来到麦园田间学堂（吃了几次苦头的祖父，火爆的性格似乎有所内敛，被聘为该学堂教师），在贩售笔墨纸砚间隙，与祖父相谈甚欢，二人都有一种相见恨晚的感慨。

几经接触，何东初认为时机成熟，便试探着问祖父：“你对‘四老爷’（当时，老百姓对新四军的一种敬称）看法如何?”祖父以敬佩的口气答道：“敢和日本人干，了不起啊！要是有机会，我肯定也跟着干!”何东初会心地笑了笑说：“这个不难，我可以帮你穿针引线。”是

(1942) 年秋，经何东初介绍，祖父正式加入中共桐怀地下党组织。经一段时间的考察，祖父被任命为新四军枞阳税务所所长，负责枞阳、铁铜、长河口一带军费征集工作。

祖父参加新四军后，没少给家里带来灾难，也连累了乡邻。某日，一帮广西佬兵，气势汹汹地闯到家里，用枪口指着曾祖母（继配何老孺人)，逼她交代祖父活动去向未果，便气急败坏地将她抓到伪桐城县，扔进大牢。

曾祖母一双金莲小脚，哪里受得了这样的长途奔袭？可怜她，挨到孔城，脚掌已经磨成溃烂，殷红的鲜血浸染了袜子、鞋底，每走一步都是钻心的痛。实在走不了，就坐在地上想歇会儿，结果又遭到了押送的匪徒们一顿鞭答。据曾祖母健在时对我说，过桐城大沙河时，她是被兵匪们像拖猪似的硬拽拉过去的。关押了一段时间，也没问出一点有价值的东西，曾祖交了一笔保释金后，人才被放回。

一次，桂系李品仙部的军情组，获悉祖父筹集了一批新四军军费，于是指派与祖父同村军情人员钱森（时任国民党桂系情报组组长）带人到我家抓捕家属，试图迫使祖父交出这批军费。钱森脑子还算活络，在那复杂多变的环境下，也不敢公开与新四军为敌，还是为自己留了一条后路。

在执行任务时，他对军警人员，只是模糊地说了任务目标的家是在钱家麦园相公庙隔壁，没有说出我家的具体位置，尔后，他就径直坐到我家堂心，抽烟喝茶（呵呵，这分明是他在变相地保护我家)，让手下人员去执行。那帮宪兵直扑相公庙上隔壁从伯钱燕奕家中。一名小头目举起长枪把子，朝着正在蒸煮酒曲的酿酒大锡锅砸来，只听“当啷”一声，煮了半天的大锡锅一下子被打翻了，酒糟熟料如止不住的泪水，痛苦地流了一地。

从伯老母，慌忙双膝跪地央求道：“军老爷，军老爷，找错门了，我家根本不是什么新四军家属……”那帮家伙一边打砸一边骂道：“打的就是你家！谁说不是？你一日不把在新四军的儿子交出来，就别想过太平的日子！”坐在我家里的领队钱森，见折腾得差不多了，便草草收场，带人回去交差了。

1944年初秋，新四军桐南情报网侦悉石矶头附近徐大屋享堂内，潜伏着一名叫“老葛”的日伪汉奸特务。若不趁早铲除，后果不堪设想。这个敌特，行踪诡谲，居无定所，欲擒到手，困难重重。

某天，有情报获悉该敌特刚从外地“云游”归来，大队长何东初果断下令，要求我祖父，务必将其抓获。并派官埠桥黄华里许姓小战士(时年18岁，后在某次战斗中不幸牺牲，年仅20出头）协助。祖父带着小许，扮成商贩，悄悄地靠近午后的徐大屋享堂。小许堵住后门，祖父从前门闪进。穿过天井，抢步厢房，一个箭步蹿到床上，一双似老虎钳子般的大手，把正在梦中的敌特脖子死死掐住，那单膝瞬间带着千斤之力压在敌特的小腹上，铁杆汉奸动弹不得，痛得连连求饶。小许取出腰间绳索，麻利地将其五花大绑。

正当准备在钱麦园老虎山尾处对汉奸就地正法时，因现场围观的乡亲们向祖父建议：大爷喂，您若是在此行刑，以后大家晚上路过这儿时，会感到害怕的。祖父笑了笑说，好好，听你们的。遂改押至新开沟江边僻静处解决。为节省宝贵的子弹，小许提议，由他用匕首来结束这家伙罪恶的一生。锄掉了老牌汉奸，震慑了桐东南日伪势力，一些平时与新四军为敌人员表示不再充当日本走狗，愿意为新四军效劳。

1945年春，祖父为了把最后一批抗日经费及时上缴到总部，单枪匹马地挑着两麻袋上百万元巨款，由铁铜地下工作站转运到新开沟渡码接收点。有乡亲见他挑着一担沉甸甸的东西，路过家门时，上前招呼他回家歇歇脚，然而，祖父深知责任重大，耽误不得，家门近在咫尺，却望门而未入。孰料此去一别，竟是三年无音信！

那年头，前方硝烟滚滚，每天既有胜利的捷报传来，也有悲痛的噩耗来到，昨天还是一条活蹦乱跳的汉子，今天或许已经倒在某个战场而长眠于异乡的土地上。因久别无音信，家人都以为祖父不在人间。曾祖先是吩咐祖母在家中摆放祖父灵位，“满七”后，又力劝祖母改嫁另谋生活出路。祖母仇氏含悲忍愤，拖着四个年幼子女，煎熬度日，誓不易嫁，并在相公庙菩萨面前挥刀斩断无名指明志。

1949年初夏，上海解放，党组织派员携慰问品来家里看望军属，并将祖母与小姑接至上海与祖父团聚。两年后，祖父转岗到上海金融界任职。1958年，调任上海市人民银行南京路外滩支行任职。

1962年4月，经上海市人民银行批准，病退回枞阳老家定居，享受政府特殊照顾。1972年秋，因脑出血，经抢救无效逝世，享年六十有三。钱立志（我军著名信息化专家）父亲钱叶民（时任枞阳县公安局副局长）代表县政府前来主持善后工作，区、公社等有关单位领导为他举行了隆重的追悼会，慰问了亲属。

回想着祖父的故事，深感晚辈读懂长辈不仅需要时间，更需要心智。当今社会，物欲横流，我们容易迷失其中，丢失了祖父辈的精神财富，忘记了祖父辈的艰辛，而居安思危，珍惜当下，不负韶华，这才是我们应当牢记的事。

祖母的玉

祖母走了已经多年，然而，她老人家留给我的那只玉镯，一直静静地住在那锈迹斑斓的锡盒子里。这锡盒或许就是祖母灵魂化身后的寓所吧。

每当我沉下心来，忘掉人世间的一切烦恼时，眼前便浮现出祖母晚年生活的一个个画面：一座老式合六间农舍的门楣下，放着一张早已褪去色泽的小木椅子，祖母那苍老的身子靠在椅背上。上身还是那件蓝士林老式收襟褂子，一条黑里泛着白底子布纹的大脚裤总是不离身，那黄褐色的拐杖斜靠在她的身旁。南风吹乱了她的花白头发，浅绿色的玉镯子在腕关节处时隐时现，摇曳着淡绿的光。失去了光泽的老眼，依旧带着一种期望的眼神，看着门前绿浪翻滚的稻田，嘴唇微微张开，喉咙深处似乎低吟着一支轻柔忧伤的小曲，仿佛还在迷恋着早已逝去的幽远岁月……这镯子，倒也算不上是什么名贵之物，但却真实地记录着一段珍贵的家族繁衍史。这是当年祖父订婚时，馈赠给祖母的聘物。从包装盒上的字迹看，是出自民国年间的江南某地民间艺人之手，到了我上小学的孙子这一辈该是第五代了。

每当我小心翼翼地打开盒盖，掀起覆盖在上面的红丝帕，目睹着这只玉镯儿，便想起自己发蒙前的那段欢乐时光：夏天夜晚，我躺在凉床上，尽情地享受着祖母手中芭叶扇的阵阵清凉。一弯新月如金黄色的香蕉悬在西南天际，星星眨巴着眼睛，与我一起快乐地聆听祖母吟唱着古老的枞阳童谣：“大月亮小月亮，哥哥起来打麻将，嫂嫂起来打鞋底，妈妈起来炒炒米，炒给小儿搭搭嘴（方言音，几）……”

记得最后那句词儿，是祖母用戴着玉镯的手，在我的小屁股上轻轻地叩了几下而结束了哼唱。有时，我像一只小懒猫似的依偎在她的身上，头枕着她的大腿，转动着她腕上的镯儿玩耍，并闹着也要戴镯子。祖母忍不住地笑着说：“这玉箍现在还不能给你，须等你长大了，娶了个花老婆，才能归你。”说着，又唱起了我不太懂的歌谣：“玉镯儿手上戴，吹吹打打把堂拜。拜完堂掀盖头，原来是个小妖怪。”

后来才懂得歌词的意境与旋律都很优美，祖母的嗓音却有些喑哑。1993 年深秋的一个凌晨，祖母走完了她那八十五载沧桑岁月，永远地离开了我们。如今，我欲见祖母，唯有这玉镯可帮我。我只要将镯儿拿到亮处，对着光线，便能见到镯子里的那几根如针线般的血色“经脉”。若借助放大镜，还能感觉到血脉里的“血液”似流非流，余温还有。这难道是祖母在经历了长达 60 多载的岁月过程中，经时光不断地磨合，而发生的一种微妙变化？人体毛细血管被植入镯内成活、生长而形成的奇迹？

我不知道这是不是“玉人合一”的结果。玉界业内常流行着这样的说法：玉要常戴在身上，通过与人体长期亲密地接触与磨合，慢慢地吸收着人体的汗液体味，可起到“玉养人，人养玉”的双赢功效。

有资料显示，古代读书人或富贾，或达官显贵等大都对玉器古玩情有独钟，就像今人离不开手机一样。正如影视剧中的风度翩翩的帅男，或仙袂飘飘的倩女指上自然少不了一枚翡翠戒指，或腰间，或项上，或腕上均佩戴相宜的玉器。如今国泰民安，百姓收入逐年增加，爱玉、玩玉、藏玉的群体早已从读书人群扩散到寻常百姓。拥有一两件玉器或玉玩早已不是什么稀罕事了。但市面上这类东西基本上是现代生产流水线下的产品，传统手工精雕细琢的饰品几乎是凤毛麟角，而祖传的具有百年以上这类老件更是少之又少。这就是业内流传的那句行话“金子有价，珠宝无价”的原因吧。

我爱玉器翡翠，主要是看上这东西具有灵性，有生命体征，可给人留下无限想象的空间，这是其他贵金属所没有的特性。当然也有祖母那块玉镯影响的原因。还有与自己茶余闲暇喜欢写写画画有关。写久了，总想着给自己添置一套“文房玉宝”。我不是玉器行家，也说不出玉专业知识方面的一二三，只不过自己有这么一点喜爱而已。

多年前，我曾去过西安、北京等文化底蕴深厚的城市，自然免不了要到玉石一条街上去走走逛逛。浏览在满目玲珑剔透的玉饰品柜台前，对那些标价尽是四五位数翡翠珠宝，再掂掂自己羞涩的囊中，只能饱饱眼福。为此没少惹店家主人在笑脸中相迎，冷颜中相送的尴尬场面。在不想空手而归的思想支配下，还是选择了几枚价位不高的玉石图章坯子，回来找人镂刻成印。也学着书画大家的模样，铺开加厚带毛的白纸，凝神聚气，提腕挥毫。每当写完一幅“作品”后，最惬意的是在墨迹未干的情景下，在落款处稳重地盖上自己的一方鲜红的玉印。后来又为书案添置了玉洗、玉笔架等，算是凑齐了文房玉宝。不过这些没经岁月打磨的东西还是缺少一些灵性，对着光亮任凭你怎么搜寻，也捕捉不到一丝云彩的影子。而祖母那只镯子就不一样，淡绿的色泽宁静而又匀称，细看，还能看到中间飘逸着一抹如岚似雾雪浪痕般的白印迹。如放在掌心，顷刻间，一种细腻、滑润的清凉从手心风一般掠过全身。而我的这些“文宝”，缺乏人世沧桑与细腻柔婉，充其量也只能算是个摆设。

祖母将自己的心爱之物传给了她的长孙，让她的后人时刻都能想到先人的家风家训。如今，我亦将老矣。百年后，我将用什么传递给自己的后人呢？这正是我要写这篇小文的一点思考，或许我的后人在若干年后读到此文时，会找到正确的答案。

祖母的顺口溜

1908年，祖母出生在小城枞阳江边一个叫仇家阳庄的村落。不知道是命运捉弄人，还是生不逢时，本该是上学年龄的她，却被残酷的现实逼着去放牛、捡粪。落后的封建礼教似一条看不见的毒蛇，不仅折磨着那个时代的女人肉体，而且麻醉着人们的灵魂。她那“三寸金莲”似的残疾双脚，就是那个时代女人命运多么悲催的一种见证。我无法想象，没有读过书的祖母，在那兵荒马乱的年代，又是如何懂得了那么多朴素的做人道理。

我是祖母一手带大的。她的言谈举止深深地影响着我一辈子。

祖母给我印象最深的，还是那些具有家风家教内涵的顺口溜。记得在“三年困难时期”，为了度荒，她煮的一日三餐，总是稀得映出人影，一端起碗来就浪打浪。我们这些不懂事的伢子，哪顾得了许多，一见就愁眉苦脸，小嘴巴翘得比翘嘴鲳鱼嘴还高。

祖母总是笑眯眯地哄着我们：“稀粥烂饭，最好消化。”并风趣地说：“吃稀饭要搅，走滑路要跑。”逗得我们一笑之后，想想也是这个理。偶尔，饭里夹杂着一些米糠，祖母瞧我用筷子不住地往外剔，便在一旁劝慰道：“老古话说得好，吃饭带点糠，到老都健康！”

在童年的记忆里，小麦麸、山芋藤上的叶子、山芋渣、野菱角菜、苻苻荷子、南瓜等，很多时候都是当主食吃。时间一长，难免厌食了，便吵着要换口味。祖母就用“吃粗粮，寿命长”顺口溜开导我们。那时候的人，越饿越干慌，肚子总是没有饱的时候。祖母的“吃饭少几口，活到九十九”的劝导，便自然而然地在耳边响起。

祖母特别钟情于“枞阳大萝卜”。每当冬季萝卜上市，挂在她嘴上的总是“萝卜土人参，常吃病不生”“多喝萝卜汤，不劳医生开药方”“十月萝卜赛人参”等关于萝卜的好处，祖母随口就能说出一大串。

记得某年春节，祖母带着我去走亲戚。一路上，她不断地告诫我做客时应注意的礼仪：“人一我一，不为好吃；人一我二，好吃不过!”还有“站有站相，坐有坐相”“吃饭莫咂嘴，咂嘴似猪嘴”。

在与亲友邻里交往上，祖母也能说出一套教你做人的顺口溜。譬如“邻家嘴换嘴（方言音儿），亲戚礼往礼”“宁冒一村，不冒一户”“人情大似债，头顶锅盖卖”等等。

有了工作后，她更加关心我的品格修养和与人交往。她的“病从口入，祸从口出”“吃菜吃菜心，听话要听音”“要想着讲，莫抢着讲”“前脚不稳，后脚不腾（方言，移动的意思）”使我成熟；“跟好学好，跟丐学讨”让我懂得了如何去交朋结友；当我走上了基层管理岗位后，她的“吃人家的口短，拿人家的手短”使我警醒；她的“力气浮财，用掉又来”“三个同年，小的吃苦”“舍得舍得，有舍才有得”“烧锅要空心，做人要虚心”等顺口溜，让我懂得了做人做事要低调，应该不怕吃苦、吃亏的道理，让我养成了豁达开朗的性格，练就了包容忍让的品行。

当我刚成家时，祖母常常用一些顺口溜提醒我：“吃不穷，穿不穷，不会计划一世穷”；当我有了孩子，祖母又开导我“有好大的粉，就做好大的粑”“喉咙深似海，吃断斗量金”；当我和妻子闹别扭时，想一想祖母“吃着油盐米，就得讲情理”“嫁汉嫁汉，穿衣吃饭”“心急吃不了滚豆腐”“一口吃不成胖子，一锹挖不了一口井”等话语，如和煦春风在我心头荡漾，拂去尘埃，让我学会心平气和地化解了家庭生活中的矛盾。

祖母的顺口溜，既是她一生中的生活总结，也是传承着一代代先人的智慧。如今，一些年轻父母，对这些“老古话”似乎知之甚少，或不太感兴趣，常挂在他们嘴边的一句话是：“就这么个孩子，钱不花在他身上给谁花?”殊不知“惯儿不孝，羸（方言，意思田肥过了头）田出瘪稻”“慈母出败儿”这些深刻道理吗?

那些自己含辛茹苦、并不富裕的父母则这样认为：“自己小时候够苦了，让我们的孩子享点福也不算过分。”正因为有这样的思想指导他们的家教实践，才出现了不少家庭的教育失败了。譬如十几岁的孩子就学会了大手大脚花钱如流水却丝毫不心疼；所谓的高等学府的“骄子”吃不惯学校食堂饭菜，隔三岔五地互请下馆子，常常是提前花光了生活费，再巧设名目向父母索要，结果毕业后，什么事都干不了，最终成了甩不掉的“啃老族”。难道这样的教训还少吗?

古人常说：“一粥一饭，当思来之不易；半丝半缕，恒念物力维艰。”祖母这些“顺口溜”与“老古话”，让我悟出一个道理：所谓家风，其实就是上辈人的一言一行的引领和渗透。刚开始，孩子们或许不明就里，只是单纯地为了得到长辈的喜欢和称赞跟着学。假以时日，这种引领却一点一滴地渗入骨髓和血液，左右着一代又一代人的思想和修行。

我想，一个好的家风的形成，其实就是老辈人为我们点亮了一盏千年不灭的心灯。有了这盏心灯的照耀，后人才不至于迷失了人生的路!

你好，旧时光

世界给我的第一个记忆，是我趴在祖母的背上，见昏沉沉的江边码头灯光下，不紧不慢地飘着如丝般的细雨。这雨丝编织成的夜晚，听不到往日那刺耳的汽车喇叭声，更闻不到街边小吃摊那熟悉的味道，偶尔从你身边经过的，也只是几辆吱呀作响的人力脚踏三轮车。面前的路是模糊的，街道是模糊的，整个世界都是模糊的，唯有我趴在祖母背上的感觉是温暖而清晰的。

那个雨夜，祖母撑着一把旧油纸伞，艰难而吃力地为我挡风遮雨。每走一段路，她就会用手把我的小屁股往上托一托。

在码头检票口，祖母像是一部转动的雷达天线，对着面前不同的方向，在不停地寻找、呼唤，“小二伢嘞，你票可买好了哦？你在哪里哟?”后面的情景，我实在记不起来了。

有人说，往事如烟，可我并不这样认为。每当端详着眼前这一张张老照片，脑子里就飞快地转动着那些落在尘埃里的一幕幕往事，便想起60多年前那个初冬的雨夜，想起祖母在雨中艰难地背着她的宝贝孙子，想起她老人家那种焦虑不安的心情！

那年，我刚满3岁，祖母一路带着我，用她三寸金莲般的小脚，从老家麦园的阡陌小径，一步一步地量到下枞阳小轮码头。坐了几个时辰的小火轮，到安庆下船时，已是夜色低垂。再由安庆搭乘大轮前往千里之外的上海。令今人不可思议的是，安庆——上海，一趟单程，就得在江上漂流三天三夜。这才是真正意义上的“从前慢”呀。

而文中的“小二伢”，不是别人，他是我的二叔钱彪，一名刚走进安庆电厂、不满 20 岁的青工（后来响应国家号召，去支援了新疆建设）。那个雨夜，他是专门赶来帮祖母买去上海的大轮票。在没有手机的年代，祖母的那一声声呼唤，正是那个时代最有效的联络方式。

岁月悠悠，时光飞逝。我每每跟老婆提起照片后的那些事儿，她总是用怀疑的眼神、否定的口吻来回敬我：哼哼，难不成你是个“神童”？在她看来，一个 3 岁的幼童，不可能记得那么清楚，那么具体。喜欢较真的她，竟然以看上几遍就能背诵一篇短文的小孙子（随意抽取他四五岁时经历的某一件事，让他复述，结果复述不了）作为测试依据，来证实我的记忆不靠谱。

呵呵，神童不神童，对我来说，已经不是那么重要了。我对自己的记忆力是有足够信心的，信不信，由她去吧。或许出于一种好奇，祖母和二叔健在时，我曾经向他们求证过那段记忆的准确性。所幸的是，祖母和二叔都对我给出了肯定的答案，并还补充了一些我所不知道的细节。

近些年，长我十岁的姑妈，还经常半开玩笑地对我说：就是因为你，我才被你爷爷奶奶撵回枞阳老家的，唉，不然的话，我会在大上海一直待下去的。这位住在安庆的姑姑，曾在某次亲友聚餐的圆桌上对我调侃说，哈哈，你出生时，我倒沾了不少的光。你妈妈做了一个月子，我吃了一个月的鸡头鸡脚！一番话，把在场的老少爷们笑得前仰后翻……

如果说当初，我替代了姑姑在上海生活与上学的机会，而三年后，我又被二弟祥华替代回到了枞阳老家。那年，二弟刚学会走稳路，三年饥荒如风暴般的袭来，让人猝不及防。某个夏日的下午，无人照料的二弟，独自一人，晃晃悠悠地来到外面玩耍。因腹中空空，走着走着，眼前一黑，就晕倒在村前的塘缺（泄洪口）边。被人发现时，他那一对小鼻孔里，已有一群蚂蚁在摇头晃脑地爬进爬出了。所幸的是，发现还不算太晚，总算是捡回来了一条性命……远在上海的祖父祖母听说后，深感不安，于是便将我与二弟轮换了。

回老家前，祖父母带着我去照相馆拍了一张黑白合影照，算是留个纪念吧。那年我刚满 6 岁。从衣着上看，应该是冬季吧。这也是我看到自己最早的一张照片。

祖父从脱下军装，转业到上海金融界工作，前后不过十几年。在那些日子里，祖母常常奔波在上海、老家两地之间。为共渡难关，两位老人，生活上十分节俭，从不随便乱用一分钱。不知道多少次，祖母用热水瓶“煲粥”（就是头一天晚上，先用锅把米烧开后，再用热水瓶装起来，这样可以省些柴火）给我喝，省下的粮票寄回老家度荒。每当想起这些，我就泪眼婆娑。

童年的记忆是美好的，总是相伴着人的一生。记得我们住的地方是个繁华热闹的地段，附近就是“上海中苏友好大厦”。红红的太阳每天就是从大厦那边升起来的。晚上，趴在窗前，大厦的灯光夜景便跃入眼帘。秀长的铁塔顶着一颗好大的红五角星，这些都成了我终身的记忆。

在上海的日子里，我没少让祖父母操心。住处对门有个与我差不多大的男孩，生得一副猴脸，两人凑到一块，不是掏掏打打，就是拉拉扯扯，衣服被拉破是常态。每当此时，祖母那张忧心而烦恼的脸，便出现在楼上的窗口边，冲着下面的我，一声紧似一声地喊：小新华喂，你快点上来嘛！我倔强地装着什么都没有听见，把祖母气得够呛。

让我意想不到的是，在我回枞阳老家后不久，那个猴脸玩伴因爬自家的窗户，一失足，从三楼掉下来摔死了。唉，悲乎，惜乎！

我曾有去故地重游的念头，但因某种原因却一直未能如愿。而与我有着同样的经历与想法的姑姑却如愿以偿了。那年，她利用陪同姑父去上海看病的机会，找到了当年住过的那栋老房子。伫立在老屋前，多少往事，一下子涌上了心头。性格一向开朗、刚毅的姑姑，禁不住的失声痛哭起来，哭得稀里哗啦。用她自己的话说，那一刻，仿佛就是感觉看到了当年自己的影子，看到了双亲的往昔，看到了人间的辛酸苦辣，看到了不堪回首的一幕幕……

一张老照片，其实就是浓缩着一段人生的故事。那画面留给我们的，往往既有一段幸福的回忆，也有一段忧伤的记忆，同时，见证了一个人成长道路上的点点滴滴，然而更多的是，承载着上一代人的无私奉献，以及珍藏着老一辈人的一种无言的大爱！

父亲的小赶网

说来见笑，不知道为什么，最近一段时间，老是梦见父亲和他的小赶网。老屋里，母亲正坐在灶下不停地添加柴火，煮着父亲刚打回来的那些银白色小鳌鲦仔鱼。灶台边的我，实在挡不住那一阵又一阵久违的鱼、蒜、辣椒酱混合味道的诱惑，似一只没有规矩的小馋猫，将雾气缭绕着的锅盖挪开一道缝，用筷子颤抖地捞起一条金黄松软的小鱼正往嘴里送时，却意外地醒了。

没有睡意的我，思绪一下子回到了孩提时代。那时，村庄前有口十多亩水面的当家塘，乡贤耆旧说是明末时钱澄之父子组织族人花了好多年才修成的。在我童年的时光里，塘口上方有两株胸径达 1 米的老枫树。夏秋时节，遮天蔽日的树下拴着几头大水牛。那些被放牛娃还没来得及收拾的牛粪，随着一场又一场的雨水流进了塘里，成了鱼儿的美食。粉白色的塘水底下潜伏着鲤鳙鳊鲫，成群鳌鲦浮游于水面，争抢着洗菜人遗弃在水面上的残留物。这些水中的小精灵们，忽而一队队，如受阅的礼兵缓缓前行；忽而一团团，如云似雾在水面飘漾。望着这情景，你恨不得把它们统统抓上来，而小赶网正是捕获这类小鱼最便捷的一种渔具。

“上山三天烧，下河三顿烤（方言读 kāo，煮的意思）。”这是我儿时听到老辈人说的一句古老的乡谚。这里除了有靠山吃山，靠水吃水的一层意思外，还有就是对肯于吃苦耐劳的人的一种褒奖意味。

父亲的小赶网，从山塘里网起来的几乎都是些小鲈沟子、屎鳑鲏之类的小杂鱼，还有一种鳞银白而身修长的餶鲦鱼。因其小巧如柳叶，又被乡人称之为参子，或餐子。那时我只知道这小鱼的读音，却不知这字怎么写。至于能否网到那些生活在深水中的鲇鱼、鲫鱼、弯钩钉等上色鱼，那要看你有没有这个吃的运气了。

父亲的小赶网，一直都是自制的。一张网，父亲几个阴雨天就可以织成。网织好了，还得“浆”网。浆网的原料，既不是桐油，也不是染料，而是猪血。那时候，小镇食品站天天都会杀猪，父亲花上一包烟钱，买点猪血回来，兑些水，连同网一起入锅，烧几把火，让网充分浸入，再拿起来挂在高高的竹篙上晾干，那网摇身一变成了褐红色。

我曾不解地问：为何要用猪血浆网呢？父亲说：一是猪血附着在网线上，起到让网线收缩变得结实，易于在水中下沉；二是猪血的腥气重，能吸引鱼；还有一点，就是乡人最相信猪血能辟邪：因为毕竟是水中求财，多少存在风险的。

那年头有句流行语叫作：香烟是介绍信，酒杯是大印。网浆好了，父亲再去一户有竹园的乡邻家递上几根烟，讨来几根拐杖粗细的竹子，斩头去尾，取几根约 2 米长的中间段的竹竿，经稻草火熏烤成金黄色后弯成弓形，用细麻索将网串起来，固定在四根“网爪”的端点，成“乂”型网架结构。网口中点还须置一根长 1 米左右如手指粗细的竹子，作收网时防止鱼儿回逃之用。另选一根稍长些的竹竿，弯成近似三角形作驱竿。不出一个时辰，一副赶网就这样大功告成了。当然，还有背在身后的那只敞口鱼篓，也是父亲自己动手砍竹、破篾、编织的。

打赶网既是父亲一种讨生活的方式，也是他的一大嗜好。只要稍有空闲，他就会背起心爱的小赶网，去村前几口水塘或圩内沟渠边转悠。

记得儿时一个夏天的午后，那闷热潮湿的空气压得人有点喘不过气来，八哥鸟扑腾着黑白相间的翅膀，只顾一个劲地在水塘边冲凉。病退的祖父，半躺在老屋天井边的凉椅上，慢悠悠地摇晃着一把旧蒲扇，不一会儿就随着低沉的鼾声进入了梦乡。父亲划了一根火柴，点燃了一支江淮烟，吸了一半，取下墙上那顶灰黑色旧草帽，背着赶网，匆匆出了家门。

我好奇地尾随其后，见父亲的裤腿卷至腿根处，正深一脚浅一脚地挪动在波光潋滟的塘口，那三角形驱竿与赶网在水里始终保持着一种倒“八”字形。父亲的右手仿佛是拿着一把特制的“菜刀”，在水中边切边向网口靠拢着。说也奇怪，别看那些顽皮的小鱼儿，平时把你浸在水中的双脚啃得丝丝的痒，经父亲手里的驱竿轻轻地一赶，似乎都很听话，顺着父亲的手势径直地朝网中钻。没等驱竿靠近网边，父亲的右手已将网底拎出水面。鱼儿这才如梦初醒，无奈地蹦着跳着。这时，父亲将网轻轻一抖，那鱼儿便失去了知觉，宛若生产流水线上的产品，哗哗啦啦地滚到网墙的一角，挤成了一个鱼团。接着父亲一个转身，再将网角出口对着篓口，轻抖了一下赶网。这时，鱼篓里又是一阵哗哗啦啦的蹦跳声。“嗬嗬，这一网就够煮一碗了。”我大惊小怪地喊了一句。父亲微微一笑，继而又摇摇头，示意我莫要大呼小叫，这样会把鱼儿吓跑的。

当我们来到塘后梢一处流水潺潺的溪口时，父亲一网拎起来，竟是几条活蹦乱跳的一拃长的鲫鱼和一条筷子长的白混仔鱼。父亲连忙将那未成年的混仔“扑通”一声，甩回到塘里，只留下了鲫鱼、泥鳅。

或许是天气要作变的缘故吧，鱼儿过于兴奋、活跃，这个中午，不到半个时辰，就网了半篓鱼。那时没有冰箱，这么多鱼一下子也吃不了。除分送一些给左邻右舍外，父亲还让我给村里五保老人“聋爹爹”送去了一碗。那聋爹爹接过鱼，一脸憨厚的笑，嘴里结结巴巴地说着一些我听不懂的感激话。

父亲打赶网似乎有个不成文的规矩。一是鱼儿繁殖季节，他几乎不出去打网，二是碰到队集体当年投放的混仔、鲤鱼等家养的鱼苗一律放回。父亲的小赶网，逮到的虽是些小鱼小虾，但在那个物资匮乏的年代，能让我们隔三岔五地吃上这肉质鲜美，不用吐鱼刺的小鱼，已经是一种不小的口福了。

一张小小的赶网，网住的是鱼，网不住的是岁月，留下的是记忆，是乡愁！父亲已离开我们多年了，往事如昨。年节聚会，一家人围坐一桌丰盛的菜肴旁，总觉得少了父亲当年那一碗小杂鱼……

母亲给了我阳光雨露

母亲嫁给父亲时，不到 17 岁。当她怀上我那年，却是百年一遇的特大洪水。这一年被沉重地写着“1954”，一个几代人都忘不了的年号。到了秋冬之际，洪水还赖着没走，村前大片大片的农田还在水下休眠，村子成了水乡泽国中的半岛，人们在梦魇里挣扎、煎熬。

一个月黑风高的夜，一只有些年头的小腰盆（旧时，一种椭圆形简易的木质水运工具），孤零零地飘荡在那茫茫的水面上。腰盆载着两个年轻的女人：一个是身怀六甲、不谙世事的我母亲。她坐在半尺高的小凳子上，用一把小槽锹把不断渗透进来的水戽到腰盆外。另一女人是长她两岁的堂嫂。一只小木桨在她手里不紧不慢地划动着，显得格外沉稳、老练，给人一种说不清的安全感，使一公里的水上夜路，并不觉得是那样的漫长。

腰盆泊在老屋前那老井旁。母亲谢别了堂嫂，还没有来得及喝口水，我便迫不及待地来到了这个饥馑的世界……

母亲的个头不高，言语不多，更不喜欢扯那些家长里短的琐事。用祖母当年的话说，她只晓得一个人在外面默默地干活，别的什么事都不想过问。这话像是一种抱怨中藏着几分怜爱。如果说这是她的优点，而那些邻里间的口角纷争向来都是与她无缘的，仅凭这一点也可以说是她的长处了。

没上过学的母亲，斗大的字，也认识不了五斗。但她明理，凡事多是忍让，不愿与他人计较。她一生的精力都是花在我们兄弟姊妹六人身上。高尔基曾说过：妇女对世界说来是母亲。不仅因为母亲生儿养女，而且重要的是因为她教育人，把生活的快乐给人。如今我们都有了自己的小家庭，兄弟姐妹，散居几地，落地生根，开枝散叶，远离了生养我们、为我们操劳辛苦了一辈子而渐渐老去的母亲。

一年当中，一家人难得有几次相聚。但是，只要母亲还在，那流淌着我们血脉的根就还在，那早已植入了血液记忆中的家园就还在。我们不论身处何地，随时都有了一种归属感与安全感，那颗漂泊了大半辈子早已疲惫的心，就有了安放的地方。

2009 年的一个夏天，75 岁的父亲因病撇下母亲而永远地走了。母亲便和因残未成家的小老弟相依为命。母亲一生，始终保持那种勤劳节俭的习惯。到了耄耋之年，初衷未改。岁月如一把无情的刀，将母亲的身子雕刻成了一张没有了弦的老“弓”，而母亲并不甘心成为一张没有张力的老弓，仍旧在那生活了大半辈子的土地上张望、劳作。

母亲有一块精致的小菜园和几块不大的山地。这些荒废的山地是那些进城人遗弃的。经母亲与小老弟年复一年地复垦后，竟然成了“高产稳产”的熟地！每年收获的山芋、小麦、玉米等瓜果蔬菜自给有余。

母亲的那把锄头，经过岁月的磨砺，早已没有了锄刃，可母亲仍视它为宝，每日几乎形影不离，并随着她一起慢慢地老去。那褐色中透着几分金色而光滑圆润的锄柄，就是母亲一生勤劳的最好见证！

母亲是位闲不住的人，一有空，就会拄着这把无刃的“老锄”，或去小菜园，或到“捡来”的山地。平时，若想见她，我们都得去这些地方找她。对于母亲的那种勤劳，我只有敬佩，没有了希望。我们都没少劝她不要再那么劳累，可她当面应着，事后却我行我素。无奈中的我们，也只有遂她的愿了。

母亲的菜园，总是随着季节的轮回而不断地变化。春夏之交，或夏秋之际，阳光闪烁着那炫目的光环。母亲在菜园里来回走动，一会儿躬身锄草、培土，一会支配小老弟挑水施肥，一会儿直起身子用袖子擦拭额头汗珠，望望蔚蓝的天空。菜园里的辣椒、茄子、豆子、瓜儿，长势逗人。母亲在园地内慢慢移动的身影，和瓜果蔬菜在阳光下一明一暗地萌动。

当初，我曾有过多余的担忧，她种了那么多的瓜果蔬菜会不会造成浪费？没想到母亲竟从街上买回了鸡笼，她用那笼子养了十多只小鸡。小鸡一天天长大，多余的瓜果蔬菜就被这些鸡们转化了。

鸡产下的蛋，她总是舍不得吃，一个一个地攒起来，成了馈赠孙辈、曾孙们的特供用品。她拿着这些蛋，一本正经地告诫我们：这是货真价实的土特产，既安全又养人得很！

有了孙辈的我们，也许是突然有了一种感悟：母亲，其实是一种岁月，她担负着最多的痛苦，背负着最多的压力，咽下最多的泪水，仍以爱，以温情，以慈悲，以善良，以微笑，面对人生，面对我们！

母亲的岁月让我看到：人生像是一次远行，离开是为了更美的风景。但到了晚年，我还是向往着落叶归根，能像母亲那样，恬静地守着生活了一辈子的家园，养三五只鸡，种一块菜园地，或再侍弄几分坡地，朝朝暮暮与满架满地的瓜们、果们、菜们、麦们、薯们相伴，让岁月慢慢地变老，足矣。

给母亲做寿

农历乙未年七月十四日，是母亲“八十寿”。依照枞阳“男做九，女做十”的习俗，我们老兄弟姊妹在新年正月初二相聚时，临时决定给老人家做寿。说是给母亲祝寿，其实就是一家人团聚、庆贺一下。脑子活络的大侄女婿，一听到话风，立马邀侄儿上县城预订酒店和订制生日蛋糕。

一抹淡淡的斜阳撒在雪后的枞川大地上，远山近岭显得分外妖娆。四辆分别挂着上海、合肥、芜湖、安庆牌照的车辆披着夕阳的余晖，带着满满的幸福与喜悦，载着一家四代二十几号老小，向县城酒店方向奔驰。

夕阳，山外山，看起来挺远。经四个轮子代步，不过一支烟的工夫，一座豪华气派的酒店便出现在面前。晚辈们纷纷争着将老寿星搀扶下车。老人家抬眼一看这光景，嘴里不住地絮絮叨叨开来：“啊呀呀，到这里来要多花多少银钱啊!”孙辈们簇拥着老太太，像哄孩子似的，一边小心翼翼地扶着老人家上楼，一边在她耳边亲热地说道：“您看看，许多人在一起，多热闹！再说不来这里，家里能坐得下吗?”

来到预订的餐厅，两张老大的圆桌上早已摆好瓜子茶水。大家边嗑瓜子边谈笑着，温馨、亲情充溢着整个厅堂。几个侄儿、侄女、外甥凑到我跟前，以好奇的口吻说：“现在离开席还有一段时间，大伯伯、大舅舅能不能给我们说说枞阳做寿习俗？”

我说：“可以呀。不过等会儿，你们每人也得向老太太致祝寿词哟。”

“啊！还有祝寿词?”晚辈们一脸疑惑地问。

“这个是必……必须的!”我也半真半假地调侃着他们。

“好吧，那我就先说个祝寿词对联的故事给你们听听吧。”他们点头，笑着应着。

相传清乾隆年间，有位王翰林为80老母做寿，请纪晓岚即席做个祝寿词助兴。老纪也不推辞，当着满堂宾客脱口而出：“八旬老太不是人”，老夫人一听脸色大变，王翰林兄弟几个也十分尴尬。老纪不慌不忙念出了第二句：“南海观音下凡尘。”顿时全场活跃，交口称赞，老夫人也转怒为喜。老纪接着高声朗读第三句：“几个儿子都做贼”，满场宾客变成哑巴，欢悦变成难堪。老纪喊出第四句：“天宫偷桃献母亲。”大家立刻欢呼起来。“好故事!”“有趣!”晚辈们个个一脸兴奋地点赞着。

做寿这一习俗，其实很早就有了。如《诗经》中就记载了当时的祝寿盛况：“跻彼公堂，称彼兕觥，万寿无疆”；“虎拜稽首，天子万年……作召公考，天子万寿”；“如南山之寿，不骞不崩”。民间受皇家影响，纷纷效仿，特别是家道殷实的大户人家办得非常隆重，名堂也越来越多。成年前期，生日往往不受重视，民间有“三十四十无人知”的说法。到了成年的后期，即50岁、60岁诞辰，才为习俗所崇尚，因民谚有“五十六十打锣通知”之说。50岁以下或有父母健在者均不能称寿，只以过生日相称。

“那在我们枞阳乡下不少地方，又为何作兴庆贺36岁生日呢?”大侄女儿打断了我的话题，有些不解地问。

“嗯，你说的正是。这恐怕算是一种特别的“庆生礼”吧。当一个人的年龄走到了36岁节点，亲戚朋友（特别是健在岳父母）都要送

"生日茶"的。"生日茶"贺礼通常有：二斤半挂面（因挂面为手工制作，外形绵长，有长寿之意）、一双新鞋袜，一套白衬衣、一只白老母鸡，寓意"长命百岁"，逢凶化吉。或许这36岁是人生重要关口，肩负着上有老，下有小繁重的生活压力，生命与健康显得比别的年龄段更加脆弱，于是，亲朋好友就以这种方式给当事人一点安慰，并提醒他时时处处都要注意保重自己，以祈顺利迈过这道"关"。

"我也是'36'边的人了，怪不得压力山大。"外甥狡黠地接茬道。

我朝他笑了笑，继续着这个话题：以枞阳民间习俗，素以进入60岁为寿年，其中66、73、84岁生日为大庆之年，祝寿最为隆重，即使贫困人家，也要庆贺一番。为何66、73、84这三个年龄段的生日特别重视呢？民间有俗谚：人到六十六，不死掉块肉（枞阳方言音"育"）。意思说，人年纪大了，身体开始衰退，要注意保养。

"七十三、八十四，阎王不请也自去。"这一民谚来历，是因为：孔子活了72岁，孟子活了83岁，都没跃过这两道关。两位圣人都过不去，所以，民间也就认定这两个岁数是"劫坑"。于是就采用"做寿"的方式来折灾祈福。至于祝寿礼，无一定的仪式，古代通常晚辈要给长辈行跪拜礼，平辈宾客只需作揖即可，并献上寿联。

说到"祝寿联"，除了前面介绍的趣闻外，还有民间故事说：乾隆皇帝携纪晓岚下江南时，曾为一位141岁老人题写寿联，也饶有趣味。联曰：

花甲重逢增加三七岁月；古稀双庆又多一个春秋。

不难看出，这副寿联是一道数学题目，其中隐含着这位老人的年龄（141岁）。这只是一个传说故事，事实上，人很难活到141岁。俗话说，十里不同风，百里不同俗。旧时，枞阳有的地方在寿辰前夕，就开始宴请至亲好友，称为"暖寿"；中午为面席，取其"长寿"口彩；晚间为大宴。次日，尚有宴席，以谢执事（帮忙的人）。当然如此规格庆贺，也只有大户人家方能做到。还有一些地方讲究做寿不能中断，必须年年祝贺。否则称“断生”，为寿者大忌。寿辰之日，寿者穿戴整齐，端坐正堂，接受儿女甥婿的祝福，一家人高高兴兴，相聚共餐。如因有事或外出当日未到者，可于事后送礼来“补生”，此事不可忘记。

做寿习俗尚未讲完，眼前忽现一班身着亮丽服饰的靓女帅男。哦，该开席了。一道道五香六色的菜肴及小巧精致的杯盘碗筷依次摆放在大家的面前。赏心悦目的造型，散发着诱人的香味，一下子就把孩子们撩得兴奋起来。几口火锅沸沸扬扬，蒸腾着欢乐的喜气，那“突、突……”的冒泡声似乎成了庆寿宴上的伴奏曲。一只只晶莹剔透的杯中盛满着浓浓的亲情，飘荡着醉人的香醇；一声声祝福，传递着一颗颗感恩的心。千言万语，在这一刻，汇成了全家人共同的心声——祝福老人家健康快乐，长命百岁！

宴席最后一道主食是两锅绵长柔软的面条。一双双筷子捞起一束束“长寿面”，似乎都想沾沾老寿星的福气。

刚刚酒足饭饱，服务生们又呈上两盘八只皮薄色艳的“寿桃”。老太太的几个曾孙们不等招呼，上来就动手去抓，结果都被他们娘老子拦住了。老太太见了，忙吩咐道：先给每个宝宝弄一个。我忙插话说：“大家听好啦，这寿桃就是象征着仙桃，在天宫八百年才结果一次，应该老太太先尝是不是啊？”

大家齐声应着：“对，老太太先来！”

当寿桃余味还未散去，一大盒精美诱人的生日蛋糕被抬上桌子。几个手脚麻利的年轻晚辈们，好像事先就有了分工，各司其职。插好了8支蜡烛（每支代表十岁），并一一点亮。这时早有人熄了灯，扶起老太太，面对着温馨的烛光，默默地许下了心愿。接着侄儿侄女们领唱起生日歌。歌罢，由二十几张嘴汇成的气流一下子吹灭了所有跳跃的烛光。面对腹中早已饱和的空间，大家也只是象征性地挑点糕饼品尝，剩下的奶油全成了娱乐用品。几个久经生日场子的侄儿侄女们早已躲得远远的，只有三个曾孙辈宝宝们还在余兴未尽地玩着色彩斑斓的小蜡烛。其中一个大一点的宝宝被他娘一阵面授机宜后，立即抓取一块奶油分别擦到左右两个弟妹的小脸蛋上。那两个小家伙也不甘示弱，立即各自抓取一把同时回敬到哥哥的嘴上、鼻上。三个小家伙顿时乱作一团，见人就抹。一个个都成了油头滑面的“宝宝”。三个宝儿娘也不是“弱角子”，哪还能坐得住？于是，一场宝宝间的“战争”升级成了宝爸宝妈们之间的“战争”。一个个攻防退守，各显奇招，笑声喊声欢呼声声声悦耳，直至奶油耗尽方休。几个姑奶奶和奶奶们笑得前仰后合，我们老兄弟几个强忍着笑，只顾举起相机、手机不断地抓拍着那开心的画面……

望着母亲眼角的皱纹长满了喜悦，望着席间晚辈们最温暖的亲情不断地演绎，不禁又让我想起了《孝亲赋》上面的一段话：“身体发肤，受之父母。父母与我，实为一体。我爱自身，应孝父母。能不辱身，便是荣亲。”从这几句厚重的文字中，我想：上了年纪的老人，未必在乎那一场隆重的生日宴，而自己的子女或晚辈能够经常回家陪陪他们，分享着那种骨肉至亲，天伦之乐永远是他们最大的心愿。或许一个电话，几句温馨的唠嗑，就能够传递融融的亲情，就能够温暖他们的内心，就能够让空巢中的父母少些苦闷与孤独。人类最不能动摇的情感，也许就是生你养你的那个家。无论你走得多远，人们心底最深的牵挂，真正就是那生你养你的家中父母。

岳 母 娘

娘，您知道吗？今晚，当我在键盘上敲下这些文字的时候，心里虽有千言万语，可手一直在颤抖。我实在控制不了自己的情绪，泪水老是迷蒙着我的双眼，娘的往事，如风中翻飞的纸钱在面前不断地出现与消失……

古人说："悠悠生死别经年，魂魄不曾来入梦。"怎能忘那个令人肝肠寸断的夏日：午后的骄阳炙烤着大地，也炙烤着我那颗不安的心。突然，内弟的一个告急电话，把我惊得一身冷汗。他一改往日平静的语气，急促而沉重地说：老娘胸部突发绞痛、呕吐不止……我在电话中第一反应，就是急切地催他快找车送县医院。我跨上摩托车，飞一般的奔向医院。

急诊医生扫视了一眼检查单子后，以毫无商量的口气下达了"紧急转往安庆市立医院"的通知。坐在医生对面的老娘，马上以抵触的口吻回敬了医生："这点病，还非要跑到安庆？上次来不是只挂了几天水就好着……"医生只好小心翼翼地解释着："老人嘞，这次不一样，需要做介入。我们没有这种设备……"我和内弟都附和着医生的话，准备找车子转院。想不到老娘情绪反而激动起来："不能治就回家，死也要死在家里！"唉，我从来没有见过娘如此激动！

我知道，娘是小病小灾不吱声，大病能拖则拖，所有痛苦总是一个人默默地承受。娘知道吗？我和内弟当时都是违心地按您的意思去做呀。您被搀扶着上车时，仍不放心地叮嘱我：“大姑爷（您向来就是这样以自己孙子的口吻称呼着的），你骑车子慢点些！”谁知这竟是娘留在这世上的最后一句话！

当我离家还有一段路时，就听内弟在电话里哽咽着：“老娘快不行了……”我的脑子“嗡”的一声炸开了，眼前翻飞着一道道从未见过的黑影。顷刻，泪眼滂沱……我拭去泪水，见远处山口上的残阳，似乎悬着不动，还在回望着什么，难道是在眷顾您的那78载坎坷人生路吗？

娘的一生多舛多难。童年，遭遇了撕心裂肺般的骨肉分离。“出嫁”时，还不到10岁。由安庆西门外海口洲抱到枞阳石矶头一贫穷人家当童养媳。成年，经历了未婚夫与养母双双腿子残废的窘境，以柔弱之肩挑起了养家的重担。此时，娘还有一次改变命运的机会，即可以另嫁心仪人家。然而，娘最终还是选择留了下来，与长自己十多岁的双腿残疾男人成家，继续过着没有尽头的苦日子。娘，您知道吗？这也是我多年来敬重您的主要原因啊！

娘虽不识字，但通情达理，凡事都为别人想得多。记得我结婚时，娘一再坚持不要彩礼，不收礼金，婚事从简，能省则省，把方便让给了我们，把困难留给了自己。

娘是位敦厚善良、不怕吃苦受累的人。在那艰难的岁月里，娘上要侍奉失去自理能力的老婆婆，下要拉扯着四个未成年子女，中间还要伺候行动不便的丈夫。我知道，岳父是个急性子人，看着自己正值壮年，却成了“吃闲饭”的人，心里难免有一种难以言状的苦闷，每日选择以酒浇愁，或许是他排解心中凄苦的一种方式。晚年的岳父，不仅嗜酒如命，还经常酒后乱发脾气。娘从来没有半句怨言。为了维持这个家，娘吃的苦，流的汗，受的委屈和磨难，难以用文字描述。

到了晚年，娘虽然干不了重活，但勤劳的习惯早已深深地植入骨髓。一年到头，总是闲不住。四季瓜果、菜秧子，犹如工厂流水线上的产品源源不断。刚收获的新鲜果蔬，娘总是舍不得吃，都要拿到集市上去卖。认为能卖个好价钱的东西，吃了不划算。娘就是这秉性！

娘去世前几年，两眼因白内障导致视力严重下降。平日里，在给果蔬秧苗拔草时，常常误将菜秧苗当作杂草拔掉。我们本想通过手术复明。可是去医院一检查，娘因有高血压及心肌多种毛病而被医生否决了，只能靠滴眼液维持现状。娘始终没有因视力障碍而停止劳作。

在我退休前几年，娘基本上是一个人留守在家。我每周也只是匆忙地去看望一两次，叮嘱要注意照顾好自己。我想接娘来家里长住，她总是以各种理由来推辞。我根据娘有喜爱吃鱼的习惯，每次去也只是顺手买一小碗鱼。可她好面子，几条小鱼明明完全可以在家中收拾好，而她每次都是拎着鱼去池塘边人多的地方去收拾，逢人便讲："这是我大女婿刚送来的！"我因此浪得了"孝敬老人"的虚名。事后，让我很是不安与愧疚啊！

娘在世时，非常注重她的人情。每次来我家里，两手总是拎着大一包小一包，里面装的全是我小孙子与妻子爱吃的各种食品。每来一回，我们总要吃上好几天。在娘的眼里，我们始终都是她的孩子！

如今，娘走了，走进了墙上那个长方形的玻璃框里，永远地住在那里。目光依旧是那么慈祥，神态依旧是那么平静，面容依旧还是那么随和，只是不再说话了……我想，您实在是太累了。

娘啊，如果下辈子有缘，愿您还做我的岳母娘！

带宝记趣

小孙子钱昌洁出生的那年冬天，似乎比以往任何一年都来得早。明明还是深秋季节，竟出人意料地飘起了雪花。这潇潇洒洒的雪花，如天外飞来的礼花，漫天飞舞，恰似在迎接那小生命降临人间。

宝宝的到来，确实给家里添加了不少喜气，但也给我添加了一些忙乱。最让我措手不及的是自己一下子被“破格晋升”到了爷爷的“高度”。可现实告诉我，做一个称职的爷爷谈何容易？爷爷“大位”还没坐稳，这不，“大考”就来了。

那是宝宝“三朝”（方言，指小孩出生后的第三天）后的一个早晨，我必须依约带宝宝去出生的那家医院做体检。当时，儿子假期已到，返回了上海，老伴要在家照料刚生产的儿媳却又无法分身，我自然就成了不二人选。

雪后的早晨，冷飕飕的寒风带着无孔不入的魔法，刺得人不敢将脖子伸直。这分明是在考验着我的胆量与能耐。出生才四天的小孙子被一床小窠被裹得严严实实，我似一只笨拙的老袋鼠，两手小心翼翼地抱着小窠被，佝偻着身子，钻进了一辆的士，任车外的寒风嚎叫。

在放着几张小人床的采血室里，一位优雅的女士知性地接过了我手里的单子，取出一枚似钢笔头大小的金属针头，在宝宝那绯红的小脚后跟上闪电般地划了一下。不知道为什么，我的心也跟着紧缩了一下。感觉这明明晃晃的针头像是戳在我心头上。我忍不住地看了小孙子一眼，他那张平静的小脸上并没有什么痛苦的表情。说也奇怪，小家伙一直都在静静地睡他的觉，不吵不闹，似乎很配合我，也许是一种爷孙缘吧！

几位乡下的老妈子，见我不太利索地抱着一个出生才几天的小生命，便好奇地掀开了宝宝头顶上的被角，对着不愿意睁眼看世界的小家伙一边左瞧右看，一边不住地问这问那，把我问得一脸茫然，不知所措……

“宁挑千斤担，不抱四两伢。”这一民谚虽说得有点过，但仔细想想，不无道理。自从添了个宝宝，家里的一切工作出发点与落脚点都是紧紧地围绕着宝宝这个中心。他一哭一闹，一颦一笑，都牵动着全家人的神经。

忙碌的日子如流水。一转眼就到了当年腊月廿八，宝宝该拍“百日照”了。或许是摄影师们的艺术效果吧，照片上的宝宝更是惹人喜爱。一张胖乎乎的小脸蛋，嵌着一对圆圆的小酒窝；浅浅的眉毛下，忽闪着一双纯净的小眼睛；一对菩萨耳，拱卫着一张微微上翘的小嘴巴；最搞笑的还是他那一抹浅黄色的头发，像是赶时髦的小姑娘们刻意染过似的。

一个初夏的午后，一只骄傲的母鸡下了蛋后，便“咯咯……咯嗒——”地叫开了。似乎还没睡好的小家伙一听这高调的声音，很不高兴地将一双小拳头举过头顶，做出了一副抗议的姿态。他奶奶抢步上前，端着他那光滑无比的双腿，嘴里不停地“嘘嘘……”。须臾，他那杆枪就朝着面前的一只塑料盆咣当、咣当地喷出了一条半弧线形的“龙”。

完成了宝宝的一出一进例行任务后，婆媳俩把他放在床上训练坐功。这在民间叫“七坐八爬”。哈哈，这小子东摇西晃地坐了一两分钟后，就头朝一边歪过去不玩了，一副似笨笨的小熊猫样子，让人忍俊不禁。

宝宝刚满 11 个月，媳妇的假期也结束了，母子俩被迫天各一方。宝宝一下子失去了“靠山”，少不了要哭闹一阵子。我与老伴商定，白天宝宝归她带，晚上归我带。每晚临睡前，宝宝要喝些奶粉。喝得多，自然排出的也会多。儿子寄回的那些所谓品牌纸尿裤，我一般都不想用，感觉那东西粘在宝宝身上会不舒服的。这一下好了，寒冷里的上半夜，宝宝是我的贴身“取暖器”；下半夜，我会被他带到大通荷叶洲去免费旅游。

带宝宝是件快乐与辛苦并行的事。当然也会有让你无奈的时候。譬如他吃饭就是一件很不轻松的事。老伴在给不到 1 岁的宝宝喂鸡蛋羹时，开始几勺他是一口等不了一口地狼吞虎咽。等半碗蛋羹下肚后，他的兴趣就渐渐地没有了。这时，你得逗他玩，他才肯吃。

我抓起他的那顶小花帽，放在自己的头顶心上，摇着他的小“拨浪鼓”，学起卓别林，边摇边跳，还得不停地哼哼唱唱，而且跳的幅度越大才越能吸引他的注意力。艰难的表演总算没有白费，一碗鸡蛋羹顺利地进入了宝宝的肚里，老伴脸上也有了久违的笑容。

宝宝用完餐，老伴要做家务去了。我朝他伸出双手：“来，爷爷抱!”他不理我，反而把小脸转向他奶奶怀里。似乎在说，我才不稀罕你呢！啃，小样，还挺挑剔哩！老伴好言相劝：“宝宝，奶奶要给你洗衣服去了，爷爷抱，乖!”他这才很不情愿地侧着身子斜向我。唉，无形之中，我被他贬为家里的“次等公民”了，你说我冤不冤?

到了 12 个月，该训练他走路了。我先把宝宝放在靠墙跟站好，然后在他面前一两米的地方张开双臂鼓励他走过来。开始几步还是老老实实地走着，就在距我两步之遥时，他却突然跑了起来，一脚不稳，歪向一边，被我一把拽住。有惊无险的家伙不但不害怕，反而感到开心刺激，跟着我们咯咯地笑了起来。

18～24 个月的宝宝，几乎能说会道了，只是舌头发育还不够成熟，导致口音有些“串门”。譬如，他会将“喝水倒”说成“合肥到”，把“花”说成“哈”，把“鸡”说成“西”，把“爹爹”叫成“姐姐”……这些初始的语言，在大人看来，往往感觉都是挺萌的，其实这是儿童进入复杂的思维关键阶段。

有时我刚回家，车子还没有停稳，他就急着从奶奶（老伴因腿脚不便，很少带他出门）怀里溜下来，拉着我带他出去玩。我故意问他：“上哪儿玩啊？”他小手朝门外一指：“到塘边打水漂去!”都说现在的宝宝人小鬼大，此话一点不假。什么时候排斥你，什么时候需要你，他心中都有一本账。

随着宝宝入托，一天天长大，他的心智及认知能力都在接近成人的水平，甚至学会了某种复杂的思维。我带宝宝的快乐，多于带他的忙。忙是一种充实，也是与快乐并行的一种生活方式，更是一种精神上的圣经。

如今，宝宝长大了，他如一只小鸟飞到他所向往的世界。没有宝宝在身边的日子，家里一下子变得清冷了许多。老伴尽管腿脚行动不便，但她很长一段时间都难以适应宝宝不在家的那种寂寞，常常在儿子媳妇面前唠唠叨叨，希望再养个“二宝”让她带带。可儿子根本没有那意思，媳妇也没有这意向。呵呵，我不明白这是不是真的应验了“这世间的人都是骆驼投胎，有福不享福，偏要去找苦吃”那种古老的说法呢?

守望田间

流水的日子真快，不知不觉，我已退休好几年了。说生命过半，毫无悬念；说余生还长，不可预知。对个人来说，已度过了漫长的一个甲子；对历史而言，只是飘过了一丝雪花的瞬间！

我是个教了一辈子书的人，与同龄人一样，曾有过理想、做过美梦，也经历过饥饿、尝试过苦难；儿时有过“楼上楼下，电灯电话”美好的期盼。不知道为什么，年龄越大越对儿时的田园生活是那样的眷恋，一心只想在退休后回到生我养我的那片土地。

在我的记忆里，故乡麦园是一幅田园牧歌式的图景：远远近近的村庄上空，炊烟缓缓升腾。一帮留着“屎扒子”发型的伙伴们，恣意地骑行在牛背上，唱着古老的童谣。牛打着饱嗝，长长的尾巴像是一只钟摆，不住地驱赶着身上的牛虻、苍蝇，昂着头，迎着夕阳，自山上慢腾腾地走下来。夕照拉长、放大了我们与牛的影子，像一片黑云在山坡上缓慢地移动着。还没有放暑假，村外那一大片熟悉的荷香味道就飘过来了。在这儿，你可以见到它们各自的神情。譬如，红色的生性害羞，粉色的总是含笑，唯有白色在矜持。成群的蜜蜂、蜻蜓们也不甘示弱，争先恐后地绕着着荷香献殷勤。别看蜜蜂个子小，其貌不扬，但它们都是言情圣手，最终俘获一个个“花姑娘”芳心的还是它们。三五只帅气的蜻蜓只好退守在尖尖的花苞上叹息。几只本分的青蛙静静地坐在“荷床”上，专注地看着面前的猎物一举一动，困了，也会“呱呱”地哼几句，为自己解闷。满湖的荷花映红了我们的笑脸，脆嫩清香的莲蓬、藕心菜帮我们度过了一次又一次饥荒。

住过的老屋是一座合八间瓦房。里面有一方天井，是上下堂心的分割线和中点。别看它口面只有一张八仙桌面大小，但它可以盛满外面的阳光。我从这天井里望外面的天空，那一方天空，总是显得那么湛蓝。秋天，这里是“坐井观天”的好地方。不用刻意地去守候，听到空中的雁鸣，准能见到一队雁群在上面变换着队形。小村总是那样幽静、恬淡。村庄前那古老的“千斤夹”“上马石”既浸润着先人的故事，又见证着我们一天天长大。从童年到白发，这是时间的流动；从漂泊到回归，这是空间上的迁移。

儿时的故事和老屋的背影都已渐远，历史留下的印迹不可复制。这些年，村里的青壮年都不断地到外面寻梦去了，留守的都是些七八十岁的老人。他们老了，属于那个“走不掉”“没有人要”的群体。我选择退守家园，一个重要原因，就是千辛万苦养育了我们六兄弟姐妹的老母亲还在，家里的二轮承包土地还在，新颁发的土地确权证书上还是赫然地写着我的名字。

我回乡下老家，是退，更是守。看着先人开垦出来的一块块良田耕地成了野兔出没的场所，心里不知道是唏嘘，还是惆怅、酸楚。我回乡做的第一件事，就是将种地所需的锄头铁锹、扁担畚箕、粪桶喷雾器这些农具一一置齐。我原以为耕田种地是个粗活，只要有体力，肯吃苦就行，其实那是我的粗浅之见。有了深刻的教训，才知道种田地都是粗中带细的活儿，来不得半点马虎。记得前年秋天，我在给油菜秧子打药时，因之前药水机子用了除杂草的药，箱内残存的草甘磷农药没有认真洗净，造成了油菜苗移栽后出现大量中毒死亡，结果一场辛劳变白费！还有杂交水稻育秧更是一件技术性很强的活。选种、浸种、催芽，每个环节都不能含糊。种水稻，病虫防治是关键。每一次用药，你都得像医生那样小心翼翼，对症下药。

万物有灵，无一不是从土地中生出。春天，地里的幼苗钻出地面，看着它们自由生长，心里暖暖的；夏天，这些小生命开着五颜六色的花，争芳斗艳，胜过富贵人家里的小花园，给你带来一种说不出的喜悦；秋天，它们似俏皮可爱的孩子，或涨红了脸，或笑弯了腰，或露着牙齿晒太阳，等待着你去接它们回家；冬天，富余的粮食、蔬菜成了鸡鸭们悠闲而挑剔的一日三餐。过了年，元宵节还没有到，毛茸茸的小鸡就在纸箱里活蹦乱跳地觅食了。几个月后，母鸡下蛋，公鸡打鸣。到了端午节，一家四代围坐在餐桌上，有说有笑地品尝着肉质鲜嫩、汤汁味美的仔公鸡。

我种了两亩田地，不算多，产出的粮油菜柴足够一家人享用。菜园里的瓜果蔬菜，全是农家肥和饼肥种出来的，只有田里的水稻用少量化肥。每天采摘的都是时鲜爽口的放心菜。吃不了，就让儿子带些走，或分送点给亲朋好友尝鲜。

长年累月田园劳动，阳光晒黑了我的肌肤，风雨浸润了我的灵魂；双手磨出了一个个老茧，这是大地给我的一种特有奖励。三年“农民”生活，让我守住了属于自己的那块土地，学到了在土地上生存的本事。汗水磨炼了意志，农活锻炼了体魄。平日里，乡邻们见我挑着百把斤重的粪水去浇庄稼，显得很轻松，总会夸我几句。我也为自己角色顺利转变而感到自豪！

读书、写作，如同自然界中的阳光、雨露和空气，滋润着我的晚年生活。退休后读书，已不是年轻时那种“书中自有颜如玉，书中自有黄金屋”的追求了，更多的是为了丰富充实生活，做到老有所学，老有所乐，怡情逸致。

自媒体时代，为阅读、写作带来了方便。在职时，我因年龄原因（当时规定 45 岁以上人员发“免试证”）而无缘参加人社部门安排的计算机培训。没有摸过电脑的我，对电脑写作简直就是一片空白。人都有潜能，只是不为自己所知而已。好在当今的智能手机功能强大，几乎无所不能。于是，我就在手机上写，手机上发。3 年下来，两部手机为我记下了十几万字的散文随笔，拍了一组组记录生活的图片。有百余篇（幅）文稿、图片散见于报刊与网络。值得欣慰的是，2016 年，我的名字有幸忝列在市县作家协会队伍中，圆了我的“文学梦”。读书写作，让我认识了外面的世界，见识了一些一线作家和知名编辑老师，结识了不少文友。

写作是件辛苦与幸福并存的事。我读书写作大都是在晚上或天阴雨下的时候，这样既不占用处理家务劳动的时间，又有一个完全属于自己的世界。刚开始，老伴对我写作并不认可，她担心我会过于投入而影响到身体。其实她的忧虑是多余的。因为她只看到了我写作中的辛苦，却忽视了写作会给我带来快乐。常言说“人活一口气，佛争一炷香”，人只要精神好就有活力，人的心态可以决定人的生活质量，可以决定人的幸福度，甚至可以决定人的健康和寿命。

退休应该主动融入当地社会。办理退休手续时，我的组织关系也转到了居住地（村）党组织，这样可以就近参加活动。2016 年，我受村两委重托，完成了枞阳县内第一部《村志》编纂工作，受到了社会广泛的关注与好评。2017 年“七一”，我被增选为村第二支部委员（不占编制，不拿报酬），主要是帮村里处理些文字材料，做些宣传工作。村主要领导见我有看报的习惯，就让邮递员每天送两份报纸到我手上，让我享受着一种“特殊待遇”。

瞧，这就是我退守家园的生活，也可以说是晚年的一道风景吧！

三代人的上学路

我的家乡麦园，是枞阳神灵赛湖畔一个很平常的小村庄。儿时上学得去五里路外的小镇。每日天刚蒙蒙亮，小村还在沉睡中，就被我和伙伴们喊着、约着的声音叫醒了。

秋冬季节，走在七弯八拐的田埂上，往往还没到学校，脚上的一双布鞋，早被露水、霜冻湿得差不多了。坐在晨读里的冷板凳上，阴冷的晨雾似幽灵般的，从没有玻璃的窗户里漫游进来，透过单薄的衣服，直达你的肌骨。无奈的我们，只好大声地读着课文，借此来忘记寒冷。

傍晚，当夕阳把湖面染成金色微澜时，我们远眺着村子一户户人家的袅袅炊烟，想象着祖母已经烧好了的饭菜香味，那软绵绵的双腿忽然有了点力气，不由自主地加快了回家的脚步。

最让人恐怖的是，那寒碜的学校坐落在一处被鬼坟窠包围的山坳里，每天上学放学都要从那几棺塌陷了的坟前经过，特别是一墓穴被野獾子扒了个洞，洞口可容得下一个篮球，洞外除了一堆刺眼的白石灰碴子，还有几块让人不敢看的尸骨。因为害怕，一个人从来都不敢路过这里。每当雨雪冰冻天气，过学校西边山径时，摔伤跌倒那是家常便饭。所幸的是，我们经得起摔打，爬起来拍拍屁股，摸摸痛处，便没事了。

梅雨季节，草木葳蕤。原本就不宽的圩埂头，被路两旁青蒿、红蓼、黍子挤得更窄了。人走在当中，就像是进了密不透气的过道里。汗涔涔的湿气里，弥漫着各种草味，还有自己身上的汗味。若是稍不留神，就会遭到一种叫“洋辣子”虫的袭击。这虫子的颜色与树叶颜色几乎无异，往往都是藏匿在路边某一株低矮的梓树枝叶子的背面。当你的手背或胳膊一旦触碰到树叶时，那家伙便会给你狠狠地蜇一口。那火辣辣痛的滋味，实在无法形容。记得当年有个伙伴被这洋辣子蜇了后，疼得号啕大哭，我们只好帮他抹口水止痛。

汛期，几场暴雨过后，湖水像潽饭汤似的往上蹿。混浊的洪水，常常吞噬了小镇街口那座古老的小石桥和连接桥两端的圩埂路。无助的我们，只好一手拎着鞋，一手纠着卷至大胯沟的裤腿，用脚尖一点一点地探索着前行。

为了我上学，天不亮，祖母就起来给我做早饭，还要准备我带到学校吃的午饭。冬天，我书包里装的是几根蒸熟的红芋，春天是麦麸里夹杂着榆钱的饼子，夏天是山芋渣粑。可以说，我的上学路里，凝结着祖母的爱以及全家人的期望。

当我儿子出生时，一条平坦的砂石路诞生了。这条路，穿过了神灵赛湖岸，一头连着小镇，一头通向热闹的县城，中间串着一个个安静的小村子。这条路的开通，让沿线人激动了好一阵子。

当时光将我推到了中年时，我也成了母校的一名公办教师。为了上下班方便，我花了两个月的工资，托人买了一辆永久牌自行车。每天车后驮着儿子往返于学校与家里。骑行在平坦宽阔的砂石路上，一边是一望无际的田野，一边是波光粼粼的神灵赛湖水，上学与放学的路上，父子俩欢歌笑语。

白驹过隙，时光荏苒。我也从教师岗位上退下来好几年了，而家乡早已旧貌换新颜。不仅仅是门前的砂石路面，由当初的五米拓宽成了七米的柏油路，更让人做梦都没想到是，村前村后各新修了一条双向六车道高等级公路。这路托起了几代人的幸福与希望。乡邻们私下给这两条路分别取名为“连心路”和“幸福路”。

更让人欣喜的是，到了我小孙子这一代，孩子们上幼儿园、小学，不仅享有与城里的孩子同样的待遇，而且上学放学都有橙黄色校车到家门口接送。中午，学校有食堂，每顿饭两荤一素，偶尔还有一个水果，或一盒牛奶什么的。家长可以在家门口厂里安心务工，不用担心孩子上学路上的安全与午饭的事。至于我读书与工作过的母校，经过改扩建，已从当初的砖瓦房，到如今的一幢三层楼的气派的校舍。标准化的教学楼、宿舍楼、食堂、围墙，布局合理，窗明几净，气派的运动场、塑胶跑道，设施完备。农村学生享受国家“两免一补”的助学政策，贫困家庭学生、留守儿童、贫困住宿生等每年还会得到国家发放的专项补贴，学校每年有一对一结对帮扶贫困生计划……

回忆过去，再看今天，我亲眼见证了祖国教育事业巨大的发展变化。校园里，看孩子们的灿烂笑脸，听他们课堂上发出的琅琅读书声时，我常为他们感到幸福温暖。

过去的故事很难忘，如今的故事让人倍感骄傲自豪。神灵赛岸边的山山水水，是伟大祖国鸿篇巨制里的一首诗行，怎么不让人为她的美丽而沉醉呢！

辑四

岁月履痕

往事如酒

“劝君更尽一杯酒，西出阳关无故人。”这是唐代大诗人王维的两句诗，相信大家都非常熟悉。寥寥十几个字，为我们勾勒了这样的一个画面：再干了这杯酒吧，出了阳关，可就再也见不到老朋友了！同样，在枞阳坊间，一直流传着“无酒不成席，无酒不成礼仪……”类似的说法。表明酒是一种不可缺少的待客之物。

说到酒，让我想起了40多年前的一件事。其时，一同事荣调到县里某单位。共事一场，以酒饯行，自然少不了的。无奈的是，当时物资匮乏，商品几乎凭票供应，猪肉更是稀缺。好在“高校长”（其实他不姓高，只是因为他的个子比别人高）有位远房亲戚是小镇食品站会计，他不得不放低身段去央求人家，终于弄来了半片猪头和一副猪脚，中午下酒菜算是有了着落。

你剃毛、我烧火、他掌勺……大家“打锣卖糖，各做一行”。刮净了毛发的猪脸立即秀气起来，似乎在向这些寒酸的教书先生轻佻地微笑；猪蹄子白白光洁，脚尖透着一道粉红，像是影视中那旧时老女人的胭脂甲。

伙房是教室后面一间不大的内屋，一帮忙碌的身影从这里进进出出。时间不长，一股混合着酱香、肉香、蒜香的味道，就填满着每个人的鼻孔。当柴锅里的沸腾声由粗犷变得温柔时，则预示着这一锅猪头脚大杂烩即将烧好了。揭开锅盖，轻轻地吹去弥漫在肉块上面的一层薄薄的香雾，就见锅中的汤汁还在突着细小的气泡，肉块油润饱透，泛着一层红而亮的光泽，是该出锅的时候了。

几碗家常小菜联袂着一盘数得清的花生米，拱卫着半大脸盆皮包着骨头的肉块。当六个人围坐在两张课桌拼成的餐桌四周，算是欢送午宴开始了。在乡下，这六个人的酒席无论怎么坐，都像是个“乌龟席”。大家似乎并未在意这些，眼球早已被“高校长”手里的那瓶没有外包装的“古井贡”酒给勾了去。

我偷眼一瞧，这酒瓶胸部印着一枚硬币大小的圆形商标，就像是这瓶酒的朱砂痣。图案与我们村前那口老井有惊人的相似！当然，这是皖北的一口老井。一块米黄色的石井栏，亲昵地依偎在一株“弓”形的古树下。在商标旁一空白处，被店家赫然写着一行歪歪扭扭的红色字体：“每瓶售价三块四角。”哈哈，你可别小瞧这“三块四角”，这在当时，算是一笔不小的数目啊。如果按当时市值计算，相当于我们四天的工资额。这也是我第一次这样近距离地见到了“古井贡酒”。觉得能带个“贡”字的酒，肯定是好酒。先前曾听说过这种带“贡”字的酒，只有古代帝王将相和达官贵人才能享受到。

高校长确实是位难得的性情中人，一瓶珍藏了三年的古井贡酒是他的新姑爷当初孝敬的，可一直留着不舍得喝，没想到今天拿出来给我们分享！他小心翼翼地旋开酒瓶盖，先给荣调的同事满了一杯。或许是被一种好奇心驱使吧，向来滴酒不沾的我，这天居然矜持不住了，大大方方地端起面前的杯子，让高校长斟了一杯足足二两酒。用老乡们的话说，一桌斯文人，没有一个算是喝酒的，唯有爱哼黄梅小调的明哥算是“半个喝酒”的人。

当美味伴着美酒愉悦地进入到每个人的舌尖时，那感觉是言语无法形容的。可以看出，大家的吃相似乎如同平时教学生如何做试卷那样，先从填空题入手。当饥肠有个半饱之后，大家开始乐呵呵地朝着“客人”频频举杯。随着浓郁的酒香不断地融入血液里，白净的书生们，慢慢地变得红光满面起来，嘴里那些豪迈、甜蜜的语言也一个接一个地往外蹦，就连性格内向的同事话也多了起来。呵呵，看来酒确实是一种奇妙的饮品，怪不得有那么多的人爱它爱得魂不附体。

有人说，好酒入口绵柔，后劲十足，我总觉得这话只说对了一半。比如，那时的古井贡酒都是 60 度，入口后，并不是如现在广告语说的那样柔和、舒适，而是一种火辣辣的味道。只是完全下肚后，才感觉齿舌残留着一股甜丝丝的味道。我想，这或许就是人们那句“吃香的，喝辣的”口头禅的出处吧。

当第二轮酒巡视（斟）开始了，几个平时滴酒不沾的同事，纷纷地摇晃着脑袋推辞说，已经多了，不能再喝了，并用双手护着自己的杯子，生怕被人抢了似的。只有明哥一副大度的样子，他是桌上唯一直接“晋级”到了第二轮的种子选手。一瓶古井贡老酒差不多被他喝了一半，剩下一点瓶底子，高校长趁我一个不注意，全赏给了我。实话说，酒比香油贵许多，岂能浪费？我喝着喝着，不知不觉，一种微醺之意上来了，仿佛腾云驾雾般的飘飘欲仙。也不知道哪儿来的高兴劲，便唱起了黄梅戏《女驸马》中的那段《谁料皇榜中状元》：“为救李郎离家园，谁料皇榜中状元……”坐在对面的知音明哥，僵硬地伸着兰花指摇来晃去，眼里都是醉星星。听着晃着，不一会儿，他就趴在桌上“烀猪头”了，接着是一阵“捧场”的嬉笑声。一个人烀似乎显得单调，不知不觉我便配合他一起烀了，这样就有了“伴奏”韵律。

“噼啪，啪啪……”，耳畔忽然响起一阵阵爆竹声。猛抬头，橙色的夕阳，不知道什么时候把校园里的冬青树染成了金色。哦，这零零落落的鞭炮声，原来是村里人在给那些还没有找到归宿的灵魂送去一年一度的“七月半”纸钱了。我忙摇醒明哥，二人一前一后，踩着猫步往家走……

邑人茶事

不知何时有了这样一句俚语：南方人喝茶谈生意，北方人喝酒打架。呵呵，尽管这话未必准确，但至少可以看出，过度饮酒，容易使人冲动而丧失理智，铸成大错。饮茶，则不然。经常饮茶，可以使人大脑保持清醒，理性地思考问题，具有明理守礼，举止得体，平和可亲、温文尔雅的气度，可终身享受“茶客”美誉。嗜酒如命的人，往往酒后无德，不是胡言乱语，就是借酒耍泼，闹得鸡犬不宁，把自己扮演成了一个人见人嗔的“酒鬼子”。

有人说南方人善于做生意是与爱茶有关。在我看来，南方人爱茶远不及枞阳人爱得深沉。不知道诸位注意到没有，枞阳人喝茶有个鲜为人知的秘密，就是无论走到哪里，身上总是离不了一个心爱的茶杯子。这如同古代的剑客一样，不论身在何处，总是剑在人在，剑人合一。如果你在他乡，不经意间看到了某人屁股后口袋里揣着一个精致的茶杯子，那十有八九就是个地道的枞阳人了。你可别小看这只茶杯子，它是枞阳人身上一种特殊的标配。有了它，枞阳人夜晚行路有了安全感，万一碰到了个把歹徒，可以拿它当作防身自卫利器。

大家知道，枞阳襟江带湖，有着气候温和、日照充足、雨量充沛等地理优势，非常适合茶叶生长。比如麒麟的岱鳌山、钱铺的三公山、枞阳的大青山等地的茶叶，色碧味酽，柔和纯正，在当地及周边地区曾一度小有名气。如果追溯至明清时期，邑内凡是小集镇的地方，都设有各种茶馆。小时候，曾听老辈人说过这样一句乡谚：三个铜钱上茶馆——翘首架脚。这话至少有三层意思，一是说当地茶馆门槛低，客人只需花上几个铜板，就可以坐在这里喝茶、谈生意，或聊聊天、拉拉家常，尽情地享受着小镇那种慢生活。二是有鄙视生活在社会最底层人的意思。三是从另一个侧面印证了“十个枞阳人，九个是茶客”那种说法吧。

茶，是大自然对人类的馈赠。出门带上一杯好茶，是枞阳人一贯的风格。在枞阳，无论是官方的那些会场，还是民间的一些婚宴或朋友聚会等活动场合，几乎每个人手里都有一只时尚的茶杯子。外地人根本想不到这杯子还有很多用处呢。比如不善饮酒的枞阳人，碰到朋友、客人向他敬酒时，他就会谦卑地以茶代酒来回敬对方。以茶代酒，在某些应酬性的场合也不算是失礼。显而易见，枞阳人的血液里，或许自出生起就有了茶的况味。

如果说出门带上一杯好茶是显得自己有面子，那倒让我想起村里一位可爱的老人。若是你一大早就看到他手里捧着个茶杯，满脸都是掩不住的笑容，悠闲自得地从村东头逛到村西头，那一声声不太自然的干咳，似乎在招呼着什么。“老爹爹，您这是什么好茶?”他两眼瞬间眯成一条线，乐呵呵地向你举起茶杯说：哈哈，这是姑娘刚带回来的白茶。一斤叶子，要值好几担稻子的价钱哦！嘴上虽说不住地心痛、埋怨，脸上却泛起了一圈又一圈幸福的涟漪……

在枞阳，随着生活水平不断提高，对茶叶有讲究的人渐渐地多了起来。当年老辈人饮用的那些大壶茶，早已成了后人的记忆与故事，晶莹剔透的玻璃茶瓶替代了传统的各种茶具。这些新生代枞阳人追求的不仅是茶叶的味道，还有那“两叶一刀”的品相。

一个人不能没有一种爱好。我这个枞阳佬最大的嗜好，就是品茶。一年四季，无论何时，都是品茶的好时节。夜幕降临，坐在飘着茶香味的书斋里，透过窗子看外面，星光迷人，夜空幽蓝深邃。若是遇雨，一边听雨，一边品茗，更是有种灵魂都被洗刷干净了的透爽。

我爱岳西翠兰，那是因为大别山腹地凉爽的气候，薄雾笼罩的茶园，独特的地形、土壤和空气，赋予了岳西茶清雅而奇异的花果香。品着学生张乾送来的一盒枞阳官山仙羽舌白茶，感觉似一位待嫁的闺中之秀，文静优雅，芳香扑鼻，入口生津。给我留下了“以形美、茶色清幽、芳香醇厚”等深刻的印象。

随着私家车这个代步工具的普及，枞阳茶客去茶叶原产地购茶似乎也多了起来，也有去气派典雅的茶叶专卖店买茶。而我则是在别人不一定能看上眼的小店里选购茶叶。当我们走进枞阳凤凰街口，就见店门口挂着一块“凤凰朱氏保健茶”牌子的小店。初次坐在店内，两脚须规规矩矩地放在椅子下，感觉店内小得不能再小了。不过店主朱大姐倒有一种宽容的胸襟，十几平方米的小店被她收拾得井井有条。经过多次接触，朱氏茶叶无论价格，还是茶的品质都给我留下了一种难得的信任。或许这与她信佛有关吧。因为佛总是在引导人向善。我每次去她店里选购茶叶，或上街顺便去坐坐，她都少不了送我一只精致的茶杯，或泡上一杯香茗给我解乏。

饮茶，在古代文人墨客眼里，不仅是一种生活习惯，也是一种生活情趣。如唐人李商隐《极目》一诗是这样描述茶趣的：“小鼎煎茶面曲池，白须道士竹间棋。何人书破蒲葵扇，记着南塘移树时。”李商隐不愧是大师，寥寥几笔，就勾画了一幅闲情雅趣的煮茶情景。而苏东坡在《次韵曹辅寄试焙新芽》中则云：“从来佳茗似佳人。”都说女人如花，坡翁偏说佳人如茶。照《红楼梦》中妙玉的论喝茶，一杯为品，二杯即是解渴的蠢物，那么喝茶不为解渴，只在辨味，细品那苦涩中的一点回甘。

喝茶，不是一种时髦，而是一种生活态度。它虽清汤寡水，却需饮茶者心境平和。人生就像一杯茶，也许会苦一阵子，但不会苦一辈子。茶的真味，或许就是人生的真味。

一帘茶梦

不知为何，最近夜里，老是在重复着一种梦境：梦见儿时的自己，忽而坐在老屋里那张旧方桌边练写毛笔字，忽而站在灰白色的窗棂下，背诵着那些不太懂的古诗文。

身后几步，是张茶几。一把泛着岁月沧桑的紫砂壶、两只无盖的小茶碗，占据了茶几上面的大部分空间。一张被汗液浸染成古铜色的藤编躺椅，紧邻着茶几。若不注意，两者就是一个整体。

清癯的祖父，眯着那双被眼袋挤得仅剩下一条缝的浊眼，半靠半躺在椅上，静静地听着我在诵读。他偶尔会发出一两声干咳。懵懂无知的我，只是觉得这咳嗽并不是发自肺腑，有种搞笑的味道。

过了一段日子，经祖母提醒，方知这咳嗽声原来是祖父向我发出的一种警示信号。他那每一声干咳，都意味着我在背诵中出现了一处失误。

想不到这梦里的场景，竟然是复制了当年的一幕幕往事。那时，十岁的我正在读小学三年级。几乎每个节假日，都在祖父的监管下，去完成一些家庭作业。通常是早上起来，先读一会儿书，再背诵给他听。祖父常说，一日之计在于晨，一年之计在于春，一生之计在于勤。祖母也附和着说，早晨读书容易进肚子。午后，照着字帖，在一种用铅笔画了“米”字格子的大表纸装成的“本子”上，写几页毛笔字，才允许出门玩。

每写完一次临帖，祖父都要对那墨迹未干的字，逐个地点评，并强调说，初学毛笔字，要注意横平竖直。记住，撇似战刀，捺如扫把，点像瓜子……若见我的字如他的意，就会拎起那胖乎乎的紫砂壶，倒出一小盏橙黄透亮的茶水，奖赏我说，呶，你把这盏茶喝了，再出去吧！

我端起茶碗，如一头急性子的小牛犊，咕咚咕咚，一饮而尽。然后，一抹嘴角，抬腿就往外跑。祖父见了，摇摇头，笑盈盈地抱怨说，你这个小鬼魂，干吗像野人似的在家待不住？写了一个暑假临帖，人的性子，不再是那么猴急马慌了。当然，我的“茶龄”，也应该从这时算起。

坦诚地说，那时，我对茶并没有什么好感，反而偏偏爱上红糖水，而红糖却是一种紧缺的奢侈品，只能望糖兴叹。当那清香而微苦的茶水喝进嘴里，总感觉不如喝白开水。祖父却不同，几乎每日离不开茶，说他嗜茶如命，也不为过。他最爱江南毛峰那种刚烈的味道。这或许与他的个性，有点微妙的关系吧。

他每天早上起来第一件事，就是把那只不知产自哪个年代的铜茶器（方言，一种夹层烧水用的老铜壶）装一壶老井的水，点燃引火柴，再放几块栗柴炭。等茶器上方腾起了一圈白色的雾气，就用三个手指从茶叶盒里拈起一撮茶，放入洗净后的茶壶中。祖父沏好了茶，也就是意味着新的一天从这壶茶里开始了。我也记不清，多少个早晨，祖父就是这样日复一日地点老茶器——烧老井水——喝老地方茶。

祖父生活十分节俭，喝茶却颇为讲究。他喝的差不多都是黄山毛峰茶。除了自己选购外，还有一位江南陈姓义子（其父是祖父的战友，后惨死在日本人手里）孝敬他一些价格不菲的茶叶。我常听祖母这样的念叨着：哎哟，好贵哦，一斤茶怕是抵上十几斤猪肉了……是的，这在当时确实是一种贵重之物。

据祖父介绍，他的那位陈姓战友是位新四军地下交通员（老辈人称

“通事”)。在一次执行任务时，被敌人抓住后，遭到了各种严刑拷打，但他一直都扛着，什么也没有说。后被毫无人性的鬼子，摁到石灰池里活活地呛死了。

新中国成立后，烈士的壮举一直被湮灭在历史的长河里。政府查不到档案，家人拿不出证据。最纠结的是，还蒙受了来自社会上的一些不公正的流言蜚语。

“文革”前，烈士唯一的儿子陈之光，经人介绍，辗转来到枞阳，找到了我家，向祖父表达了诉求。我见祖父噙着泪，用颤抖的手，为他父亲出具了一份好几页的书面证明材料，还原了这段历史，让他家人享受到了迟来的烈士家属待遇。其子陈之光被安排到市委招待所工作。他无以回报，便认我祖父为义父，每年都会给祖父送来一些江南名茶，也算是一种孝心吧。在我的记忆里，祖父仅为两位烈士的家人出具过证明材料，还有一位是安庆怀宁某乡镇的，姓什么已记不得了。

祖父不仅爱茶，还喜欢讲些关于茶的顺口溜或对联什么的。譬如，饭后茶漱口，虫牙不会有；饮了空腹茶，疾病身外爬；喝茶不洗杯，阎王把命催；春茶香，夏茶涩，秋茶甜，冬茶眠。抽烟花钱买病，喝茶醒脑提神等等。

喝茶，不仅是一种享受，更多的是折射出一种文化，一种民俗。祖父曾说过“酒要满，茶要浅”。至今在一些地方还流行着这样的说法：若是给客人的茶斟得太满，就是送客的意思，这是对客人的一种不敬，甚至被理解为，你在拐弯抹角地损人。祖父不喜欢喝太烫的茶，沏茶从来不满杯。

弹指之间，50 多年过去，祖父早已不在人世，而往事却历历在目。回想祖父当年，没有少倾注心血的那个宝贝孙子，并没有把毛笔字写好，却学会了喝茶。当然，我知道毛峰是好茶，但价格昂贵，不是我等凡夫俗子所能享受的，既是寻常人那就喝寻常茶吧。

每年的谷雨时节，也是我选购茶叶的季节。因谷雨茶，经过雨露的滋润，营养丰富，香气逼人，喝起来口感醇香绵和，有通气之效。民间说，谷雨这天的茶喝了会起到清火、辟邪、明目效果，所以南方有谷雨摘茶习俗，谷雨这天不管是什么天气，人们都会去茶山摘一些新茶回来喝，以祈求健康。

我通常会在谷雨后的一周内，一次性买好一年的茶，放入冰库保存。岳西翠兰、六安瓜片、江南云雾茶都是我的最爱。这些茶的名字，似乎都具有女人味，让我想到了女人的温婉多姿、雅致芬芳，她们与黄山的那种奇、秀、险美景相映成趣，与天柱山的阳刚之美相互映衬，滋润和支撑着大别山区及她的余脉这片美丽富饶的土地。

身边朋友都知道，烟、酒、牌这三兄弟与我是无缘的。唯一爱好，就是喝茶，而且喝得浓酽，这跟小时候的熏陶多少有点关系。随着自己的岁数越大越离不开茶，茶似乎成了我生活中不可缺少的一部分。我不知道是不是这种灵性的东西，有种让你无法抗拒的魅力。

说起茶，不能不提及邻村子的一位八旬老人。他一年三百六十五日，几乎每天都要经过我门前，去小镇喝早茶。回来时，小篾箩里除了躺着一只尚未喝尽茶味的玻璃杯子，什么也没有。有人笑问他，老爹爹，你天天上街，怎么看不到买一样东西呢？老人狡黠地一笑，轻拍着自己的腹部，带着几分可爱的样子说，呵呵，东西全在这儿哩。问者不饶人，顿了顿，又补了一句，哦，是的，还有您老这杯子里面的老茶叶。老爹爹感觉对方在讥笑他寒酸，脸一下子拉了好长，没好气地回敬道："哼，老茶自有老茶客，哪有老茶喝不得？"说完，拂袖而去。

记得梁实秋先生在《浮生若梦》一书中说过这样的话：茶是我们中国人的饮料，口干解渴，唯茶是尚。茶字，形近于荼，声近于槚，来源甚古，流传海外，凡是有中国人的地方就有茶。人无贵贱，谁都有分，上焉者细啜名种，下焉者牛饮茶汤。

唉，人生就是一场梦，一场不能尽兴的梦。于我而言，这茶里面的人生，既到达不了那种"上焉者细啜名种"境界，也回不到那"下焉者牛饮茶汤"懵懂无知的少年时代了。

抵棍，一个时代烙印

大家知道，我国因南北气候、地理环境上的差异，出现的民间体育活动也不一样。譬如，北方民间有摔跤、赛马、溜冰、滑雪等传统运动项目，而南方民间则有赛龙舟、游泳、泼水节等娱乐活动。在武术上，还分为“南拳与北腿”。那么，在我们皖江区域，是否也有类似的民间体育娱乐活动呢？答案是肯定的，只是现在被人们淡忘了。就咱们枞阳而言，以前，民间曾盛行过一种群众喜闻乐见的“抵棍”娱乐活动。当然，现在的年轻人，对这项活动未必还能讲个所以然。

其实，这是农耕时代一种典型的民间竞技娱乐活动，也是民俗文化中的重要组成部分。扁担抵棍，源于何时？我无从知晓。我只晓得这娱乐活动，是 50 多年前生产队大集体社员们的最爱。

那时，一进入冬春，就迎来各种没完没了的水利兴修。除了县里组织的修江堤，区、公社组织的内河圩堤加固，还有大队、生产队的围湖造田、当家塘整修等各种水利工程。这些水利工程都靠肩挑手挖，没有半点机械设备可利用。已是初中学生的我，就怕到了星期天。因为一到星期天，我就得去参加那枯燥而繁重的生产队挑堤劳动。

娱乐是人们精神上的一种调节剂，恰当地运用能起到释放精神上的压力。在兴修工地上，每当小憩，一群健硕的青壮年，就会取下扁担两端的畚箕，举着扁担，招呼同伴，择一平地，伴着嘻嘻哈哈的笑声，开开心心地抵上几个回合。当然，这与其他竞技体育一样，是要靠实力说话的。只是大家并不在乎谁胜谁负。胜出，人家佩服；输了，自己服气。遇上双方实力悬殊过大，高手一方，自然会放下身段，包容地陪着你玩个痛快。抵着闹着乐着，忘了疲劳，情感也就融洽了，甚至有个别哥们还玩出了“瘾”呢！可见这玩意也有不小的诱惑力！

想当年，我那小祖父新家公，一条扁担竟然抵遍全村十个生产队无对手。他个子不算高，也就一米七的样子，但身体壮实，膀宽腰圆，双臂圆硕，肌腱突起，两百斤的担子压在肩上，照样健步如飞。他能轻松战胜一个个对手，除了天生的身体素质好，还与他年少时学过“劁猪割卵”、跌打损伤、练气功有关。

劳作之余，队里一班小青年就会黏上他，求授抵棍“独门秘诀”。当时，有位外号叫“憨猫”的年轻人，不知为何迷上了抵棍，虽说他抵棍的实力不怎么样，可身上老揣着用三个鸡蛋换来的一包“江淮烟”。一有机会，就恭敬地递给我小祖父抽，巴不得天天陪他玩抵棍。小祖父想不到自己居然还有这样忠实的“粉丝”？便欣慰地对他说：“这个玩意，只是平时耍耍而已，你不必过分的在乎它，更是急不得，要靠你平时慢慢地去练习，去把握……”

喜欢损人的“猴子”凑了过来，冲着憨猫扮了个“猴脸”，挤兑他说：“算着吧，你晚上连老婆都抵不过，还天天缠着要小爹爹教？真是想盐，都想到海里去了！”

“憨猫”没好气地白了“猴子”一眼说：“我再不怎么的，反正比你这只臭猴子强。要不服，咱们现在就来走一个瞧瞧？”

小祖父忙劝住了他们，拿起坐在屁股下的那根桑树扁担，让“憨猫”接着，边做示范边说：“抵棍时，先束紧腰带，护住腰肌，两脚呈‘丁’字站稳，身子要沉下来，扁担头不松不紧地握在掌心，手臂与扁担保持直线，舌尖顶住上颚，气运丹田，两眼如狼一样盯着面前的对手，先用七分力气看住对方，等他力气耗去一些，感觉对方稍有懈怠时，立即抓住时机发力，给对手一个猝不及防，方可取胜……”身边的几个小青年听了，不住地惊叹：“哦，原来如此。高，高，实在是高!”经过不断练手与琢磨，大家的棍术都有了显著的提高。于是，这支乡土味十足的自发性“抵棍队”，在当地也渐渐地有了一点名气。

这支近似专业性的抵棍队伍，也撩起了当时公社和生产大队领导们的兴致。每遇规模较大的抵棍场面时，公社、大队（近似现在的乡、村）都有干部光临、捧场。影响较大的一次抵棍赛事，是在“文革”后期的某年冬修。那时，江堤兴修，算是重点工程，通常都有一两名公社干部带队，像抵棍这类娱乐活动，干部们不仅积极支持，还常充当牵头组织的好事者。他们清楚，长达半个多月的兴修，是枯燥乏味的，民工们的精神生活也需要调剂的，于是，选择了将某个下午民工“歇盼”(方言，意为劳动中间小憩）时间作了适当延长，邀请相邻堤段的公社选手前来联赛。双方领导胳肢窝里都夹着丰厚奖品（一沓毛巾和数条“东海牌”香烟)。可别小看这些奖品，这在当时计划经济中属十分紧缺商品，就是你有钱也是买不到的。

既是比赛，自然也有规则，看上去，倒也像模像样。双方队员出场，如同赌桌上出牌那样诡异神秘，暗藏玄机。先上场的，说白了，是一般性选手。他们只是上来暖暖场子而已，重量级的都要等到最后才登场，也正如人们常说的，好戏在后头呢。那热闹场面也不亚于看马戏，人们内三层外三层，上千双眼球，瞬间凝聚在一根被挤压得不断颤抖着的扁担上。大家哪见过这样大阵容？一个个目不转睛地盯着扁担两端的高手们，是如何把这农耕文化演绎得高深莫测的！

场上双方的粉丝们，一个个如同叫春的青蛙，突着双眼，鼓着腮帮，扯着嗓子，喊着各自的号子：“上啦！上啦！……”“上！上上……”一时间，根本也分不清是在为谁助阵呐喊。半决赛时，小祖父作为主力队员去试探对方一号实力，结果以二平一负无缘决赛，得了个第三名。冠军是在我方“铁柱”和对方“铁牛”对决中产生。“铁柱”当兵五年，在部队别的没学到多少，偏偏臂力长了不少。一米八几的个头，铁打的身躯，浑身上下，足足有两百来斤。在工程兵部队，就爱与北方几个“胯佬”哥儿们琢磨着这抵棍玩意，可谓是沙场老将。此时，他正值而立之年，人生巅峰之际，果不负众望，以三战三捷的佳绩，轻松地将那“铁牛”抵到了“台拐”。授奖时，前三名选手除分获了相应的奖品外，每人还多记了两个工分。

在那个年代，抵棍能受到群众如此喜爱，恐怕与这项运动具有极强的趣味性、灵活性和实用性有关吧。试想，一根扁担，一会工夫，三五个人，就能把它玩转起来。如果你也置身现场，或许也会觉得手痒痒的，说不定也想上去一试身手。

扁担抵棍，是多年前群众一项喜闻乐见的娱乐活动，是经老祖宗开创后，一代代传承下来的非物质文化遗产。我想应该与摔跤、赛马运动一样，有着厚重的历史文化内涵。然而这项活动，却与我们今天的现实生活渐行渐远，似乎早已湮灭在物欲横流的浮华社会里。当年的一个个抵棍达人早已远去，如今，肩挑劳动也逐渐被各种机械、车辆所替代，一根浸染着勤劳智慧的木头扁担，也淡出了现代人的视线。我曾不止一次地在问自己：若干年后，我们的后代，还能知道老祖宗这根扁担，在挑起了岁月与生活的同时，还能带来无限的乐趣吗？

腊月的记忆

当树梢上几片残叶还没有来得及飘走，一场腊月的雪就从小村麦园的西北边包抄过来了。这雪并没有如气象部门预报的那样来势凶猛，而是一副温文尔雅、淡定从容的样子，也看不出急于想把整个世界都装进自己口袋的那种感觉，或许这就是一场持续多天的雨雪低温天气前的征兆吧。

一场腊月的雪，就是一种飘荡在故乡里的年味。据民俗专家介绍，“腊”就是打猎，即在一年岁尾、新旧之交，用打来的野兽搞祭祀活动。儿时总是盼着下雪，有了一场丰盛的雪，就可以去做自己想做的事。我曾在一场腊月的雪后，模仿过猎人，约三五个狐朋，带几名狗友，踩着“咯吱咯吱”的积雪，去村后小山上围猎冬狩——逮野兔。这或许就是民俗专家们讲的那古老习俗的一种不自觉的延续吧。那时，村外野兔多得出奇，你只要在田畈里转一圈，冷不丁地就会碰到一只野兔或两只野鸡从你眼皮底下突然蹿了出来，把你吓得一跳。那年家里收养了一条流浪的小黄狗，没想到这狗长大后有了上山抓野兔的本事。每次抓回的野兔，总是我们吃肉，它啃骨头，乐此不疲。

我去雪地里逮野兔既是一时兴起，也有受爱犬叼兔的启示。天真地以为，一旦大雪封山，挨饿受冻的野兔就会在寻找食物的路上暴露行踪，那岂不是逮个正着的好机会？我们学着课本中的猎人，手持一根三尺长的木棍，沿着兔子留在雪地上那依稀可辨的小脚印，一路追寻下去。当搜索到后山一处荆棘丛生的古墓旁，那印在雪地上的“小梅花”突然消失了，狗狗们绕着茂密的“刺墙”悻悻地转了几圈后，只是无奈地朝着刺丛里面一阵虚张声势地乱叫，然后就像什么也没有发生似的。这一刻，让我领教了什么是“狡兔三窟”。

暮色降临，在皑皑积雪覆盖着村子的上空中，回荡着各自的父母喊回家吃晚饭的声音。呵呵，一番折腾，别说没抓到兔子，就连兔毛也没有见到一根，回到家倒是被父母当作野兔子，好一顿臭骂。

当然，现在的人抓野兔可以说是与时俱进了。除了一些上了年纪的人还在用土办法——自制的几种“弓”来捕兔外，而一些年轻捕兔者的装备实现了“机械化”。据说，他们晚上结伴去野外捕兔时，身后背着一部微型发电机。在机器轰鸣声的干扰与迷惑下，利用发出的强光照射，让兔子的双眼瞬间致盲而丧失逃生能力，轻而易举地成了他们的囊中之物。我不知道长此下去会不会灭绝兔种的？但愿我的忧虑是多余的。

捕兔无果而终，我们并没有灰心。第二天，伙伴们改去雪地里诱捕斑鸠。一只装有活动封口的鸡罩、一把喂鸡的瘪叶稻，一根细麻绳、一截小木棍就是全部装备。

生产队打谷场往往就是鸟儿喜欢出没的地方。在一座大草堆旁，我们支好鸡罩，放入诱饵，便潜伏在草垛窟窿里，两眼紧盯着面前的鸡罩，静静地等待着那肉墩墩的斑鸠前来“做客”。这等待的过程比钓鱼还要难熬。约莫一支烟的工夫，几只斑鸠落到了鸡罩边。“咕、咕咕”地在商量着什么。我的心跳感觉是在明显加快，心里在不住地念叨着：鸠呀，你还磨叽什么，快进去看看吧！“啪”的一声，一只大块头的斑鸠，带着一阵呜呜的风声，不辞而别了。留下的则是几只刚脱离父母的小斑鸠，也鬼精得很，只是绕着鸡罩徘徊却不敢轻易进入。一群不受欢迎的麻雀们倒是胆大包天，它们无视面前的风险。一边啄着稻谷，一边唱着跳着。不到片刻，投放的稻谷全成了它们的“赈灾粮”。真是应了那句老话：狗没有套到，还搭上了一根绳子！

为防麻雀再来骚扰，我将诱饵换成了炒熟的“六谷泡”。嘿嘿，这一招还真管用。馋嘴的麻雀看着比自己嘴巴大得多的六谷泡，只能干瞪眼。斑鸠们或许真的饿得受不了，也不再矜持了，为了那几粒诱人的六谷泡，最终成了我舌尖上的美味佳肴与美好的记忆。

腊月，承载的是记忆，延续的是习俗。那年，我刚 18 岁，幸运地成了村小学一名教师。这在村里也算是一位文化人了。当然文化人也不是好当的，因为随时都会有乡邻找上门，请你帮忙写信、写报告，甚至连写借条、领条都会找你。遇红白喜事，还要写婚联、礼篮和挽联、祭祀文等。最忙的是每年的腊月。腊月小年刚到，村里父老乡亲就开始登门，带着红纸与新年希望，请我这个“小先生”为他们书写春联。开始，只是左邻右舍几户人家找我写，后来，居然是整个村庄几十户人家春联的书写都被我“承包”了。这一包就是 20 多年。不可思议的是，一到过年，村里人家门上贴的几乎都是“新华体”春联。

我写春联时，桌边总少不了父亲。想不到没有读过书的父亲居然看得那么认真，在我楷体写出的上下联中还能念出几个字。偶尔还会点评我写的字没有做到中规中矩，上下联中的字排列不够整齐有序等等。当我写累了，有怨言时，父亲就开导我：人家花钱买纸给你练字，这是多么好的事情！是啊，雪映春联红，花香蝶自来。能让自己成为村里人心中的一朵花多好！书写春联时难免也会有差错。譬如写错了字，或移动春联时被墨汁淋坏了，这就得自掏腰包，事先准备一些机动的红纸重新写。

临近腊底，寒梅飘香，雪花飞舞。一家三口，都是忙人。妻子忙着洗洗晒晒、准备年货；我全身心地沉浸在翰墨飘香的世界里，为父老乡亲们写下新年愿景与梦想；儿子充当“快递小哥”，把我写好的春联分别给各家送去。当然这也是儿子最乐意做的事情。他给人家送去写好的春联和福字，那些笑容灿烂的爷爷奶奶、叔叔婶婶们，除了要向他说些感谢的话外，自然都要给他一些“物质”上的奖赏。儿子带着这些“奖品”一路小跑到家，兴奋地向我展示着那些还留有余温的山芋角子、花生、小炸、芝麻糖，并让我一一品尝。这些具有“百家味”的零食，成了儿子多年后最美好的记忆！

如今的年，小村人家门上贴的都是金碧辉煌的印刷体春联，我这个当年忙不开销的春联书写先生，已“下岗失业”多年。望着一家家门上还留着去年贴上去的那些花里胡哨的印刷品，心里总是有种莫名的惆怅……

打 塘 鱼

雪后初晴的寒夜，小村麦园早已睡了过去。唯有塘缺边那台小柴油机子还在“突、突……”地向外吐水。哦，这机子的咳嗽声分明在告诉我：快过年了，又该打塘鱼啰！

没有睡意的我，思绪一下子回到了儿时生产队过年打塘鱼的情景。那时，村里几十户人家的房子，一团和气地挨挤在一块，分不出亲与疏，只是按上下地段分成了两个生产队。小年一过，两位队长坐到一起，在抽着相互递过来的几支廉价烟的过程中，就敲定了全村 300 多口人过年的渔事。

在打塘鱼前几天，队长就早早地吩咐人把闲置在队屋里的几只老腰盆驮到塘边浸泡，让缝隙自动闭合。打塘鱼当天，每位撒网师傅身后都配一撑篙手，二人一前一后，分立于腰盆头尾。一旦渔人看准那块水域，撑篙人身如猿猴，两手紧抓竹篙，屁股极快地往下一沉，腰盆如同行进中的车子，被稳稳地停在水波涟漪的画面中。那渔汉子左手如牵牛般的拧紧网绳，右手揪着颤抖的网脖子，身子猛然来个向后近似 180 度的侧转。只见那手中网儿瞬间飞到几丈开外的水面上方，开出了一大朵“网花”。眨眼间，那一大团褐色的“花”，又消失在波光粼粼中。塘埂挤满了看热闹的人，个个脸上都写着一种说不出的兴奋。我们这帮熊孩子更是急不可耐，恨不得要爬上腰盆，去帮那渔师傅快点收网。可渔人只顾悠闲自在地吞云吐雾，并没有半点顾及到岸上人焦灼心情的样子，偶尔只是轻抖着几下网绳，大家都不知道他这种做法是何用意。突然，渔人的手像是触了电似的，双膝紧贴腰盆沿口，扭曲着身子，宛若是站在井口沿边使劲地往上提水。正当网到的鱼儿快要拎出水面时，渔人立即吐掉烟蒂，似那昂着头打鸣的公鸡一声高叫："起哟——""啪，啪啪……"被网进腰盆里的各种鱼儿都在做那最后的徒劳一搏，企图逃回那快乐的老家。

四只腰盆在十多亩口面的水塘里摆开了"四面埋伏阵"。别看那些鱼儿平时性情温顺，一旦危及它们性命，也会跳出水面向你表达一种不满和怨恨。挤在塘埂上看热闹的我们见了，一起扯着嗓门，朝着水塘，一阵阵地"哦……嗬……"齐声呐喊。喊声越大，跳出水面的鱼儿也就越多。那场面恰似过年滚锅里暴跳的炒米。更有几个手痒的害鬼，捡起石头、土块，朝着跳跃的鱼儿就是一阵乱扔。大人们见了，忍不住地笑骂道："嗬嗬，这些小孬子们，一个个都乐狂了胫子！"我们一听，闹得更欢，整庄子都在欢腾了。

偌大的水塘里，看似布下了一道疏而不漏的"网阵"，但最终还是防不了那些刁滑的鱼儿逃脱。折腾了半天之后，这些精灵们变得安分起来，任凭你怎么喊叫，就是不见它们的动静。原来这些鱼儿都学精明了，一个个将脑袋埋进了塘底淤泥中，任凭你在它们身上网来网去，就是逮不到。深谙鱼性的几位渔人也只能一脸无奈地摇头叹息。最令渔人头痛是，一种"破网"能力超强的"鳡鱼"。这鱼体形圆润细长，头小嘴尖，酷似子弹造型，在水里素有"破网高手"之称。一口水塘里只要有几条，你的网具就会被它们撕开几个报复性的口子。

那时塘鱼，鲢子居多，这是队长特意安排的。除了每户人家用来祭祖，还有就是讨个"年年有余"的好口彩。当然胖头、白混、鲫鱼、鳊鱼也不少。鱼种春季投放，自然养殖，不喂食料。那拴在塘边几株古树下的十几条耕牛残存的粪便，就是鱼食的主要来源。各家淘米洗菜等残留的下脚料也是它们的生存之物。这些鱼的生长情形如同那个难苦年代的孩子，虽说清苦，倒也养得细嫩、白胖。

被网上的鱼压得很低的腰盆刚一靠岸，孩子们一拥而上，把卸鱼路口一下子堵得严密无缝。“小鬼姐（方言）们站远点，别把路拦着！”队长黑着脸，没好气地呵斥着。我们的稀罕还没看到，哪个肯让开？两位队长只好边推“人墙”，边不住地用大话吓唬我们：“往后站……哪个再拦路就扣他家的鱼！”这一喊还真管用，总算是让出了一条狭窄的“鱼路”。

分塘鱼，又是一个别样的场景。队长为每家每户逐个地从一只布袋里摸着阄子，一边打开纸团，一边高声报号：“叶旺家1阄子，立斌家2阄子……”会计埋着头，一边哗哩哗啦地拨弄着算盘，一边按人头计算着每户应分得的鱼数量。我拎着两只大腰箩，焦虑不安地站在父亲的身后，眼睛总是离不开那几条20多斤重的大青混子身上，心里在不断地念叨着，希望能有个好运气，分条鱼王解解馋。那些透着银光的鱼儿被倒在老堂心天井下的青石板上，堆积成一座“鱼山”，鱼山外还层层叠叠地码放了一圈杂鱼。两位队长，一位报号，一位掌秤。两个社员拿着铁锹不停地往篮筐里撮鱼，直到掌秤的队长喊声“好”方才住手。

队长忽然叫了一声父亲的名字，哦，轮到我家分鱼了。我家三代九口所分到的鱼，将两个箩筐装得满满的。更令我高兴不已的是，如愿以偿地分到了一条“鱼王”。我提着头尾都露在箩筐外的鱼王，歪斜着身子，吃力地往家走。

掌灯时分，队长的大嗓门仍在寒风中隐隐约约地飘荡着。此刻，我所感受到的不仅仅是队长那熟悉而威严的声音，更是浓郁而温暖的年味……

三遇窃贼

读过《水浒传》的人都知道，一百零八将中有个叫时迁的“神偷”，他的轻功十分了得，身轻如燕，飞檐走壁，入室行窃，如探囊取物。施耐庵老先生或许出于书中情节的需要，有意示贬于褒地称其曰：“鼓上蚤——时迁。”呵呵，一个“蚤”字，暗合着名字“时迁”，表明他随时都能将你的东西“迁”走，真是妙不可言！

看着这个“蚤”字，不禁让我想起了枞阳民间那句歇后语：裤裆蛇蚤——无处不到！可见，无论民间，还是施老先生，恐怕都十分厌恶那些不劳而获的“蚤”们吧。人类社会是由多种成员组成的，没有那些“另类蚤”，还叫社会吗？梁上君子虽说是极少数，但总在我们身边游荡，让我们防不胜防。君不见往往我们一个不在意的疏忽，便为这些“蚤们”行窃提供了方便，或成了光顾的对象，或被锁定为某日动手的目标。现实生活中，尽管你不是富翁，也不是什么大老板或什么名人，其实都很难避开那些躲在暗处的贼眼、贼手。一朝遇上，破财是小，窝火闹心，够你难受好一阵子。

试问，一个人有可能三次掉进同一处深水中吗？不知道，但同一个人很可能在同一个地方被贼偷三次。本人迂腐，说来见笑，在过去的岁月中，曾被“蚤们”光顾了三次，算是一个运气极差的人了。

先说说第一次吧。那是一个农历十月十七的傍晚，也是我结婚日子的前一天。因婚房与父母的老房子，分别在村子东西两头，中间隔着一段百米的距离，亲戚来客都在老房子这边落脚。正准备吃晚饭时，婚房邻居突然神色慌张地跑来告诉我父母："你家的那边后门锁被人扭掉着，快去看看吧！"

我一听，耳朵里"嗡"的一下炸开了，随即飞奔而至。只见后门虚掩着，门上那把小锁，如一只受伤的小鸟孤零零地悬在门环上。推门而入，眼前的一幕让我惊呆了：房间里几只油光闪亮的木箱敞开着，满地都是散乱的衣服，宛若就是一处被人遗弃的地摊。我清点了一下物品，所幸的是只拿走了几包百寿牌香烟、一条崭新的裤子与一只皮夹子。

或许正是窃贼拿到了这只软鼓囊囊的皮夹，暗暗庆幸发了一笔不小的财。殊不知我是打胳肢窝过日子的，经济大权一直在父母手上，结婚费用无须我操心。其实，这皮夹里仅有一些不常用的粮票和一叠购书发票，而那点零钱还不够这贼一天的花销。哪有办喜事的新房里不放钱？这是那窃贼万万没有想到的！现场的乡邻、亲友都笑着安慰我们："这真算走运了，破点小财，折折灾星也是好事！"

过了些日子，那只黑色皮夹居然被一庄人在村西头他家油菜地里捡到，交还于我。失而复得的皮夹子虽被掏空了，但色泽如新，拉链灵活自如，依旧是我的最爱。

第二次遭贼，是儿子已经五六岁了。那是一个春眠不觉晓的夜里，当我赶完一篇稿子，装入信封，贴好邮票，时针已过 11 点。几声哈欠之后，便沉入梦乡。

一觉醒来，已是天光大亮了。我揉揉惺忪的睡眼，一屁股坐起，却找不到昨夜脱下的衣服。不光自己的衣服失踪了，就连老婆、孩子的衣服也都不见了。我疑惑重重地走出卧室，见堂屋大门敞开着。我忍不住埋怨起妻子，说她昨夜大门闩没插好，夜里被风吹开了。走出门外，眼前的场景让我怔住了。原来一家三口的衣服全被捋到了屋檐下，口袋被外翻。现实告诉我：昨夜有“客”来访了。

一阵心急火燎地清点后，发现厨房案板上，一友人送来没几天的两瓶香油不见了，一辆花30元转让来的二手无刹无铃铛的旧自行车被骑走了，还顺手拿走了那盏用来看书写稿子的台灯。恼怒之余，又暗暗窃喜：感觉这个贼的“功夫”还欠点火候，好不容易进来了，居然没有拿走我放在箱子底下准备翻盖屋面的几百元“专款”。如此看来，又算是走了一次运！事后，县公安人员来勘察了现场，认定盗贼是用刀尖剥开了门闩后入室行窃的。为了警醒自己，我便用毛笔在大门背面用力写上“日日防火，夜夜防贼”八个醒目大字，以示时刻提防。

第三次遭贼，是在我退休前几年。那时房子还没有修围墙，正屋与厨房是分离的。没有围墙这道屏障，紧邻公路的住户，或许就是贼们最理想的下手目标。这是一个月黑风高的夜里，几个形迹可疑的黑影将一辆机动三轮车，悄悄地停在距我家百米之外的村口，然后如幽灵般地摸到我家厨房。这次，贼们既不撬门，也不扭锁，而是采用一种“下门”(将门轴托起，卸下）的方法。入室后，将鸡埘（舍）里30多只老母鸡一扫而光。

天亮后，妻子到厨房做早饭，却找不到高压锅；放鸡埘时，却不见一只鸡出来。可怜她气得浑身颤抖，边流泪边骂：“这些挨千刀的，怎么一只鸡都不留?!”这也难怪，她对这些鸡们确实倾注了不少心血。俗话说，春鸡大似牛啊！

正当我劝妻子，不要为失去这些鸡而气坏身子时，忽听村口那边传来女人们的一阵阵叫骂声。原来昨夜被偷的，不只是我一家，入室方法，如出一辙。想必那几户遭窃的妇人心情，如妻子一样糟糕透了。

多日后，一次同事聚餐时，我忍不住谈到了那次夜里丢鸡失锅的事，以便让大家有所防范。谁知桌上一位爱搞笑的哥们听了，竟举起杯子，调侃我说：“哈哈，你老钱真是个大好人，送了这么多老母鸡还担心人家啃不动，又另捐高压锅一口，来来，我敬你一杯！”此刻的我，除了一脸尴尬地朝着他傻笑，还能说什么呢？

“我们也用不着天天去防贼吧？”桌上另一同事深吸了一口烟，半真半假地说出了下半句：“每月起码有两天不用防。”

我问他是哪两天？他诡谲地一笑，从牙缝里挤出：“初一和十五嘛。”

“这又是何种说法？”我紧追不舍地补了一句。

那家伙撂下了最后一句：“不是有‘躲得过初一，躲不过十五’这一说法吗？”

“躲得过初一，躲不过十五！”这是真的吗？

风吹不散一面缘

人这一生难免要经历很多事，有些事如春梦了无痕，说过就过了，但烙在记忆深处里的那些人与事，往往会让你记住一辈子的。比如那年，去古城西安参加颁奖遇到的那些有缘人，虽过去了几十年，但至今还在感动着我。

那是1994年8月下旬的一天，我接到了一封来自《教师报》的挂号信。拆开一看，上面赫然写着：某某老师，祝贺您荣获《教师法》知识大赛一等奖！下面还有一段关于出席现场颁奖及参加相关活动的文字说明。没想到是一份获奖通知，自然是一种说不出的高兴！

枞阳到西安，远隔万水千山。在那时，别说动车、手机、网络，就连一部摇把子电话都是奢侈品。去那儿旅行一次，比现在出国还要难得多。

开学后，我请了一周假，提前支取了两个月工资，小心翼翼地揣着获奖通知，便踏上了去西安的征程。

那时，交通落后，出门要先走几里路。到了小镇，才能坐上那通体都被油污与灰尘包裹着的小三轮。车子在一路颠簸与咳嗽中前行。能缓冲摇晃的是一根黑得不能再黑的尼龙绳子。这绳子是拴在车篷两头的钢筋上，如晾晒衣服的绳子。尽管那绳子很脏，但为了多一点安全感，还是无奈地紧抓不放。最头疼的是，那机子咳出来而未燃烧尽的柴油味，就这样，呼哧呼哧地颠到了小城枞阳。

刚下车，就被一染了金发的胖妹子拦住："马上走，快点上！"一个突然，来不及多想，被"劝"上了一辆看似豪华的大巴。坑坑洼洼的路面，阻挡不了这北上车子的轰鸣。我闭上双目，任由它晕乎乎地狂奔。

疲惫了半日的车子如入埘的鸡们，停在距合肥火车站只有一泡尿远的院落内。出了站门，沿路的各种小吃摊子主人们热情似火，热得有些让人着实受不了。我胡乱地吃了碗佐以酱油葱花装点的光头面，丢下几枚硬币，逃离似的朝火车站赶去。

去候车大厅买票，算是幸运。碰到了一位去西安退票的旅客。我接过那形同方片糕样的票一看，上面标着"合肥——西安，直快"，全程约需 23 个小时。在得到了一位身着铁路制服工作人员的确认后，我才敢盘下这张退票。暗暗庆幸：还好，省去了一番排队等候的辛苦。

9 月 4 日下午 5 时许，一列开往西部的列车，在一声汽笛长鸣中，缓缓地驶出了合肥站。或许赶上了一年一度大中专院校新生入学的日子，绿皮车厢内显得有些拥挤、杂乱。约半小时后，车经水家湖，一阵阵凉风夹杂着稀疏的雨滴，不住地轻吻着车窗，给沉闷的车厢内带来了丝丝凉意。入夜，在一阵阵钢铁撞击声中，人渐渐地进入了那种睡了醒、醒了睡的不规则模式。恍惚中已记不起眼前闪过了多少灯火阑珊的夜景，也分不清是纷繁嘈杂的站台，还是蒙上了夜的清冷街头。

奔袭了一昼夜的列车，准点到达西安。我拎着向一友人借来装点自己的公文包，匆匆地走出站台，顺利地住进指定宾馆。

晚餐时，一位名叫朱耀儒的副刊部主任陪我们共进了晚餐，并告诉了这几天的活动安排，也可以说是代表举办方看望来自全国十个省份的一线教师。交流中，我被指定作为获奖教师代表在颁奖典礼上讲话。是夜，我顾不上一路疲倦，打起精神，写了份千字发言稿。

9 月 6 日上午，就近游览了古城墙及八路军办事处旧址。下午颁奖仪式，对我这个乡巴佬来说，真是盛典空前！现场除了活跃着一批省市媒体人，还安排了当地知名的秦腔艺术家精彩表演。台上台下坐着不少省市领导及当地师生代表。我的枞阳腔也是第一次回响在这样豪华气派的演播大厅。接下来两天，我们分别去了陕西省博物馆、大雁塔、秦皇兵马俑、乾陵、华清池、法门寺等名胜景点，实实在在地感受了这里厚重的历史文化底蕴。

9 月 8 日，是活动最后一天。早餐前，我在宾馆服务台边漫不经心地翻看着当天的《西安日报》。“施启文”，一个熟悉的名字突然在我眼前一亮。这不是刚刚回过故乡枞阳的西安市委常委、宣传部部长的那个施启文吗？我忙掏出临行前县政府为我出行方便而开给的那份介绍信(注：那时流行各种介绍信，个人身份证还没有如现在这样重要)，在背面找到留有施启文的电话号码，顺手拨了过去。电话那头传来了一个清纯的陕西女人声音：“启文，找你的电话！”根据语气判断，应该是他的夫人。启文接过听筒，我做了几句自我介绍。当他得知我是一名普通的农村教师时，便意味深长地说，你出趟门不容易，多住几天吧，等看了 9 月 12 日西安市艺术节开幕式后再回去。我说假期只有一周，等不了。他关切地询问有没有需要他帮忙的地方？萍水相逢，初次电话相认的老乡，我怎能好意思给他增添麻烦？想去看望一同事在交大读书的孩子，欲言又止。当他了解到我的意图后，详细询问了我住的宾馆具体位置，说了句再见。

是日晚上，报社总编及全体采编人员，与我们 10 位获奖教师举行了座谈并合影留念，这也算是一种送别仪式吧。让我没想到的是，刚回住处，楼层吧台服务员过来对我说：“哟，刚才来了好几位找你，因你不在。这是一位领导模样的同志留给你的字条。我接过一看，是一张仅有三指宽的便笺，上面字不多，却倍感亲切：“老钱同志，今日我来看你，因你未归，特约你明晨 8 时半在招待所一楼门口等候，我来车送你去交大。落款，施启文。”

翌日早上8时许，一辆黑色公务车准时出现在住地一楼门口。在接送的师傅热情地帮助下，我很快就见了在交大读书的同事孩子。我们简单地聊了几句，不便耽搁太久，给面前衣着单薄的年轻学子留下了一张50元，便匆匆离去。

9月9日一大早，启文让秘书小管给我送来了两张艺术节开幕式彩排演出门票。他解释说：部长考虑到你不熟悉这里交通，多给了一张票，好让你叫上一个同伴陪着。啊，他为我考虑得如此周到、细致！

话分两头，各表一端。上午无事，出招待所，从小贩手里买了张西安交通图，一个人逛到西安碑林博物馆。馆外是各种古玩、字画、玉器一条街。不过这个行业水太深，不是我们这些业外人所能碰的。我买了张门票，径直朝园内走去。

馆内展厅全是一块块先人留下的精美镌刻，古韵深厚。面前专业人员正在给碑面字体刷着一种制作拓片用墨。也有游客买下自己看中的拓片，价格好像也不贵。更多的则是三三两两的人群举着相机，在一座飞檐斗拱、令人惊叹的古碑亭下拍照留念。没有相机的我，只是反复端详着那亭子上面碑林的“碑”字为何少了一撇？这里的解释很多，但我还是接受这样的一种说法：“碑林”两字出自林则徐之手。鸦片战争之后，他革职戍守新疆伊犁。当时路经西安，写下了这两个字。因此“碑”字少一撇，象征他当时的心境，刚刚丢了乌纱帽。

“先生，请让一下好吗？”我的思绪忽然被身旁正在调焦、拍照的两位老者打断。我忙闪到一边，朝他们会意的一笑后，抱着试试看的想法，掏出一张10元纸币，想请他们帮忙给我在这里留张纪念照。那举着相机的老者，善解人意的一笑，爽快地为我拍了照，并嘱我留下邮寄地址，可说什么也不肯收下我的费用。两周后，一封来自西安交大的信连同照片寄到我手上。展开信，端详着照片，读着一行行流淌人间真情的文字，我的视线渐渐模糊起来……

10日，是我告别这座古城的日子，启文得知我要返回了，这天一早，他急急地赶来与我合影，为我送行。

岁月悠悠，往事如昨。当我敲下这篇文字的时候，那些人，那些事，都成了一坛尘封的老酒佳酿，贮存得愈久，香味愈浓烈。翻看着面前的信、字条、照片，仍然还能触摸到那上面的滚烫的情怀。这里，让我最想说的一句话就是，感谢上苍，让我认识了生命中这些有缘人，是他们在我的人生中留下了最美好的记忆，向我传递着一种怎样去做人与处世的智慧！

那年防汛

不知道为什么，2016 年这个夏天气候实在反常。目睹着窗外的雨，就那么毫无顾忌地下着。这种“一不打雷，二不刮风”的雨，老辈们称之为哑雨，也叫闷头雨。根据经验，哑雨一下，会任性地没完没了。住在湖边或圩内的人，就怕下这样的雨啊。

这雨，啪啪地敲打着窗玻璃，也无情地敲开了那尘封的记忆之门，我那紧缩的心“咯噔”了一下，脑海里便浮出那刻骨铭心的抗洪经历。

记得那是一个梅雨季节，二十出头的我，刚走上教师岗位。一场持续强降雨导致了神灵赛湖水位暴涨，南岸的立新圩告急！水情就是命令，麦园、高岗、汴泗三个受益村，迅速组织了几百名群众上堤。

当时，学校刚放暑假，公社一个口头通知，我就成了驻圩“前线记者”。每天奔走在堤上，收集各种抗洪材料，然后编写成广播稿，经安装在堤上的那几只蓄电池喇叭播送出去。堤上没有防汛新闻时，我便仿照广播电台，利用“三用机”，播放几段样板戏、几首革命歌曲，或一段天气预报。没想到，几期节目做下来，我一下子就多了一个头衔。原先叫我老师的群众，这会儿都当着我的面，喊起了“新华社”。初听这称呼，难免让人不自在，忸怩得很。事后一想，这也是人家对你工作的一种认可呀。

那年防汛，与冬修是捆绑在一块的，实行“双包”责任制，即包修包防。有句“冬季多挑一担土，汛期少担一份心”的口号，就是出自那个年代。那时防汛，没有一点机械设备，都是靠人力，把“苦”字挡在前。公社干部吃住在堤，睡觉也没有固定的地方。晴天，从搭伙的群众家里驮张凉床，往埂头一放；雨天，找处工棚，铺上一块席子，算是晚上休息的地方。能就近食宿于群众家里，那也是后来的事了。

为便于管理，每个村都在自己的堤段上，用木料、铁丝、门板、草席搭建一座亮脚棚。棚顶竖着一面旗，上书“某某村防汛指挥部”字样。可别小看这个“指挥部”，除了是村里议事办公场所，还可供本村群众夜晚值班、巡逻时休息。没有电的晚上，工棚外亮着一两盏昏暗的煤油马灯。群众夜里巡堤靠手电筒或马灯照明。堤上干部群众一日三餐，都是靠轮流调换或互相捎带解决。

干部吃苦，群众主动，是那个年代防汛工作中的一大亮点。每当布置工作，群众都积极配合，没有半点讨价还价的。个别性子急的干部，如果看到谁的行动慢了，或拖延耽误了，就会黑着脸，狠狠地把你骂得狗血喷头，大家也会默默无言地接受。因为心里明白，都是为了保护自己共同的粮袋子。如果这粮袋子保不住了，那全家人还不要饿肚皮？

立新圩，这个名字到了当地村民口中，却变成“茅墩圩”。这源于圩中心有块约二十亩面积大小的高地。小时候，见神灵赛湖水不是很大时，那块长满芦苇与高瓜草的高地，便成了各种鸟儿出没的天堂。

夏秋季节，远远望去，沙鸥、白鹭、野鸭等珍稀鸟类，成群结队地绕岛飞翔，将小岛装扮得诗意横流。当地居民俗称茅墩圩，除了有从祖辈们口中传下来的原因外，恐怕还与这里得天独厚的生态环境有关吧。

立新圩造于“文革”初期。圩内面积，虽不足千亩，但拱卫着汴泗、戈家、竹墩这三口圩内的几千亩良田与上千人的生命与财产安全，必须死守到底。那时，圩口初圈，堤身单薄，一遇洪水，险象环生。

初次参加防汛的我，因不识汛情，显得无知无趣，曾在堤上闹出笑话。当时，我见了圩内堤脚下那一个个坟头似的土包，便臆测：选择在这里葬坟，难道是这些坟主看上了这里的好风水？是啊，前有茅墩岛相呼应，后有大青山、马步山与神灵赛湖相依，倒有点像堪舆先生所说的那么回事……我便疑惑地向一位比我大不了多少的村会计问道："怎么允许他们把坟葬到这儿?"那会计狡黠地一笑："这里埋的不是死人，而是一条条死牛，故名"土牛"。"埋那土牛又有何用?"我仍然毫不知情地往下问。旁边的老书记接过话茬，憨厚地告诉我："这'土牛'，确实就像个坟包，里面什么也没有，就是用来撑圩堤的，你别听会计瞎忽悠!"我一听老书记解释，羞得无地自容，恨不得上去，给会计一记老拳。

堤上防汛器材，基本上都是群众自筹解决。每当出现风高浪急的险情，各村群众就像电影《地道战》中的场景，全忙活起来：男劳力上山砍树的砍树，扎浪把的扎浪把；妇女们赶着编好各种规格的草席，然后以生产队为单位，集中送到指定堤段。

防汛抗洪艰苦自不必说，关键是领导干部指挥有力，预案做足，工作做细。当水位快到警戒线时，便早早组织民工，将堤埂内杂草灌木清除干净，以便准确、及时地发现险情。备足器材，不等不靠，已是汛期工作常态。

为随时应对可能发生的险情，每个村都组建了一支20人左右的精干抢险小分队。队员都是由水性好的青壮年组成，承担着在圩外深水区下外障，扎桦桩，到风口浪尖上放置挡浪物，且没有任何救生之物可用。当圩堤闸门或涵洞出现渗漏时，第一时间潜入水下的，必是抢险队。有句顺口溜是这样形容的："抢险队，抢险队，遇到险情不后退。"当然，下到深水摸漏不仅是技术活，而且具有一种很大的风险。

当年，县内某乡镇，圩口闸门发生渗漏，曾出现过有人潜入水下后，再也没有活着上来的事故。这是下潜者靠近没有关好的闸门时，因内外水差过大，被强大压力吸附在闸门缝上，无法逃生，窒息而死。还有一种说法，就是下水摸漏时，闸门被触动，突然下沉，压住了水下摸漏人的手掌，拿不回来，造成意外。

给我印象最深的是，有幸见过一位区委领导，不顾个人安危，亲自下水摸排险情的事例。那是原枞阳区委刘承平老前辈，当时他是区委副书记。这一天，他正好带人来圩堤检查防汛工作。当时，也是那种不靠谱的老闸门，出现了渗漏险情。

三五个抢险队员，轮番下去，还是没有找到漏洞。正在此刻，刘老书记急了，只见他三下五除二地脱去外衣，大步流星地朝水下走去。大家担心他已是半百之人，想阻止他下水。可他操着一口东乡口音："没有什么大不了的，张衡县长不也下莲花湖小闸摸过漏吗?"大家拗不过他。

他深深地吸了口气，迅速沉下。一分钟过去，水面只是冒出了几个气泡，两分钟过去，还是几个小气泡，三分钟时，气泡不见了，大家的心，顿时悬到了嗓子眼。就在人们忐忑不安时，水面突然漂出一缕头发，接着老书记的脑袋露出了水面，大家长长地吁了口气，刘书记摇摇头上的水珠，淡定地用手比画着说："第三块闸板没有放到位，有拳头大缝隙，马上处置!"所有人都纷纷向他投来了敬佩的目光。

抗洪的日子，对人的意志确实是一次磨炼，也是人生成长过程中一次难得的历练。人经历了苦难之后，才知道生活的不易，才懂得去倍加珍惜。经历了立新圩那次防汛，我渐渐地喜欢上了学写新闻稿。从开始的短消息到后来的人物通讯、特写，不断地见于省市县电台与报端，这都离不开当年这段经历的影响。

谁曾想，40年后这个夏天，又遇上了一场罕见的洪水，造成农田被淹，道路阻断，县城被困，损失惨重。然而，洪水围困中的立新圩，又一次遭遇了历史上接近漫顶的最高水位，但她依然顽强地挺立在神灵湖南畔。

7 月 6 日下午，县城羹脍赛湖段再次告急。为缓解县城新区外围压力，立新圩防指接到上级命令，于 7 月 6 日夜里挖堤行洪。洪水裹着这里人们的泪水，极不情愿地流进了圩内绿油油的稻田、棉地，吞噬了大片玉米、红薯和正在豆壳里睡觉的豆子……看来当初，先人们给圩口取了“立新”这个名字是没错的，瞧，这不就应验了吗？

走向人生的秋天

“八月桂花遍地开，鲜红的柿子挂起来……”这是儿时听惯了多年的几句歌词。是啊，每年农历八月中秋前后，正是桂花飘香季节，也是秋爽鱼肥的收获时节。

以前，我曾萌生过这样的想法：一旦退出工作岗位，自己的人生便进入了秋天。若闲来无事，约几钓友，背上钓具，骑着单车，重唱童年的老歌“八月桂花遍地开……”，择一湾水面，静坐水边，凝视那随波闪烁的鱼符，吮吸着空气中阵阵香甜的桂花味，人宛若是来到了一种飘飘欲仙的境界！

可是到了退休，却再也找不到那自由垂钓的水面了。因为那些熟悉水面都有了新的主人——“承包大户”。当年的垂钓雅兴，渐渐地丢失在记忆的深处。蛰居乡下的我，却不明白自己为何偏偏喜欢秋天，或许与自己的人生已迈入秋天的门槛有关吧。

在这个季节里，我也说不清自己为何喜欢在桂花绽放的秋日茶余饭后，独自徜徉在先人踩出的乡间小道上。望着天空中的雁阵，不断地变换着阵容，直至将它们送到视线的尽头；看秋风中的落叶，满地撒娇、抱怨；听枝头的鸟儿，成双入对地唠嗑或对歌；任满怀的桂香，逍遥地在鼻孔中川流不息。

记忆里的八月，总是一首芳香的诗。小院中的几株桂花，经十几个寒暑的成长与历练，其身子宛若楚楚可人的闺女。近几年，中秋一到，细而不碎的金色小花缀满了枝头。那浓郁幽香，似秋水般的倾注在徐徐清风里，弥漫着长年寂寞的小院。孰料，丁酉年八月中秋已过去了多日，几树桂花像是受了委屈似的，迟迟不见花开香放。我疑惑地问自己，莫非是谁得罪了这些“娇客们”？

今秋桂花，为何大范围地迟开了半个月？从一资料上，我找到了答案。原来，桂树开花需要满足两个条件。一是适宜的温度（18～20 摄氏度），二是合适的水分。今年气候似乎在与人类唱反调，除了长年的降雨量偏少，入秋后，持续高温干旱，让桂花很受伤。谁能体谅桂花这种备受煎熬的滋味？没有喝好水的桂花，延迟了开花，也是情理之中的事。

或许我对桂花有着太多的眷恋，或许是一种太久的等待，或许我的内心不够从容，当我翻到了重阳节这个日子时，忽然想到“过了重阳无时节，不是风来就是雪”这句民谚。夜里，听着屋外北风萧萧，我忽然想到了唐人王建的“冷露无声湿桂花”那句诗。我担心这样的天气，桂花还能开吗？

天亮时，我清扫完小院，再次来到院中的几株桂花树下，在那茂密而葱绿的枝条间急切地搜寻着。倏然，眼前一亮，就见那枝枝丫丫上，云集着似繁忙的蚂蚁搬运工队伍。浅绿色的花苞昂着小脑袋，相互簇拥着，很是令人怜爱。我天真地凑了过去，对着一束花苞，轻轻地一吻，可是它们并没有领我的情给我一丝余香。一束小花，引我驻足良久与魂牵梦萦，这显然有些痴情。

第二天，便是重阳节，可以说是个天清地爽的日子。呵呵，桂花醒了，终于睁开了那久违的睡眼！八月桂花九月开，且是开在重阳节，这是不是它们也记起了这个值得纪念的传统敬老节日？一张张金粉似的笑靥，羞羞答答地绽放在温柔的晨光中，一种浓烈的芬芳扑鼻而来。

小院的围墙，岂能关住桂花的香味？它们是清秋的精灵，用不着我用鼻子去闻，早已习惯了满世界自由自在地飘荡。院外的马路上，不断地流动着早起赶集的行人，我的耳畔，也不断地回收着“好香啊”的赞叹声。

我立在桂花树下，欣赏着它们把智慧和锋芒全藏在一枝一叶间。我的心胸顿时也开阔起来，似乎自己也成了一株桂花，跟着它们淡然地走向人生的秋天……

朋友圈里那些困惑事

人类社会文明走到今天这个地步，似乎无所不能。别的不说，单说手机微信的功能吧，用东北话讲，两个字，“贼多”啦！除了聊天、购物、收付款、抢红包外，还可以阅读、点评、发稿、发图、发语音、发视频等等，确实为现代人生活、学习带来了极大的方便与乐趣。然而，任何事物都有它的两面性。微信，在给我们带来极大方便的同时，是不是也带来了诸多困惑与烦恼呢？回答是肯定的。

世界上最遥远的距离，就是面对面地坐着低头玩各自的手机微信。此言半点不虚，我觉得这是对微信过度依赖症者的真实写照。我常常惊诧地看到，一些年轻朋友不仅吃饭时玩微信，就连过斑马线那几十秒钟也放不下手机微信；更有胆大似天的哥们，一手握着方向盘，一手戳着手机屏，一副毫不在乎眼前随时都会突发灾难的样子！回到家里，又沉浸在微世界里，不顾“放下手机，陪陪孩子”的呼声，冷漠地无视着身边那双渴望着爱抚的孩子眼神。

无可否认，我们的微信，首先是一个社交平台，微友主要来源于手机通讯录、QQ 好友，这基本涵盖了血缘、地缘、学缘、业缘等现实生活的人际交往关系。随着微友队伍不断地壮大。于是乎，在拥有着数百人的朋友圈里，有人为了领到商家的一只小水杯、小瓷碗，或一条不起眼的“丝巾”，或一小盒不知名的护肤霜之类小商品，便不断地向你求“赞”、求“心”、求转发；更令人头疼的是，要你帮他朋友的朋友，或熟人的熟人，不厌其烦地投票。这一投，就是长达一个星期。说投票，也不是你想投就投那么简单。那些电商与主办方是穿着同一条裤子的利益共同体，经过一番精心策划之后，给蒙在鼓里的微粉们编织了一个美丽的陷阱——要投票嘛，先将你捆绑进（关注）他们的平台，把你弄在里面转个头晕目眩再说。甚至有微友，为了商家那种不可信的承诺，竟然要求你帮他们将某个链接转发至十多个群。呜呼哀哉，如果我一旦真的照做了，岂不成了被人骂个半死的傻瓜吗？

在微信圈里，有人老是接二连三地发些八竿子都打不着的商品广告，或弄些低俗的视频，或死皮赖脸地找你帮他砍价，或上传标有“速看，马上删”等诱惑性字眼，或“我哭了”、或“谁转，谁平安一年”等不自信与诅咒人的链接。点开与不点开，你有选择的权利，但发来的那些蝗虫似的垃圾，确实让人很无奈。遇上这类微友，只需三五个，就足够让你的手机瘫痪，甚至惹上病毒还不知道怎么回事！

长时间地看微信，不仅伤害人的视力，还会消磨人的意志和大量精力。据《2018年微信数据报告》显示，目前微信用户数突破10亿（包括一人注册多个微信账号），34％的中国网民起床第一件事是看微信。这是一个多么庞大的数字！这当中又有多少人因缺乏理性而被伤害？君不见多少青少年因沉迷手机微信而荒废了学业，更可怕的是，一些在校大学生因玩微信而葬送了大好青春，离校时，连一张毕业证都没有拿到。这不能不说是一件悲催的事。

微信，是一个自媒体。在微信中，人的个性第一次获得如此自由。就以作者感受为例吧，作为一个微信“达人”，每天要面对几十个群，上千名微友，颇似一位小国总统在忙着处理各种呈送的批件：点赞的、点评的、聊天的、咨询的、求助的、转发的、请安问好的……最可怕的是一些“重量级”的微友，他们像是某平台代理商，每日都在向你倾销多条，甚至几十条微信，搅得你心神不宁。试想，我还敢继续关注他们吗？

当然，人不是生活在真空，很难免俗的。我也会抹不开情面地给微友们点赞，或违心地帮他们投票。说实话，他们发来的那些东西让我毫无兴趣，最多扫一眼标题。这是我的错吗？

今天的微信，已成为国人过度依赖的产物，也使得人们的精神生活不断物化与异化，已在相当程度上引发现代人精神生活的困境，感觉越微信越孤独。在我眼里，无论微信这类自媒体如何发达，对于那些逐渐冷落的纸媒（书报刊），我依旧一往情深，永远是我的最爱。因为网媒来得快，消失得也快，只有传统的纸媒才能做到永久性地传承。

微信，替代了短信也只是近几年的事，或许要不了多久，会有个技术含量更高的“某信”再来取替微信。在那时，或许没有这些困惑与烦恼。相信这个日子应该不会太久，那就让我们拭目以待吧。

那一棒，让我受益终身

1961年，不满7岁的我，被父亲送到村前一古老的享堂里接受启蒙教育。教我语文的是一位姓叶的桐城籍女老师。先前曾听几位学长们说，叶老师可厉害啦，我们见了她就像老鼠见到猫一样。

在一种惴惴不安地等待中，迎来了叶老师的第一堂课。讲台上，这位大约30出头的女老师，个子不高，长长四方脸，剪着齐耳的短发，天生一副好嗓子，音域宽广浑厚，从她嘴里发出的声音能够穿透屋顶，把坐在前排的我两耳震得嗡嗡作响。

让我恐惧的是，课堂上，她手里始终拿着一把竹条做的尺子。大概就是以前私塾先生用的那种戒尺吧。当我的情绪稳定下来后，才知道叶老师这戒尺只是在充当着教具。这尺忽而在a、o、e、i、u这几个字母间跳跃；忽而指向我们，让大家齐读字母；忽而定格在空中，示意我们停止认读。这一阵阵的互动，让我将先前的那些恐怖传言忘了一干二净。

其实在叶老师身上，是不难看到一种母性光芒与美好的。比如她那白净的脸庞，总是忽闪着一双清澈而温暖的目光，一头乌黑发亮的秀发，彰显着女性的优雅，只是那副严肃的神情和具有穿透力的嗓音，让人产生了一种师道尊严的错觉。

我与叶老师的师生缘分，只是短暂的两年。这对懵懂的我来说，是非常幸运的。两年的时光，给我留下了一串串美好的记忆。印象最深的就是，我读二年级时的一次语文课的经历。

那是一堂识字课教学。叶老师如往常一样，在完成认读教程后，让我们在课堂上把刚学的字逐个地练写两行，这当中就有一个“德”字。我见这“德”字笔画多，写起来挺费劲，就犯了偷懒的毛病，少写了一行。不知道怎么被巡视中的叶老师发现了。她快步走向讲台，将板书在黑板上的字统统擦掉，点了我和另两名同学上黑板听写。我凭着强记，写得很顺手，也觉得很自信。到了老师点评时，才发现自己把德字右边少写了一横。

这时，叶老师一脸庄重地指着德字说，看看，少了这一横，就是少了一心一意的学习态度啊。她转身又对我说，要不要给你长点记性？我自知有错，无地自容地点点头，任凭老师发落。

她顿了顿说，嗯，这样吧，你把手掌伸过来。我习惯性地伸出了右手，她皱了皱眉头说，我要惩戒你的不是右手而是左手。那右手可打不得，还要继续写字呢。我唯唯诺诺地将左手伸到她面前。只见她手中的那尺子，在空中似乎迟疑一下后，才漫不经心地落在我的手掌上。不知道是羞愧，还是掌心在隐隐作痛，我带着一种浑身都是火辣辣的感觉回到座位上。偷眼一瞧，一道粉红色的印记浅浅地印在手心上，也烙在我那幼小的心灵世界里。

挨了叶老师一戒尺，她似乎有些不安。沉思了片刻后的她，语气变得亲和、关切起来：同学们，德字笔画多，很容易写错。我给大家编个顺口溜，相信会有帮助。“双人旁，左边站，十四一心右边看。”呵呵，教室里的气氛一下子便活跃起来，同学们一个个喜笑颜开地念着这个顺口溜。更没想到的是，这一顺口溜竟成了我的终身记忆。

第二天，父亲知道了我因偷懒、浮躁写错字，挨了老师的一戒尺，便语重心长地告诫我说：你可晓得哦？从前，要是学生写错了字，先生打他，那是无人敢上前讨保的。正在厨房做饭的祖母，接过话茬，笑盈盈地说：“嗯，牛要打，马要鞭，小孩不打要上天。明天，让你爸砍根大点的棍子送到学校去，不好好念书，就让老师好好地教训你！”

或许挫折与失败，就是人生中的一种最好礼物！自从挨了叶老师这一棒后，我不仅渐渐地养成了一种心细的习惯，而且心理承受能力不知不觉增强了，更让我领悟到“严是爱，松是害，不管不教要变坏”这话的深刻含义。

如今，已是暮年的我，每每想起自己童年的时光，就自然而然地想到了童年的那位叶老师，想到了她那句有趣的顺口溜，想到了她手里的那把“戒尺”的威力，想到了如果没有叶老师当年那催人上进的一棒，或许在人生成长的路上，我还要多经历一些挫折与磨难。

印象石矶头

东出小城枞阳，车行至 G347 国道相国大桥边，眼前便是一座形如卧槽马状的逶迤山峦，因名马形山。古老的羹脍、神灵两赛湖水东流至此，被马形山这座突兀矶石所阻，河床流向突然迂回成了一“丁”字。再经转弯桥和永安、永登双闸入江达海。

依山临河嵌着一条几百米长的逼仄小街。临河人家，枕水而居，颇有几分江南水乡的味道。因这里一度是枞阳区公所和石矶镇政府的驻地，当地人都习惯称其为石矶头小镇。说是小镇，其实，当地一些老人都称之为“石头街”。

在我的记忆中，也就是 50 多年前吧，小街两边檐角轻翘木门开。古民居清一色是那种青石门槛中间凿有约三指宽的深深凹槽。每天早晚，两边店铺一块块尺把宽木板门，随着那一阵阵“哐啷—哐啷—”声，相继从这凹槽中出出进进。在这慢煮着岁月的哐啷声中，小街人年复一年地细数着新一天的生意与希望，也送走了如流水一样的顾客。

徜徉在小街上，那斑驳的青砖黛瓦缝中的瓦参，常缠绕在我的心头。或许这瓦参有着极强的生存能力，在缺医少药的年代，竟成了治牙痛的特效中草药。当年，父亲老犯牙痛。有人传方，说这瓦参同黑牯猪肉一块炖吃可以治。于是，祖母托人从街上区食品站买回了半斤黑牯猪肉，将采下的鲜瓦参洗净，放进瓦罐，经柴锅窿中死火轻煮慢炖后，分早晚两次吃下。没想到服用了此方后，父亲牙疼的毛病居然好了。呵呵，还真是应了那句俗语：单方气死名医哩！

每次逛小街，我总想不明白：为何每家屋檐与邻家房檐总是隔着一座马首样的界墙？每当从这怪物下走过，我总是有种莫名恐惧，担心它会不会掉下来伤人。然而，随着斗转星移，四季轮回，任凭风霜雨雪轮番恣肆，这些马头如同一个个卫兵，昼夜警戒着四周动静。直到几年后，我才弄明白：原来这马头墙是镇宅之宝呢！一旦哪家发生火情，其左邻右舍可凭借这马头先抵挡一阵子火势，为救援赢得最宝贵的那一段时机。

街面那一块块颜色各异的青石板，也常撩起我的记忆。走在那光滑无比的石板上，我宛若是走进了那个古老时代，见到了来来往往的小街及周边先民，用足迹在上面一天天地打磨、刨光、上色，才制成了这一方方细腻圆润的“玉器”。我常在雨后独自蹲在石板上，痴痴地搜寻着那一块块石板中的红白相间、错落有致的纹理渊源。让人扼腕的是，如今的小街地面上，再也找不着半块当年的“玉件”了。这些珍宝如同破碎的梦，永远消失在今天的混凝土街面地下。

小街虽小，给我的记忆却不少。记得每当阴雨天，小街人出门，几乎不用穿胶鞋之类雨具的，脚上总是蹬着一种叫“木套”的神器。那身手如同神话中的哪吒，满街腾云驾雾；那“叮叮当当”的击打声，恰似在演奏着一种梦幻中的古老打击乐。其实，这“木套”如同现代人脚上的一种拖鞋，只是样子有点怪怪的。不过用料颇有讲究。套住行走者大半个鞋脚的面料，须取至牛背上的优质皮革；鞋底用料，必须是坚实木材；嵌入鞋底的四颗戴帽头钉子，只能是铁匠手工打造的。一户拥有一双，那就方便了全家。个别木套高手，竟然肩挑百把斤重担，却如履平地。

我曾在街后石矶小学念了两年高小，每天都要穿过那曲径通幽的小巷，忘不了古宅门楣上零星而不知名的各种小花，还有泛着灰白色的木窗棂上攀着岁月向上生长的藤藤蔓蔓，被风吹过嘎吱嘎吱作响的小旧木门……街上居民那古朴的民风与古道热肠，时时荡漾在我的心灵深处。

那时，我们这些街外三五里的乡下孩子，每天都苦于翻越区政府与区卫生院间的那道乱石嶙峋的山梁。每遇风雨冰雪恶劣天气，学生滚滑摔伤，时有发生。为避开这一险恶去处，我怀着忐忑不安的心情，尾随着与中街张金元、刘根生等几家有亲友关系的同学身后，轮换着从这几家穿堂而过。

让人不敢想象的是，从这几家屋里走捷径的同学，由开始几个人，到后来一大班几十人。每天上学放学时段，各家前后门同时开放，借道我们，从不担心家里会丢失什么东西，也不嫌我们弄脏了屋子。时间长了，我们竟把这几家当成了自己的家一样，大大方方地进进出出。天长日久，每家的土地面上，都被我们的小脚踩出了一条酷似鹅卵石的甬道。

小街西边有座古老的大石桥，当地人称转弯桥。据说是当年何老相国引江济湖时留下的工程。当然也是我与发小们留下故事最多的地方之一。我清楚记得，桥面由四根一尺见方，长一丈五六尺的大麻石条并排铺成。令我惊讶是，在没有汽车、起重机的情况下，如此重达数吨之物，又是如何架设上去的呢？可见先人的智慧十分了得！桥两边各立两根尺把高的花岗岩石栏柱子。而石柱子上的栏杆却不知何时缺失。桥面条石间，裂着拳头宽的长长缝隙，若不小心，你的小脚就会卡在那石缝里动荡不得。桥缝下是深不见底的湖水。胆小的女同学初从桥上过，总是吓得“哎呀、哎呀，我的妈妈咩”地乱叫。我们这些男孩子见了，不是幸灾乐祸地笑弯了腰，就是在一旁起哄捉弄她们，直至将她们捉弄得又哭又骂才无趣地罢休。

春夏季节，伫立桥上，可见水中的那些小游鲳子鱼儿快活地游来游去。或三五结伴闲逛，或追逐嬉戏，或争抢食物。在石桥上观鱼、钓鱼、打水漂……常让我流年忘返，上学迟到，放学摸黑归家。当然，也没少挨老师批评和大人训斥。

那时，不知道为什么，我特别喜欢夏天与冬天，常常坐在教室里对着一根根房梁痴痴地发呆，心里老盼望着暑假早点到来。到了暑假，我就成了“游天大神”，可借着挑猪屎担子捡粪为由，躲开大人监管。在确保完成捡粪任务的前提下，逍遥自在地站在那高高的转弯桥上玩起“高台跳水”。“砰——”的一声，水花飞溅，手刨脚蹬，如呱呱叫的鸭子瞬间钻出水面。那开心，那刺激，无法形容。我的一点水性和胆魄差不多都是那时练出来的。

每当出现旱情，区里就打开永登、永安两座闸门，引江济湖。那滔滔江水泛着粉黄柔软的色彩，打着旋涡，顺着闸箱与桥洞弯弯地流进了“两赛”湖，与浅绿色的湖水汇成了不清不楚的新湖水。此时的傍晚，夕阳下的河沿石阶上，站满了妇女和光着屁股的孩子。女人们用厚实而粗糙的土老布给大大小小的“红孩儿”们擦脸洗身子。这些妇人很自信地认为，江水中含有从万里之外的高山上流下来的冰清玉雪之水，孩子们洗浴了后，整个夏天都不会生痱子。而水性好的男人们，一个个就像是大孩子似的，快活地逆流而上，借哗哗流动的江水，尽情地享受着揉搓身子的舒服……

每年中秋前后，正是秋水鱼肥蟹横爬的好时节。月光下，那些乌黑油亮、体形似牛蹄样的蟹儿，突着一对绿豆似的小眼，举着毛乎乎的两个钳子，挂在闸箱竹屏上，如三军仪仗队在等待着你来检阅。紧挨在一起的大闸蟹，个个满嘴堆起黄白色的泡泡，“哧、哧”地叹着气。

逮蟹也不是什么难事，只需备上手电筒、长柄捞兜、小网兜“三件宝”即可。我第一次抓蟹，是跟在大孩子身后当见习生。技术要领三个字：轻、准、快。每晚收获，少则三五只，多则十多只。我每次逮回的蟹儿，大人都不稀罕。祖母嫌清蒸多费柴火又麻烦，总是往锅里一倒，撒上一汤匙盐，来个一锅烩。大人们嫌这东西啃了半天，也吃不到什么名堂，都无所谓。倒是我们这些熊孩子吃得津津有味。我的几个弟妹们如一只只馋猫，从嘴角到手指、手叉都沾满了又腥又黄的蟹油。然而，好景不长，等我上了中学时，那座浸染着多少代人足迹的转弯桥，因个子矮小，常在汛期被凶猛的洪水吞没了桥身而被转岗了，接替它的是一座单孔钢混水泥桥。最让我魂牵梦绕的是，古桥上那四根又方又长、重达数吨的麻石条，却永远见不到了……

冬天里的小街西河，也是我的最爱。儿时不知寒，无论天多冷，我都是一条夹裤安全过冬，总觉得越冷才越好玩。每当村妇挥着锄头破冰洗衣之际，就是我等开心之时。冬天的湖面一下子瘦了许多，浅浅的河水结了一层厚厚的冰，在冰面上玩耍，用不着担心落水会有生命之忧。几个顽皮的家伙凑到一块，常能玩出一些新花样。

某冬日早晨，我们如往常一样，习惯性地将书包往冰面一丢，玩起了“踢冰球”，看谁先踢到终点。呵呵，几只书包顿时成了无拘无束的“球”，在冰面上飞驰，我们在后面追逐嬉笑。欢快的嬉闹声在湖面久久回荡。“咔嚓”一声，如玻璃断裂样的脆响，一条长达几十米的裂圻，如闪电般的划过冰面。“不好，有危险！”还没回过神来的我们，一个个吓得直冒冷汗，只顾连滚带爬地往岸边逃离。原来这裂圻是一个外号叫“大月逼”的讨厌鬼所为！

流年似水，往事如昨，蓦然回首，孙子都成了当年的自己，一切都在岁月变迁中已然定格。然而情感的根，已深深植入在儿时的记忆里，进而演绎成一生一世的乡愁。

远去的土墼

“七月土墼八月砖，九月土墼两半边。”这是枞阳坊间一句古老的乡谚，是说农历七八月间为打土墼黄金时间。

土墼是何物？又是怎样制作出来的呢？这对年轻一代来说，恐怕普遍存在着一种陌生与神秘。这也难怪，因为这些新生代们住惯了高楼大厦，与生俱来就与土墼这一古老的非物质文化无缘，像是隔着一段遥远时空。

其实，土墼是农耕时代一个重要的文明标志，是我们先人用来构筑栖身之所、繁衍生息后代的一种简易建筑材料。它的最大优点是就地取材，既无煤、电等能源消耗，更不会污染环境，建起来的房子根本不用担心有放射性物质危害。从这个意义上说，土墼不仅是一种天然环保、成本低廉的建筑材料，更是我们先人们的一种勤劳与智慧的见证。

我是住了大半辈子土墼屋的人，更难得的是有几次参与土墼制作的亲身经历。那年，我还是个十几岁的少年，一家三代九口如蜜蜂一样蜗居在曾祖父留下的四间老屋里，父亲与祖母商量，准备在村西头盖几间土墼屋，以缓解居住压力。

村子西头有块叫“一斗二”的冲坂田，田泥被人称之为“猫屎泥”，黏性特大。一旦沾到胶鞋上，你想甩都甩不掉。这正是土墼制作难得的泥料子。父亲看上了这块田，还有一个原因就是离屋基场近，便于取泥与搬运。更难得的是，田上方有块废弃了多年的队集体茶园，稍作处理，就成了土墼制作的理想场地。

初秋的下半夜，没有了白天那种燥热，父亲提着马灯，驮着犁，赶着牛，拖着长长的影子，来到了白天灌过浅水的那块土墼泥料子田。

“特哧——”，随着父亲一声吆喝，刀一样锃亮的犁铧，在田里划开了一道长长的口子。黄褐色的泥巴，像墙倒屋倾一样顺着犁头一边低处歪去，溅起的水花似一树梨花的落英，纷纷扬扬。当远处传来一阵“喔喔、喔——”鸡啼时，天便渐渐地亮了，被翻过来的泥巴条子，经牛耙平整后，似一方磨好了墨的砚台，在晨曦中熠熠生辉。这只是土墼制作过程中的第一道工序，俗称“做泥”。

用浅水养了几天的土墼泥，似发酵后的面料，变得光泽柔软起来。此时，该要进行第二道工序“踩泥”了。一个漆黑乌麻（方言，伸手不见五指）的下半夜，我被父亲从熟睡中叫起。马灯光下的父亲和我，一前一后地牵着生产队里的三头大水牛，深一脚，浅一脚地踩踏在没过脚踝的泥淖中。

重复而枯燥的夜晚，让人感觉是那么的漫长。我的眼皮在哈欠声中时开时合，似乎多日都没睡过安稳觉。泥越踩越糍，脚越来越难拔。当听到牛蹄从泥巴里带出一种“哧啦、哧啦”似放屁的声音时，则表明土墼泥已经踩“熟”，可以挑上来进行土墼制作了。

打土墼前，是要收听一周天气预报的。因为大家都可以想象到，刚打出来的土墼比豆腐还要嫩弱，只要一场雨，就会前功尽弃。

打土墼是件力气活，通常都是由男劳力来做。有俚语说：“插秧拔草，不论大小；打土墼挑稻，小的不要。”虽说是一种调侃，倒也是实话。

那时，来帮忙打土墼的都是乡里乡亲，从来不用付工钱，只是伙食得讲究。一日三餐除了不离鱼肉外，下午还有一顿肉丝面“打尖”（俗称吃茶饭）。香烟是联络情感的一种微妙方式，也不管你抽不抽，每人都给一包二毛二的玉猫牌烟。“打短工不要钱，伙餐不亚于过小年”，这恐怕就是当时的一句真实写照吧。

打土墼是一种突击性的活儿，需要人手多。在小村麦园，似乎有个不成文的规矩：无论哪家打土墼，全村人都会来帮忙。即使主要劳力不在家，年龄大的二五老头子（方言，即还有劳动能力的男老人）只要你吱一声，也会驮着钉耙来帮你上上泥的。挑土墼泥自然是青壮年劳动力的事。不过能拿土墼模子的人并不好找。因为这是件苦差事，一般人都不会乐意去做。

当年，在我家掌土墼模子的有三条好汉，他们分别是黑铁、黑皮、黑炱（tai，方言，亦称黑太子）子，即人称“三黑”。这“三黑”都有一个共同的特点：一到夏天，上身打着赤膊，连一条三尺长的白老布披肩也舍不得用，都晒得黝黑发亮的。三人的“雅号”或许就是这样晒出来的吧。

黑铁和黑炱子是本庄人。黑铁平时不爱多说话，留着一副和尚头，40 岁的人，看上去就像是 50 多岁的小老头。他左手有残疾。据说年轻时，在一次生产队堆码柴垛时，不慎从两三米高的柴垛顶上摔了下来，落下胳膊肘无法弯曲的后遗症。生活中，别人都是端着碗吃饭，而他只能将碗垂直地拿着，用汤匙或调羹掠着吃。让人忍俊不禁的是：他在打土墼时，捧泥、筑泥、摸光、起模每个动作，左胳膊都是垂直的，就像是一位急救中的医生，在给病危患者做人工按压似的。

黑炱子父母死得早，快 30 岁了，还是一直单着。大队支书见他为人厚道，做事舍得出力，很器重他，有意把他放到了生产队副队长和民兵排长位置上培养。

这次，黑炱子在我家是“唱主角”，负责掌着大号土墼模子。这大模子打出的土墼叫“脚合”，可称得上是“大块头”，每块晒干后的重量不少于 32 斤，一般劳力一次只能挑 4 块，力气大的最多挑 6 块。这脚合土墼通常都是砌在墙脚条石以上，窗台以下这段墙体，主要是起着稳固墙身作用。

黑皮是邻村人，他的特点就是身手快。别人一天下来可以打土墼1 200块，他却能多打出二三百块。1 200 块土墼是什么概念？按当时规格，那是可以砌成一间土墼屋的。

说是二号土墼，其实重量也有二十五六斤。某年春节，村里的一帮小青年，聚在村头一土墼堆边闲聊时，一位赚了点小钱的生意人，忽然想出了这样的一个“花招”：看看谁能用一只手拎块土墼，绕庄子跑完一圈，我手里这条东海牌香烟（相当于现在的五星皖烟）就归他。话音刚落，几个年轻气盛的小青年各抓起一块土墼就跑。一群老少爷们跟在后面，嘻嘻哈哈地起哄。结果多数人没有绕过半圈，手里的土墼就“咚咚”地掉在地上，险些砸了自己的脚，唯有一位刚退伍的兵哥哥走到了终点，成了小村人的一个美好的记忆。

是日，“三黑”齐聚我家。午后，火辣辣的太阳炙烤着大地，也熏烤着他们那始终弯曲的身躯。那白花花的汗珠，似一粒粒滚动的珍珠，沿着脊柱两边的臂膀往裤腰带处蠕动。他们身后，早被十多个挑泥人各垒起了两道长长的泥垄子。一只盛着泥浆水的澡盆躺在人字形的草腰上，顺着泥垄中米把宽的空隙，不时地被掌模人一次次地往后拖移。面前一块块刚出模子的土墼泛着一层浅浅的光影，似刚出锅的糍糕，被炎炎烈日贪婪地舔咬着。一只如做豆腐用的木质长方形的土墼模子，被他们娴熟地玩弄在泥巴团与澡盆之间。每打完一块土墼，掌模人就要抓起浸在泥水中的草纥瘩，将模内四边飞快地擦拭一遍，以确保打出的每块土墼棱角分明，合辙完整。

随着场上的土墼越打越多，溅在“三黑”们身上的泥浆也越沾越密。父亲早早地让我准备好了一担井水、几条毛巾和一些茶水，如一位小保姆似的守候在树荫下。当他们渴了，就对我说，小伢嘞，你把水端过来给我喝一口噢！这时，我得赶紧把茶碗端到他们嘴巴边，像是在给小孩喂奶似的。当黏糊糊的汗水迷蒙了他们的双眼，我得拿起晾在水桶把子（方言，水桶拎手处）上的毛巾，上去为他们小心翼翼地揩脸。当他们面前的土墼打到一定的数量时，就招呼我去数一数。按每满一百块插根小树枝做标记。当澡盆里的泥浆水浓稠时，我得及时为他们换上一盆清水……

当太阳显得几分倦意的时候，“三黑”已经把大伙挑上来的几十吨田泥，变成了一副如今城乡普及的麻将牌，整整齐齐地摆满了那块空旷的荒地。

新打出的土墼，经过两三天烈日照晒后，表面开始泛白，质地也渐渐地硬朗起来。这时该修土墼了。修土墼的活虽说不重，但需要把土墼一块块地立起来，再用刀削去底部四周多余的泥土。一天修下来，人身子累得像散了架似的，嘴里不停地嘟囔着：腰酸腿痛胳膊疼。祖母一听，戏谑道，扛猫（方言，青蛙）无颈，小伢无腰，一晚睡过来就好啦！

被修过的土墼，还需继续接受几天太阳的考验。这中间还要为土墼进行一次翻身，让另一面也得到均衡的光照。

土墼是泥做的，怕雨不怕晒。大约有八成干了，就要给土墼上小码了。小码是一种就地临时性的处置方法，主要是防土墼被雨淋了。码放时，也只能码成一段段半人高的土墙，每块土墼间须留出能伸进手掌大小的空隙，以便通风达到完全干透。直到把土墼全部运回屋场，上了大码，盖上防雨的塑料布与稻草才算完事。

最让人纠心的是，土墼还没有码起来，或码了还没来得及盖上遮雨的东西，夜里却突然来了一场大雨。记得那些日子，祖母整天都在提心吊胆地念叨：老菩萨保佑，别下雨噢……就这样不停地祷告，一直祈祷到土墼运到屋基场上了大码方止。

唉，流水的日子真快，几十年岁月从我花白的发间一梳而过，父亲当年建造的那几间土墼老屋，也被我脱胎换骨变成了“混凝土建筑”。土墼不见了，已消失在岁月的尘埃里，而土墼屋也同样成了我们远去的记忆。

广播里的童年

前些日子，在阁楼整理旧物时，不经意间，发现旮旯里躺着一只黑色碗状的东西，拿起一看，是只早已废弃的有线广播。我轻轻地掸去岁月的浮尘，碗状广播底部露出一个如酒瓶盖样的磁铁石，下面粘连着一块差不多大的紫铜色线圈。翻过来，“碗”中心有块风衣扣子大小的锡焊点，这银白色小点点固定着一根两厘米长的绣花针，用手一拨，“嘭嘭”的脆响。呵呵，没想到这老伙计一觉醒来，已是人间逝去了四十多载!

现在的年轻人，还能知道这有线广播的恐怕已经不多了。其实现在一些中小学，或大中型企业还在使用着有线广播。学校用它来引领学生做做操或举行集会，企业用来播报内部新闻，或发些工作通知什么的。无论现在的广播多么先进、多么时尚、多么高端，但无法替代我记忆中的有线广播。

那些年，人们的物质与文化生活，基本上还是处于一种原生态环境，现代化理念的东西，也只是媒体上偶尔谈论的话题。农村居民家里拥有一只有线广播，那倒是相当时尚的事情了。

这有线广播每天早中晚三次都是定时开播，每个时段约一小时左右。那时，乡下的广播和电话是“一线两用”。开播时，电话一律“靠边让道”。即使你强行拨号，除了能在广播里留下一阵“沙沙”的干扰声外，最终还是让你在失望中无奈地撂下话筒。

记得当时，这条用铁丝架设的线路，是由县城方向引过来的。那一根根望不到尽头的电线杆子，浑身涂着刺鼻的黑油漆。每根杆上面装有十多个如白鸽状的瓷瓶，那绵延不绝的铁丝就是被这些“白鸽子”牢牢地衔在杆子顶端。这线路穿过了田野、跨过了河流，越过了山谷，也掠过了我们村子后面的一块坡地上空。恰逢其时，村里归来了一位退役军人。他不光穿回了一身令人羡慕的威武军装，还带回了一只神奇的有线广播。

夏日的晚饭后，劳作了一天的人们，不约而同地来到了村子后面那块叫“狮子球”的平坦坡地上。躺在一张张凉床、躺椅、凳子上的老少们，急切地等待着那只有线广播发声。我们这些没见过世面的孩子，只是好奇地望着这位没有领章帽徽的“兵叔叔”打着手电，把一根顶部绑着铁丝钩子的竹竿熟练地挂到电话线上，然后又将另一根连接广播的铁丝线插入地下，顿时，固定在竹竿中间的那广播就传来了“五星红旗迎风飘扬，胜利的歌声多么嘹亮……”激昂而雄壮的开始曲。尔后听到的是转播中央人民广播电台“全国各地新闻和报纸摘要”节目。地方新闻之后就是大家喜欢的戏剧与歌曲。遇到高温干旱，那广播因接不上地气，导致地线传导慢，声音飘忽不定，或如蚊子哼哼。此时，那位“兵叔叔”就会叫我们这些小屁孩朝着那插在地上的铁丝撒尿。说也怪，我们一泡尿竟把那广播声音浇响亮了。躺着的大人们，在一片欢笑声后，继续聆听着他们的广播。每晚的广播，总是在“因特纳雄内尔就一定要实现”的悲壮声中结束。人们踏着歌声，把清凉和愉悦带回家。

老实说，当时我们这些刚发蒙的孩子，只是喜欢人多热闹场景，对广播中的内容一概不懂。不过这句“今天天气预报是由枞阳县气象芜湖（服务）站提供，广大听众明天再会！”的结束语，倒是成了我们嘴上的“口水角子”（方言，即用来搞笑的话柄、口头禅意思）。

当我能听懂广播中的新闻与娱乐节目时，一场戏剧性的政治风暴，已将有线广播吹进了千家万户。在钟表还是奢侈品的年代，把有线广播当作钟表是农村群众的主要功能之一，娱乐和天气预报也只是次要的功用。

每当《东方红》乐曲奏响时，村庄里炊烟便袅袅升起，接着就听到队长从村头传来的一阵粗犷的大嗓门：“动工的走了喂——”，我也会习惯地背起书包，哼着那一首首熟悉的歌儿去上学。到了晌午，一段段韵味十足的京剧唱腔响起，大人准时收工，小孩准点放学。也正是此时，我学会了《沙家浜》中“斗智”、《红灯记》中的“临行喝妈一碗酒”和《智取威虎山》中的“我们是工农子弟”等多首“京腔京调”。

那年头，有线广播似乎跟20世纪80年代中期的彩电一样珍贵，家家都把它当个宝一样，一出故障就急着找人维修。记得自己经常做的事情，就是把那黑广播反复擦拭干净，防潮除锈。还要给那根连接地线的粗铁丝常浇浇水，以保持信号畅通。

有线广播作为一个时代最普及的宣传与娱乐设备，确实影响了几代人。我的祖辈、父辈和我本人，都是同有线广播一起共同走过了那段不寻常的岁月。我至今还能哼唱出的一些音乐与戏曲，都是从有线广播上听来的。虽然有线广播没有如今的音响效果逼真，但从未影响我对它的喜爱。

我从一个懵懂的儿童、少年，到逐渐地喜欢上广播，到后来在广播中发稿播稿的经历，心里更多的是感激有线广播给我带来了知识与快乐。我的人生走过了60多年的风风雨雨，每当忆起这段故事经历，心里倍感亲切与温馨。

槐花飘香入梦来

谷雨过后，暮春方去；立夏到来，新暑初回。夜晚，一抹淡淡的月色倾泻在乡村边边角角，给静谧的村落蒙上了几分神秘。我合上书，拉开窗帘，遥望星空，一股槐花幽香扑面而来。窗外，旮旯里虫儿正被那馥郁的槐花刺激得更加亢奋，十分投入地演奏着一首首原创曲子。这些小精灵似乎在婉约地提醒着人们：又是一个槐花盛开的季节到啦！

我沿着清醇芬芳的指引，走出院子，来到一株 20 多年前亲手植下的槐树下，抚摸着它那粗糙的躯干，心头微微一颤，不禁潸然泪下。在每个槐花飘香的日子，我都会思念起祖母，她老人家在天国还好吗？

抬头望着如云的槐花，那不正是祖母的白发吗？祖母的白发，此刻正映在我的泪眼里啊，那缥缈的槐花香味，带着我的思绪，飘飘悠悠又让我回到了从前的过往。

我对槐花情有独钟，是因为槐花不像桃花那样妖艳多姿，也没有牡丹那样雍容华贵。它在众香国里最多也仅算是个“三等公民”。君不见，那一串串槐花洁白如玉，晶莹似冰，仿佛都是一夜间笑裂了嫩绿的小扁嘴，向着四周不断地喷发着香醇。这幽香穿过淡淡的雾霭，钻进你的鼻孔，再深入你的五脏六腑，无论你身在屋内还是户外，都被这种馨香严密地包裹着，把你弄得神魂颠倒，痴痴地移不了步……

我爱故乡的洋槐花，还因为和这槐花有着一段段不寻常的情缘。那是多年前一个春夏之交的日子，我记不清多少次背着竹篓，随祖母去采摘洋槐花。祖母扛着一根长长的竹竿。竿子梢上有个小钩子，是用麻丝扎着一截半尺长树棍子做的。我背着一只竹篓，跟在她身后，漫山遍野地追寻着那盛开的槐花。

那时，我这个小男子汉的一双大脚丫总是软绵绵的，走不动路，老是被祖母那对“三寸金莲”小脚甩得远远的，她不住地在前面催促着：“快点走哇!”话音未落，只听“咔嚓”一声，一串串白生生宛若凝脂般的鲜嫩花簇，伴随着新长出来的嫩槐树枝叶纷纷落下。在一阵手忙脚乱中，我扯下这些似乎极不情愿还在流着泪的槐花，用嘴轻轻地吹去沾在上面的浮尘与杂质，小心翼翼地放进背篓。

回到家，祖母先将洗净的槐花，倒入冒着一串串气泡的大半锅滚水中。当锅里的槐花渐渐变成浅黄色时，就见那高粱色的老面（一种高含麦麸的面粉），从祖母的左手指缝中均匀地飘落在褪去色泽的槐花上，右手那双筷子，在白雾腾腾的锅中反复地画着一圈又一圈的生命符号。撒上半勺盐，盖上锅盖，焖一会儿，一锅溢着清香的槐花疙瘩就这样做成了。一碗碗槐花糊疙瘩，填补了我春夏之交的辘辘饥肠。

进了中学，我和槐树朝夕相伴，弄清了它们的各种昵称，从洋槐、刺槐又衍生出了“槐荫”，一一烙印在我的记忆中。每当见到“槐荫”这一词儿，我便想起当年与伙伴们在这浓密的槐荫下读书背公式，和学兄学弟们脸红脖子粗地抬着杠子，扯那些当地人文掌故，聊着一个个枞阳历史文化名人趣闻轶事。

初夏时节，槐香袭人，彩蝶翩翩，蜜蜂缱绻，学校食堂门口那两株孪生的老槐树下，便是我们课后“文化沙龙”交流的场所。就在这浓绿如盖、清香宜人的槐荫下，我们认识了明代重臣钱如京、宰相何如宠、铮铮铁骨左光斗，知道了钱澄之、方苞、姚鼐、刘大櫆等多位家乡先贤哲人，初识了巴金与老舍、沈从文……

1972年腊月，高中毕业的我，不久成了村小学里的一位民办教师。那时，农村办学条件相当落后，学校基本现状是“三泥”：泥桌子、泥凳子、泥娃子。后来也陆陆续续添了些实木桌凳子，也包括发动学生自带的凳子。可是，那点桌凳都是一些密度很小的松树和杉树材质做成的。在坑坑洼洼泥土地面的教室里，哪经得起天生好动的学生坐在上面任性地摇来摇去，不到几个星期，一些桌凳的腿脚纷纷致残下岗。更头疼的是，这些脱落的桌凳腿脚，又成了学生课间舞枪弄棒的道具。那清瘦的老李校长见了，苍白的脸上写满了心痛与焦急。心痛的是，要花一笔不小的修理费；焦急的是，担心学生万一闹出什么伤害事故来如何是好？

为避免学生发生意外，还是年近六旬的金德俊老先生有办法。他提议采用槐树来替代这些华而不实的木材。果然，槐树木不负众望。做成桌凳的腿脚既结实又稳重，确实不易被学生弄坏。老李校长脸上的愁云舒展了。从此，让我记住了槐树那坚实而沉稳的品格。

多年来，我一直保持着这样的一个习惯：每当初春来临，我都要从野外寻几株槐树苗，栽在门前的公路两侧。槐树，生命力极强！即使被齐地锯砍掉，要不了多久，根部又能长出更多的新苗来，甚至连根挖出，而残留在土里的“绒根”，竟然又长出了亭亭玉立的身段来。它不像杨树、泡桐树那样娇嫩，一碰就断；也不像柳树那样嗜水如命；它不恋平川，不择沃土，不怕干旱，不嫌贫瘠，无论是在荒凉的山岗山坡，还是在人畜频繁出没的村前庄后，或是在弯弯绕绕的乡间小道上，都会照样扎根生长，繁衍后代，极力向上，枝梢如剑，直指蓝天……

渐行渐远的丧葬习俗

朋友，你听说过吗？旧时，大户人家女儿出嫁，连棺材都成了陪嫁之物！嫁妆陪棺材，不只是因为女方家庭富有，而是足以说明古人对丧葬后事的一种重视程度。

丧葬习俗流传至今，已有几千年历史。丧葬文化，也是中华民族几千年文明史中的一部分，它涵盖了儒家、道家、佛家的思想理念。丧葬古称凶礼，是人生礼仪中的最后一件大事。自古以来，人们笃信灵魂观念的存在，无论帝王将相，还是寻常百姓人家都特别重视为逝者治丧、送葬，期望借此告慰死者亡灵。

有道是，出门三五里，各处有乡风。位于八百里皖江北岸的水乡枞阳，其丧葬习俗主要体现在以下几个方面：

一、寿衣·孝服

寿衣，又称殓衣、老衣，即死者入殓所穿的衣物。枞阳各地都沿用明代服饰形式，因民间素有“死不降清”之说。亡人寿衣，不论男女，一律为圆领大袖的明代服式，并逐渐形成“七领五腰”的一种习惯，即上衣七件，下衣五件，且不用棉絮（意为死者穿絮，后代喘气不顺），都采用单衣或夹衣，夹衣算两件，多用黑色粗布缝制而成。上衣全钉布带，下衣不用裤带，亡人穿着时，仅在腰间系一束白线，通常按死者岁数一岁一根的做法。

寿鞋制作也挺有讲究。寿鞋都是软底布鞋，是便于亡者赶路。有些人家还会在寿鞋底中间各贴一朵用红纸剪成的莲花，意为脚踏莲花去西天拜佛。

穿孝主要是为了表示孝意和哀悼。这是出自周礼，是儒家的礼制，后来，又被人们引申成为亡人“免罪”。

孝服主要有孝帽、孝衣。孝帽，也称老帽，以民间粗纺的白老布制作。女帽类似风帽式样，都缠有麻丝。孝衣，也称孝服，只是“男穿大褂女穿裙”，男褂女裙上都有麻丝，象征着披麻戴孝之意。当然，老（亡）人的子、孙、曾孙和女眷们的孝服款式都有明显的不同。无论孝帽、孝衣、孝鞋，其“破白”的方式表现有大小多少的区别，即辈分越低身上的白饰就越少。

二、寿材

寿材（意为死者长寿之材），又名棺材（象征着下人今后会做官发财），枞阳地域老辈人大都称之为“老家”或寿木。制作棺木，须讲究木质。通常是一柏、二杉、三梓、四松，忌用楝木（因楝木俗称苦木树，不吉利）。其次，讲究树木的粗大，用料要尽量少拼接，故有“五底”“十二元”“十合”之别。最后是讲究用漆。旧时，大户人家认为用生漆漆棺最好，要求漆三遍。第一步是“刮灰”，即用桐油和石灰相拌而成的油泥抹在棺材的缝隙处；第二步是熬光油，即将桐油烧沸；第三步先油光油，再涂漆；最后一步是在棺头画上带有“寿”字的图案，棺头两边山墙上并配有“福如东海，寿比南山”吉祥如意类似的对联。

制作寿木有一定的礼俗。如枞阳一地方在棺木即将做成时，棺内要放两条糕，棺盖上覆盖红色缎料，亲朋好友常常要去送一份“合材”礼物祝贺。主人须给木匠包“红包”。

三、报丧

报丧，在枞阳称“把信”，即把亲人亡故的消息通知给亲戚六眷。旧时通信条件落后，没有电话，无论隔山渡水都是人工马不停蹄地专程前往。到了某亲戚家里，报丧人不能直白地说某某死了，应该说某某什么时候“走”了，或称“登仙”去了。该亲戚接到丧讯，必须由女眷在报丧人面前放声啼哭。即使哭不出来，也要装模作样地哼几声，否则，会对报丧人不吉利，然后须打三个糖鸡蛋犒劳报丧人一路辛苦。

还有另一种报丧方式，就是亡人咽气后，让帮忙的人把死者临终前所睡的床上稻草挪到村口焚烧，燃放鞭炮，村里人便知道谁家有丧事，然后就会三五成群的去死者家里吊唁，向死者跪拜。死者家属哭尸于室，对前来吊唁的人行跪拜礼。

四、入殓

入殓，又称大殓、入棺、进棺、进材等，这是将尸体穿戴整齐后放入棺内的一道礼仪，起源于先秦时期。《周礼·春官·小宗伯》称：“大敛、小敛。”殡殓之敛，古籍均作敛，入棺曰大敛，为死者换衣曰小敛。

入殓，在枞阳民间又称“进房”。通常由一两名木匠和几位乡邻先给死者全身裹上丝绵，外用丝绳捆扎，俗称“扎尸”。这是对亡者尸骨起到日后不易散乱的作用。扎尸之后才是穿寿衣。穿寿衣前，先让下人穿套一下，这叫“焐衣”。死者穿好寿衣，在其口中放金钱（用铜钱或其他硬币替代）一枚，谓“口含钱”；头戴道士方巾帽，两手各握金属币。寓意死者来生金口玉言，手掌财富，前途光明。

棺内先铺放石灰包，按一岁一包放入，下铺垫褥，上盖女儿送的“千金被衾”。死者入棺后，须开脸（将面部丝绵剪开）揩面。“开脸”时，女儿要付“开脸包”钱。揩面之水需要买。即到池塘边烧纸、放鞭炮后，丢一文钱于水中，用碗舀些水，称“买水”。这水，一路上都用伞遮住，不能见天。到家后，拿一张纸，沾上水，在亡人的面部从上到下连拖三下，谓之“洗澡”。盖棺前，再用两端系有铜钱的长线，从棺头正中至棺脚正中吊线，中线正对死者鼻梁，谓之“分经”。接着子孙按亲疏长幼，披麻戴孝依次跪在棺前奠酒行礼，与死者做最后的告别。礼毕封棺。这时木匠会用斧头在垫有一叠表纸的棺盖上敲三下，谓之“三下响”，以示告之死者收殓完毕。接着棺下放一盏“荷花灯”，摆一双鞋，意为照亡人上路。女眷们放声大哭，这叫“哭发”。

五、灵堂

灵堂，又称孝堂，通常是在入殓后设置。如枞阳老人咽气后，家人在遗体头埂旁点一盏香油灯，俗称“照老灯”；燃一支香，并盛满一碗半熟的饭，称“倒头饭”。饭上插一双筷子，竖放两只鸡蛋，称“倒头蛋”。入殓后，灵堂设在堂屋或家族祠堂里。灵前围挂白老布孝幔（沿江一带称孝帐），棺材大头朝门外向，下有供桌承接，遗像与灵位（亦称灵牌、牌位）并列地摆放在棺材头前。供桌放一只煺尽鸡毛的公鸡、一条筷子长的小鲢仔鱼或小鲤鱼等供品，三炷香，旁边放“引魂幡”一簇。一碗茶水及棺材底下一碗莲花灯等祭品，两边孝幔与两壁挂挽联、挽幛。大门上贴白纸写的挽联。再请来一两个人吹喇叭，吹吹打打，放放哀乐，热闹一番；同时要请道士一至数人做法念经，超度亡灵，直至后半夜，人困马乏为止。

六、出殡

出殡，亦称出灵，指把灵柩运送到安葬地或寄放地点。旧时，要请堪舆家（俗称风水先生）找坟地。基本按照“背风朝阳，无蚁穴、无潮湿”等要求去选墓地。坟地确定后，在出殡前，由孝子扛着“挖锄”上山，在选好的坟地按上、中、下顺序挖三下，俗称“挖三老锄”。

出殡仪式是最热闹的场面。随着发棺人鸣放一阵鞭炮，身着拖地孝服的长子、孝子分别端着亡者遗像（宜黑白）、灵位与引魂幡走在灵柩前领棺，并不断地抛撒“纸钱”，有留下买路钱之意；四名抬棺壮汉一路吆喝，而女眷们则伴着行路乐曲在灵柩后似哭似唱，来帮忙、送行的亲友、邻居排起了长长的队伍，震耳欲聋的爆竹，五彩缤纷的礼花炮，一直放个不停，引得沿路人驻足观望。若中途需要休息，只能用撑杆（俗称搭杵子）撑住龙杠（即抬棺两侧的木杠），棺柩不能落地。

明清时期，尊长死后，子孙要在家守孝 27 个月，其间停止交际和娱乐，做官的也必须离职回家守孝，以表示对尊亲的哀悼，称“守制”。如一些学者在介绍明末清初著名诗人、文学家钱澄之时，就有“……先生抗清失败后，归里，结庐先人墓旁……”这样的描述。

七、下祀

棺材抬到坟山，停放在墓圹旁，等待下祀。下祀颇有讲究，也是葬坟关键的一步。先用稻草、芝麻秸秆、大表纸等放入打好的墓穴中焚烧，称“暖井”。趁灰烬尚有余热，棺木便慢慢地落下墓穴。这时，地仙便拿着一绺两头系着铜钱的白线，蹲在棺材大头上方，左眼闭，右眼睁，对着目标看准星，不停地吩咐人调整棺木的朝向，直到三点同在一条线上，才算大功告成。

放好棺木，孝子一干人等，依次从棺盖上边走边将兜中的土抖落在墓穴内。接着地仙开始“呼龙”（就是说些吉利话）。常见有“呼龙辞”曰：……左青龙，右白虎，龙吟虎啸；前朱雀，后玄武，龙凤谐舞。进宝山，衔旁山，山山相对；甘露水，壬癸水，水水来朝。我今撒上珍珠土，叮咛嘱咐龙神：一应荣华富贵，二应金玉满堂，三应子孙发达，四应妻贤子孝，五应田园广进……九应十应，儿孙代代入朝廷。孝子拜一拜，步步上金阶。龙听地师语，神听地师言，今日安葬后，富贵万万年。”当风水先生手执酒壶，一边斟酒，一边鼓着腮帮子高呼：“一点酒，点龙头，儿孙代代做诸侯；二滴酒，点龙腰，儿孙代代步步高；三点酒，点龙尾，儿孙代代中高魁……”地仙高喊一句，旁边人便敲一声锣，撒一把米，同时现场所有人则大声应答着同一个字：“好”！俗称“叫好”。

八、做七

做七，是丧葬习俗中的最后一项重要礼仪，亦称作七、斋七，而枞阳一带口语则说“宴七”。人们认为，人死后七天才知道自己已经死了，所以要举行“做七”，每逢七天一祭，“七七”四十九天才结束。这主要是受佛教和道教的影响。

从死者咽气之日算起，每7天为一“七”。丧家按照道士拟定的“七单”(旧时，死者满60岁才享有这样的礼遇)，在死者入殓的屋子里设灵堂祭奠，或做法事。“七七”之内，孝子不理发，不修面，称为“囚七”。七个“七”中如有一个以上的“七”与农历日期中的“七”相吻合，称为“犯七”。有道是：“亡人不犯七，活人没饭吃”，意思是说，犯七有利于活人，但亡人却会因此而受罪遭难，所以遇此情况，活人需要为亡人消灾救难，也就是需要上坟为亡人淋七。

“宴七”，每一个“七”都有不同的内容。除了“五七”“七七”外，其他各“七”一般从简，在家备荤素三个碗请请即可。“五七”，有“亡人不吃家中饭”说法。通常由出嫁的女儿女婿拿钱操办，主要是备几桌酒，酬谢帮忙的乡邻与亲友。

“七七”亦称满七，即人死后的第四十九天。这天，丧家要举行隆重的祭奠仪式，亲朋好友齐聚。主要是焚烧灵屋，拆掉灵堂，除去灵位。去掉孝服的孝子们，可以去理发，一切恢复正常生活。

当然，还有一种“亡人不要吃，只要周年与百日”的说法。这是讲除了宴七，还有周年与百日等祭祀习俗，这里不再赘述。

现如今，国家积极推行火葬，改革土葬，破除旧的丧葬习俗，节俭办丧事。近几年，随着政府殡葬服务举措不断完善，枞阳丧葬改革工作已取得突破性成果，人们观念有了可喜的变化，广大城乡居民已充分认识到丧葬改革的重要性与必要性，正在不断地摒弃丧葬中那些劳民伤财的陋习，一种厚养薄葬的文明新风已广泛形成，千年丧葬习俗已渐渐淡出人们的视野，成为乡愁里的一个个古老的故事。这应该说是社会进步、人类文明发展的必然结果。当然，我写此文也有传承民俗文化的初衷，以便后人对那渐行渐远的丧葬民俗有个大致了解。

辑五

枞川味道

泥鳅钻豆腐

头一回听说“泥鳅钻豆腐”这道菜，是位绰号叫“段断”（因其口吃，说话断断续续而得名）的老兄告诉我的。那年春节，好久不见的段兄与我们几个故友相逢在村头。几句寒暄后，大家便胡侃开来。那段兄更是聊兴大发，眯着一对小眼，伸出两根被烟卷熏黄的手指头，一边激情地比画着，一边断断续续地说：“泥……泥鳅钻……钻豆腐，你们可……可吃过了哉？嘿嘿，那味道真是‘两个哑巴睡一头——无话可说’……”值得玩味的是他那“嘿嘿”的笑声，似乎给这道菜蒙上了几分诡谲。而那狡黠的笑靥与炫耀的表情，瞬间便填满了他那一脸密密麻麻点子“坑”。是啊，“段断”的老爸可是某单位食堂司务长，虽说也算不上什么官儿，但管着百十号人的一日三餐，倒是有些不起眼的实惠。每日早上，只要他在菜市场上一露面，就像大明星似的被菜贩子们追着、捧着，目的就是希望他多销货。那些生意人，一个个都是鬼精鬼精的，都晓得他是个属“猫”的主。投其所好，不言自明。今个白送他一碗泥鳅，明朝孝敬他一盘青虾，反正都是你知我知的事。当然，再好的美味，都有吃腻的时候。若想食不厌，就得不断地变换着烹饪方法，于是，想到了“泥鳅钻豆腐”这道新奇的菜肴。我没有品尝过泥鳅钻豆腐，仅仅凭着这道菜名，就觉得那肯定是一种特别诱人的佳肴！

我曾在某本读物上看到过这样的介绍：泥鳅，肉质鲜美，营养丰富，富含蛋白质和多种维生素，并有药用价值，所含脂肪成分低，利于人体抗血管衰老，尤其有益于老年人及心血管病人。另外，从中医学上讲，还有补中益气，除湿退黄，益肾助阳，祛湿止泻，暖脾胃，止虚汗等疗效。

泥鳅钻豆腐，据说原创者是曹操。当时，他与袁绍正在官渡这个地方开仗。没想到军中粮草断了，一些士兵只好从河畔泥滩中挖来泥鳅，用泥巴包裹着，放在火中烧烤着吃。一部将看到了，觉得不成体统，遂将他们绑了，交与曹操发落。主帅曹操非但没有责怪他们，反而鼓励士卒们都去挖泥鳅来充饥。曹操完胜了官渡之战后，特地安排了一场泥鳅钻豆腐盛宴来犒赏三军将士，并命名曰“官渡泥鳅”，以示庆贺与纪念。

泥鳅，别名，鳅鱼，体短圆滑，活泼好动，适应性强。它凭借着光滑无比的一身黏液，无论在水中、泥中，或池子里，你都不易抓住。因此，民间也有了不少关于借用泥鳅来引喻生活哲理的歇后语、谚语。如：“稻草包泥鳅——走的走，溜的溜（形容办事方法不对，很难奏效）；泥鳅放泡——雨水将到（气象谚语）；做（当）了泥鳅——还怕泥糊眼睛？（比喻已选择了某项工作，就不能带有丝毫的退缩情绪）；干泥塘的泥鳅——滑不过去（比喻铁证面前，无法抵赖）。”

其实，泥鳅是怕痒的，它极不情愿被你玩弄于股掌之上。那黏液正是它的护身法宝！要想抓住它，除了用网具捞，如果用手，也只能轻轻地捧起。儿时的我，在村前清泉潺潺的沟渠里没少抓泥鳅。我常用双手连同包裹着它的烂泥一起捧起。这时，你若稍停片刻，就会感觉手心被它钻得怪痒痒的。这是它仍在努力地寻找逃生的机会，可见这小生灵刁得狠！

生活在水产丰腴的皖江枞阳，想吃顿天然环境中生长的泥鳅也不是什么难事。为满足一下自己的好奇心，在一个金秋的早晨，我花了二十块钱，买了一大盘活蹦乱跳的金黄色泥鳅。这些家伙生命力极强，打开封闭的塑料包装袋，被闷了一个时辰的泥鳅们，看不出有丝毫异常现象。我先把它们放进一只盛有清水的小塑料桶里，见它们神情淡定，很快就适应了这个“新家”。当我朝桶里滴了小半汤匙菜油时，它们一个个摇头摆尾、上窜下钻地活跃起来。用老辈们的话讲，这是让泥鳅们“醉油”，强迫它们将体内的脏东西快速吐出，达到自我净身的效果。

约莫一个时辰后，泥鳅的身子净化得差不多了，用深口塑料团箩将泥鳅沥起，再用清水过滤一下，放入事先备有冷水和一块不少于 500 克的嫩豆腐（为便于泥鳅钻，豆腐块须有一定的厚度）的锅中。这时，泥鳅与豆腐似乎都很陌生，互不纠缠。待到水温逐渐上升，泥鳅们才如梦方醒，才想到这个白色的安全区，犹如难民一样，拼命地往豆腐里钻，一副钻头不顾屁股的样子。一旦进去，再也不想出来。最终与那块豆腐成了水乳交融、生死与共的结合体！

随着诱人的香味不断地在空气中散发开来，该加入事先炼制好的菜油、盐、红椒丝与酱醋姜等作料了。保持一段时间文火，等汤质熬成黏稠状，便可起锅装盘，撒上葱花，浇上一勺炼制的辣油，这道千年特色菜便大功告成了。

野藕蒸鲊肉

“野藕蒸鲊肉，好吃嫌不够。”这是乡村里的一句顺口溜，也是一种抹不去的儿时味道。“鲊肉”，也称粉蒸肉。这是枞阳乡间酒桌上不可缺少的一道压轴菜。放在面前，轻轻一闻，你就会醒脑开窍，食欲大增。吃在嘴里，有种“肥而不腻，酥软味腴，唇齿留香”的感觉。

最难忘的是儿时家乡红白喜事宴上的“野藕蒸鲊肉”。那时，人们普遍生活在贫困线上，别说吃肉，就连一日三餐填饱肚子都很难。饿怕了孩子们，除了盼着过年，就是望着有喜事宴到来。每当此时，我就成了祖母的“小尾巴”，欢天喜地摇在后面去享受大餐。

“奶奶客，接不得；接一席，来两桌。”这一戏谑性的顺口溜，或许就是出自那个年代。那时，人们的肚子总是空的。遇有红白喜事的人家都会把上菜的节奏一再“提速”，但往往还是赶不上一双双心急嘴馋的筷子速度。一碗热气腾腾的菜刚上桌，要不了几个回合，那碗就底朝天了。通常是大人为了照顾身后的小“尾巴”们，只能是自己的手下筷子“留情”。

为避免筵席上空碗出现过多过快的尴尬场面，不知是哪位“烹饪大师”想到了“野藕蒸鲊肉”这道菜。肉还是半斤对八两，没有丝毫增长，只是在小脸盆似的海碗底下垫了厚厚的一层藕片子。这“海碗”盛着小山似的“鲊肉”，确实很有气势，一放到桌中央，就让馋猫们不再“干荒”。随着一块块粉坨坨的藕片拌着香喷喷的油脂溜下饥肠，饥荒的神经顿然稳定了许多。那紫红色的藕块嚼在嘴里，香味在鼻孔中川流不息。那似连非连的藕丝，奇妙地牵挂在嘴角与筷头之间，似乎在向饥饿的人们传递着什么信号，也让狼吞虎咽的食客有了些淡定与从容。

岁月如歌，人生如梦。回眸镜子里的自己，两鬓染霜，不知不觉老了，而野藕蒸鲊肉的味道却始终烙在青涩的记忆里，永远不会老，直至被我奉为款待上宾的招牌菜。每当贵客莅临，我总忘不了要做一盘藕蒸鲊肉款待他们。如今，野藕已成了一种稀缺食材，只得用人工种植的家藕（田藕）替代。没想到的是，有次家里来了两位省城的客人，面对一桌菜，只对藕蒸鲊肉饶有浓厚的兴趣。一边赞不绝口，一边尽兴品尝着。丢下碗筷后，仍余兴未尽地问了我一句：“这藕你家里还有吗？”我不知所措，一脸愕然，双手一摊，无奈地回答道：“哟，我哪晓得二位如此钟爱藕蒸鲊肉呀？”事情虽小，却成了一件美中不足的憾事，让我忐忑不安。

藕，是丰年的菜肴，又是荒年的主粮。儿时，家乡若遇荒年或主粮青黄不接时，下神灵赛湖，摸鱼踩藕寻野菜充饥，那是一种常态。神灵赛湖环毛墩岛周边的滩涂湿地长出的藕，粗壮肥大，肉质松脆，纹理细腻，味道鲜美。生吃，甜津津，凉丝丝；熟吃，粉扑扑，香喷喷。

藕不仅能食用，而且可以当中草药用，有滋阴补虚效果，就连藕节也有止血散瘀功效。中医养生学里有句这样的顺口溜：“男要吃韭，女要吃藕”，讲的就是这个道理。

莲藕是多年生宿根植物，生命力极强，一年栽种，年年都可以挖出藕来。俗话说，挖不绝的藕，锄不尽的草。只要留有几个藕结巴和藕的小偏枝，来年春天，就会发出藕苫，长出藕来。

每逢藕上市的季节，儿子、媳妇、孙子一家三口回来，我少不了也要做一道藕蒸鲊肉给他们解馋。然而，已难寻最初那种野藕搭配土猪肉的特有味道了。

令人扼腕的是，人们往往不懂得善待养育了自己的这块土地，导致神灵赛湖一再萎缩，生机渐失，往昔那种“红衣绿莲香满湖”的景象早已丢失在记忆的深处，唯有梦中偶遇……

荠 菜 粥

惊蛰一过，和煦的春风飘然而至，睡了一个漫漫长冬的荠菜们吸足了春雨与阳光，纷纷脱去外套，一个个变得水灵活跃起来，被那些追求时尚生活的人们视为一道时令性的保健美食。

小时候，每年“二月二，龙抬头”这天，祖母都会挖些新鲜的荠菜，煮上一大锅荠菜粥让我们吃。说是吃了这菜粥，化灾又祛疾。

记得我十多岁的时候，每年农历“二月二”这段日子，祖母都会从旮旯里找出那些平时不常用的小铁铲、旧剪子、旧菜刀，吩咐我带着弟妹们一起去村外挖荠菜。薄薄的雾霭缭绕着广袤田野，似禅衣轻缦素裹，影影绰绰，那些水灵嫩绿的荠菜正在塘埂旁、麦田里、溪涧边，探头探脑地向我们憨笑。时间不长，那一棵棵散发着清香味的荠菜就装饰了我们的篮子，也装饰了我们的心情，一股荠菜粥香味便在鼻息间萦绕。心想，今晚又有荠菜粥吃了，不用再喝那难以下咽的山芋渣糊了。我见篮子里的荠菜铲得差不了，忙摆出老大的架势，用手向弟妹们一挥，走，回家让奶奶煮荠菜粥去！我们提着篮子，背着夕阳的余晖，大步流星地往家走，祖母正在门口焦急地等待我们呢。

铲回的荠菜，经祖母一番清理与清洗后，不用切碎，直接入锅，与米同煮，称之“熬菜粥”。那时候，新中国成立不久，一穷二白，国外敌对势力处处封锁我们，缺粮是常事，但在每年农历二月二这天，祖母会“大舍”一次的。她拿起方升（以前农家用来量米做饭的一种器具）毫不吝惜地搲出半升（约500克）米，洗净倒在锅中，咣当一声闷响，盖好了盖子，似乎一切就尘埃落定了。那灶下的柴火带着美好的期待在噼噼啪啪声里越烧越旺。肚子饿得咕噜咕噜叫的我们，焦急地守候在灶台边，再也不愿离开半步。

天色渐渐地暗了下来，混合着荠菜特有香味的粥清香四溢。菜粥熬好了，每人端着一大蓝边粗瓷大碗菜粥，凑在嘴边，边吹热气边“咻—咻—”地狼吞虎咽着，祖母用围裙角擦了擦被烟火熏出的泪水，脸上漾出了久违的笑容。

半碗菜粥下肚，人的情绪安定了许多。我便问祖母，为什么二月二要吃荠菜粥？祖母停顿了一下说，这里面有个故事。传说很早以前，有个名叫朱元璋的皇帝与陈友谅在枞阳这里一带江面上开战，朱元璋战败，逃到凼山一庵堂里，人困马乏，饥饿难忍。庵堂僧尼也没有什么东西招待他，就用一点米加上新挖来的荠菜熬煮成菜粥给他吃，朱元璋吃了这顿粥，回复了体力，躲过了这一劫。后来他当了皇帝，不忘昔日救命之恩，遂将此庵赐名“护国庵”，命地方官府拨出银两，将庵堂轮换一新，并免了庵周边乡里老百姓的徭役赋税。从此以后，这里每年的二月二，家家都吃荠菜粥，以示谢主隆恩。

我无法去考证这个故事的真实性，但二月二吃荠菜粥的习俗至今仍在家乡一带流传着。据文献介绍，荠菜，又名护生草、鸡心菜、净肠草，生长在路边、野地和田埂上。唐代诗人白居易曾有“时绕麦田求野菜”的诗句，说的就是荠菜，说明荠菜本为不在菜园种植的麦田野菜。民间素有“阳春三月三，荠菜当灵丹”的谚语，还有“春食荠菜赛仙丹”的说法。可见，荠菜不仅是佳肴美馔一碟，更是灵药一方。

又是一年二月二，清风柔拂荠菜香。回想起那艰难岁月里的一碗碗翠绿荠菜粥，已化作了身体里流动着的荠菜汁，不禁又萌生起一种让人不可思议的想法：我该提个竹篮子，带把旧菜刀或旧剪子，去村前的田野里重拾那儿时的记忆。

韭菜里的智慧

在乡下，韭菜是家常菜，是不可或缺的。一般人家，都栽种了一块，不大，也就一扇门的样子。多了吃不完。韭菜宜生，割一茬长一茬，还记得历史书中黄巾起义那句口号吧：“头如韭，割复发。”当然前半句是虚的，割掉肯定长不了；后半句没有水分，倒是真实可信。

韭菜，能被古人列入战争动员口号中，可见它的生命力多强！是啊，韭菜确实有那“野火烧不尽，春风吹又生”般的特性。无论是乍暖还寒的清明节前，还是知了狂鸣的炎炎盛夏，或是冷露无声的秋风中，韭菜总是让你了无牵挂地割，让你口福不断。一盘好菜的味道，犹如一首有意蕴的诗，既可意会，亦可言传。如韭菜炒鸡蛋、韭菜炒江虾、韭菜炒包干、韭菜拌饺馅……都是两个字：“极品！”

初夏，晨曦微露，韭菜地头，一边是昨日刚割后又钻出地面，似花针样的嫩黄色新芽，另一边则是三五日前长出的摇曳翠绿了。韭菜是一次性种植，多年享用不尽的蔬菜，素有“懒人菜”昵称。韭菜分蘖旺盛，若是让它待在原地不动，不用几年，就会进入“老龄化”的。最有效的办法，就是给它们进行必要的“分家、搬迁、安置”，这就是农户常用的“分根”种植法。当然这分根是有讲究的，不是随心所欲地想分就能分的。记得祖母当年给韭菜分根时，都会等全家老小年龄过了

“九”再去分，否则主家里这年带“九”的岁数成员不吉利。尽管这种做法没有多少科学性，但民间一直是流行的。韭菜分根很简单。过了农历“七月半”，将每棵韭菜老蔸一一挖出，掰开、分成三五份，再返回到平整后的土地里，浇上一次“送嫁”肥，这就成了。

有民谚云：“春韭是参丹，夏韭如砒霜。”这话听起来有点夸张。据本人多年种植及食用经历，夏韭其实并没有那么差呀，只是到了盛夏伏天，才像冬天那样进入休眠模式。因为韭菜是种既畏寒又怕热的植物。每年夏至过去了好多天，我会照样割一盘韭菜回家食用的，香气并不比春韭逊色，只是口感纤维重了点。当然从价值上看，首选春韭，次者秋韭，再次便是夏韭了。

据说，韭菜这菜名由来与东汉开国皇帝刘秀有关。在一次大战中，刘秀兵败，军队溃散，死伤大半，四处逃亡。逃亡中的刘秀，慌不择路，只顾策马狂奔，跑了一昼夜，狼狈地来到亳州一处叫泥店的村落。此刻的他，已是饥渴难耐，寸步难行，便爬向一农家，抬手叩门，说明来意。主人夏老汉闻声相迎，见刘秀银盔银甲，相貌非凡，就把刘秀扶进屋里，但因家贫，少饭无菜，夏老汉便到屋外割些野菜烹炒给刘秀充饥。饥不择食的刘秀一连吃了三碗野菜，方缓过神来，便问老汉这么好吃的菜是什么菜，夏老汉回答一种不知名的野菜，刘秀点点头说，既然是无名野菜，今天它救了我的命，就叫它“救菜”吧。随后刘秀问过老汉住址、姓名，谢过之后，便起身告辞了。

后来刘秀称帝，天下太平，一日，他忽然想起泥店“救菜”，便命人前去采割，并命御厨煎炸烹炒，觉得味道妙不可言，便封夏老汉为“百户侯”，封地千亩，专种“救菜”，以供皇宫。又经御医研究，发现“救菜”有清热、解毒、滋阴、益阳等多种功效。刘秀得知“救菜”竟然有这么多好处，遂更喜爱吃韭菜。“救菜”作菜名因觉不雅，思来想去，又因“救菜”是一种草本植物，便为“救菜”专造了一个“韮”字作为替代，于是“救菜”就成了“韮菜”。“韮”字又被后人简化为

“韭”，“韭菜”便由此得名，传至今朝。

同样，古文献《说文》，对“韭菜”也给出了一种有趣的解释：菜名。一种而久者，故谓之韭。象形。在一之上。一，地也。这就形象地告诉我们：“韭”字下面“一”，代表着平整的土地；而上半部分的“非”字，则表示韭菜生长时的状态。韭菜的“韭”还有长“久”的意思，割了以后还会长，好像永远割不完。至于民间流行的那句口头禅“割不断的韭菜”一说，已被现代人融入了新的寓意，通常是用来借指因某件事处理不当而留下的一连串后遗症。

在民间，有关韭菜的故事很多。据说咸丰年间，安徽境内涝灾连年，粮食无收，民不聊生。当时，有支捻子军沿着新安江的水路，摸进徽州深山老林，已是断粮多日，饥肠辘辘。被困的一头领，便扮着一老道，沿炊烟方向前行。走着走着，来到了一处破旧的茅屋，见一徽州女人怀抱着一个嗷嗷待哺的婴儿，身后还跟着一群饿得皮包骨的苦命孩子，正在灶台煮着粟米粥。氤氲缭绕的水汽中，依稀可见几粒粟米孤零零的随水花在翻滚。

女人猛抬头，见一帮陌生壮汉，孤单、无奈的她，先是一怔，继而强装笑容相掬道：“客官，去何方？就餐可否？”捻军头领见此情景，也礼貌地问她：“请问，附近是否有客栈？”妇者答道：“方圆十几里，无人家，我们逃荒避乱来这里已是三代了。”一语说中了捻军头领的心里，哦，同是饥荒落难人！为弄清农妇所说的话是否有假，遂脸一沉，厉声道：“下午，给我准备‘十桌酒菜’，不得怠慢！”

那徽州女人一听这话，如坠万丈深渊！不过她很快就镇定下来，拖着沉重的步子，来到茅屋外，见了那磨草根的“石磨”，突然有了对策：石磨——石桌——十桌，不是谐音吗？韭菜——酒菜？“有了！有了！”徽州女人喜不自禁地自言自语起来。

几个时辰后，果然有一队虎虎生风、异域口音的人马，涌进村子。此刻，徽州女人安然自若，不言不语，只顾着将香气飘散的“韭菜”炒好盛在碗里，摆在“石磨”上，把仅有的大半碗粟米煮了满满一锅的粟米粥，热情地招呼他们说：“各位客官，‘石桌韭菜’做好了，不成敬意，请各位多多包涵!”

捻军们闻了香味浓郁的韭菜，早已垂涎三尺，喃喃道：“韭菜——酒菜——下酒的菜——九个菜，怎能算小？石桌——十桌，十桌（石桌）酒菜（韭菜），是徽州女人的情意!”这时，茅屋内外飘荡的不只是浓郁的韭菜香味，还有那一阵阵嘻嘻哈哈的笑声……

炒米飘香

“大月亮，小月亮，哥哥起来打麻将，姐姐起来打鞋底，妈妈起来炒炒米，炒给小儿嗒嗒嘴（方言，音儿）……”

这是儿时的一个冬晚，明月如霜，清冷的月光透过村前那株苍寒的古树梢，将白花花的银辉倾泻在面前的世界里，也亲吻着一群正在嬉耍的孩子们的脸颊。月光下的孩子们只顾扯着嗓子，尽情地唱着那古老的歌谣，像是在寻找着腊月的炒米味道。这悠远的童谣带着一种期待的音符，在小村上空盘旋、回荡，让昏暗的煤油灯下听广播的人们感到年的脚步越来越近了。

（一）

记忆中的腊月小村，空气中总是弥漫着一股暖暖的炒米香味。这香味伴着一阵阵熟悉的锅铲翻炒声，从那一扇扇灰白色的小木窗里飘出。鼻孔里全被那诱人的香味填得满满的，让你移不了步，走不动路，不住地吞着口水……

腊月炒炒米，是家乡人一年一度的传统习俗。没等到过年，那些喜欢钻东家游西家的孩子们，口袋里总是装着一两把炒米。一是自己解馋，二是向同伴炫耀。当然遇到眼巴巴的同伴，也会毫不吝啬地分出半把。他们一边走一边嘴里咯咯地嚼着，像是在嚼着一种浓浓的年味。

腊月炒炒米，既是满足孩子们的一种愿望，又像是年底家庭主妇对孩子们的一种犒赏。不过这种赏赐也是象征性的。记得那年，祖母把炒米炒好，先把家里的几只瓷坛、洋铁箱子一一装满后，才把剩下的炒米用小盏子碗分给我们。她边掳边说：就这么多，每人两盏子，自己保管去吧。而那几只装得满满的炒米瓷坛、铁箱子则由她集中保管，全权处理。

炒米其实是吃不饱肚子的，主要是为了应客和应急。20 世纪六七十年代，已是大半个孩子的我清楚记得：若家里来了客人，待不了多久就走的，或来不及上街办鱼肉荤菜招待的，而鸡蛋泡炒米就成了一种最便捷的款待方式。这样既显得主人热情，又让客人觉得有面子。这情景就像是扬州八怪之首郑板桥（1693—1765）所说的那样："天寒冰冻时暮，穷亲戚朋友到门，先泡一大碗炒米送手中，佐以酱姜一小碟，最是暖老温贫之具。"郑板桥虽是几百公里外的江苏兴化人，但吃炒米的习俗和我们却有着惊人的相似，只是我们少了一小碟酱姜。呵呵，佐以酱姜吃泡炒米想必也是别有一番情趣。

"小毛喂！我看我妈可在家，我妈不在家，打三个鸡蛋，泡一碗炒米给你吃吃噢！"相信读者朋友对这两句颇有生活气息的对白并不陌生吧？这就是黄梅戏《打猪草》剧中的村姑陶金花，要用鸡蛋泡炒米招待心中的白马王子金小毛。可见鸡蛋泡炒米很早就在皖江一带流行了。这鸡蛋泡炒米恐怕算是古人想出来的一种美味"快餐食品"吧。

（二）

炒米在下锅炒之前俗称"冻米"或"米坯子"。而米坯子，通常都是在天寒地冻的时候才能制作，故名"冻米"。

俗话说，"腊七腊八，冻死寒鸭"。其实这是制作冻米的最佳季节。如果动手晚了，只怕是饭甑很难捞到手。不是有这样的一句乡谚吗？"三十晚捞饭甑——太迟了"。饭甑是一种不起眼的小物件，一年到头也只用上一两次，一般人家都不会有，只有讲究的人家才添置那东西。一个村庄差不多也就一两件吧。

记得祖母当年制作冻米时，先是选用上等糯米，用淘米箩淘去杂质，再放入冷水里浸泡一天左右后沥干，倒入锅中有水的木甑中。再用做挂面的长筷子在米里戳些通气孔，锅底用大火烧，中途是不能歇火的，否则就会出现夹生饭，前功尽弃。

约莫半个时辰后，只见灶屋内的热气氤氲缭绕，香气弥漫，煤油灯更加昏暗。临出甑前，还要小火兴一会儿。揭开神秘的甑盖，一股诱人的米坯香味直冲你的脑门。这时，祖母总要先盛满满的几碗米坯子饭，让我趁热给左邻右舍送去。显然，这送去的不仅仅是一碗米坯饭，而是邻里间的一种温情。当然也有乡谚里说的“亲戚礼往礼，邻家嘴换嘴”那层意思。

刚出饭甑的米坯饭，有着一种独特的风味，入口香醇，嚼起来有韧性，吃起来确实很抢口，就是寡饭也能吃个两碗。不过这米坯饭只能吃个半饱，否则会食饱伤人的。

倒入簸箕后的米坯饭，经一昼夜冷冻渐渐地硬朗起来。经揉散、光照，待饭粒互不纠缠时，过一次筛。晒几个日头后，米坯的身段完美得如少女般的苗条。抓起一把，仔细一看，脱胎换骨后的米坯都系上了几道“金箍玉带”样的裂纹，这才算是大功告成。

炒米坯就是炒炒米，这是最后一道工序。小时候，我见祖母是用一把老毛竹枝编成的“撮子”炒。这撮子是专门用来炒炒米的，所以就叫“炒米撮子”。当年，我家的那把炒米撮子吃香着呢，一到腊月，就被乡亲们借来借去，日子久了，被镀上了一层金色，成了一件别致的“古董”。当然这撮子也可以炒其他年货的。

撮子还有一个鲜为人知的妙用，就是用来给那些个性要强的人起绰号的。一个上百人的村庄，难免会有一两个嘴巴不饶人的悍妇。对于这种不通情理的人，大家都深谙她的秉性，懒得与她计较，于是便落得了“炒米撮子”这个“雅号”。

炒炒米，看似简单，其实也有一定的技术含量。我曾见过我的祖母那种炒法。她先把锅烧红，用半汤匙菜籽油（俗称香油）闹一下锅，才倒入半升左右的冻米。那冻米跟着撮子在锅内不停地打着旋涡，并随着噼噼啪啪轻响声而改变着颜色。当见到米粒变成鹅黄时，就完成了从冻米到炒米的蜕变，也就是该出锅的时候了。

刚出锅的炒米，一冲泡，吱吱作响，香气袭人。若招待客人，通常都会放不少于三个荷包蛋的。家乡风俗是忌讳用两个鸡蛋来招待客人的，因为只有躺在门板上的死人才会用两个鸡蛋送他上路的，否则会惹客人老大的不痛快。至于炒米中放糖还是放盐，那得按食者的喜好决定。若用家养的母鸡，经瓦罐煨出的汤来泡炒米，那简直就是人间的绝配哟！

在大集体年代，一到插秧，生产队里总是天不亮就下田拔秧。于是，一碗炒米便成了犒劳这些起早歇晚辛苦人的打尖（俗称吃茶饭）。这似乎是一种习惯。记得某年春的一天，太阳刚刚爬到山口，各家送吃的小孩都先后来到田头，将泡好炒米的搪瓷缸送到大人的手上，唯有一位没有吃上炒米的老爹爹闷闷不乐。或许这就是那老古话说的：“一人动嘴，十人牙酸”吧。他左等右等，始终等不到一碗炒米，便急不可耐地朝着塘埂那头家的方向高声喊开了：“小嫩伢喂，快送点来给我喝个着！”“是的，来着！”塘埂那头，一个老妇人的声音在没好气地应着。

时间不长，那小嫩伢木讷地端着茶缸来到田边。当老爹爹掀开茶缸盖一看，真是一杯清可见底的白水。这一下可把他气坏了！只见他把那茶缸盖重重地往地上一掼，黑着脸，冲着那还不谙世故的小丫头说：“我你个妈妈来子！你真以为老子要喝哉？老子要吃哦！可晓得哟！”话音刚落，把一秧田人惹得哄堂大笑。没想到那老爹爹的一句气话，竟成了我们这些顽皮鬼用来搞笑的一句口头禅。

炒米好吃，冻米难做。如今的主妇们都嫌炒米工序多，耗时长，宁可掏几个钱去市场买点，再也不愿去侍弄这种传统的美食了。当然炒米是可以买到的，但永远买不到记忆中的那个味道……

鱼圆子

鱼圆子，是家乡枞阳的一道特色菜，也是徽系菜谱中“吃鱼不见鱼，吃肉不见肉”这一说法的经典作品。

在家乡枞阳，鱼圆子除了寓意“年年有余”和“万事圆满”的好兆头外，还有一段美好的故事呢。民间相传舜帝携女英、娥皇二妃南巡，途经枞阳时，因舟车劳顿，娥皇染疾，喉咙肿痛难忍，唯欲吃鱼而厌其刺，于是心地善良的女英根据当地一渔民的单方，融入了自己的手艺，用鱼、肉、配置适量清凉泻火的莲子粉、荞麦粉原料，做成了一种柔软滑嫩的鱼药丸子。娥皇吃了这纯白色的用清水煮熟的鱼药丸子，觉得味清甘美，不到几天，气色红润，病情迅速好转。舜帝听闻，亲自品尝，并对鱼丸子赞赏有加。后来，为了提高口感和便于保管一段时间，又新创了一种用菜油炸制出的鱼圆子。从此，这两种鱼圆子便在枞阳民间流传开来。

儿时过年，限于条件，家家几乎只炸一道少量的鱼圆子。说起来是鱼圆子，其实里面掺了不少的豆腐、面粉之类的食材，鱼肉所占的比重不是很多的，吃在嘴里感觉硬邦邦的、粉团团的，根本没有多少鱼味。至于娥皇吃的那种水煮“漂鱼圆”，只有为数不多的殷实人家才会去做，当然，在乡村红白喜事酒席上也会见到。而宴席上的漂鱼圆因其食材货真价实，一碗似沉似浮的白色鱼丸，刚端上桌，食客们也顾不上礼数了，不消片刻，就碗底朝天。这嫩滑细软的丸子确实是人间的一种美味。入口，轻轻一咬，唇齿生香，一股鲜嫩无比的味道顺着食道直往下滑。

到了腊月廿七八，乡村飘荡的全是炸鱼圆子的味道。某年腊底，父亲突然“大奢”起来，一改往年尽买水鲢子炸圆子习惯。那是一个腊底的早晨，他从街上买回了一条七八斤重的青混子。母亲麻利地片下鱼肉，去掉刺，和剁碎的猪肉泥一起加上姜汁、葱花、适量蛋白、淀粉，匀速搅拌、拿捏至所有食料蓬松方罢。搁置半个时辰后，待菜油加热到起烟时，一个个白色的鱼圆坯子，如出钞机似的从母亲左手空心拳口溜出，再经右手汤匙落到油花翻滚着的锅中。此时，弟妹们像几只馋猫似的守在锅灶边。一双双小眼里充满着焦灼的期待。我也是心神不宁地在灶下添柴加火。母亲反复提醒我，食料下锅时火候不能太旺，只需文火保持油温。“哧”的一声，那些丸子一落入锅里，便吐着气泡，边翻滚边脱去银白色外套，转眼间就成了蓬松松的金果果。刚捞出炸好的第一锅鱼圆子，堆了满满的一大碗。不消片刻，这些“尝品”，很快就被锅边的几只馋猫们一一瓜分了。

那时候，人们还不知道冰箱冰柜是何物。炸好的鱼圆子冷却后，只是装在一只新买的箩筐中，再盖上几片散发着清香的干荷叶，挂在高高的房梁下面的铁丝钩子上，待春节来招待客人。刚炸好的鱼圆子有着一种钻心入肺的香。到了夜里，那诱惑的香味竟招来了一群老鼠。这些精灵们忽而爬上了床顶，忽而爬到衣橱上方、忽而窜到房梁上，突着贼眼，朝着那可望而不可即的“美食”，发出一声声“吱吱”的哀号，久久不愿离去，扰得人心烦意乱，难以入眠；白天，我们这些“米老鼠”，偶尔会背着大人，站上凳子，以五爪进窿（方言，即用五个手指去抓拿）的手法，偷偷地抓上一把，躲在角落里慢慢地解馋。那金黄油亮的丸子，尽管没有了刚出锅时那种外脆内嫩的感觉，在饥饿难耐时，往往一口一个的直接咽下，连咀嚼也免了。

鱼圆子，不仅是一道乡村美味，更彰显着一种地方文化与习俗。在枞阳民间红白喜宴上，总是成为一道压轴菜。酒席上，一旦这道菜上桌，也就是在暗暗地告诉你：宴席菜已上完。这时东道主或新郎新娘就会来到桌边敬酒，说些感谢的话。主人敬完酒，客人方可离席，否则视为不懂礼数。

如今，鱼圆子越做越精美，一些有讲究的人家还在鱼圆子食材中融入了蛋清、牛羊肉、山药、香菇等。这样，炸出的圆子既蓬松又有弹性，口感更佳。若是用来招待北方来客，更是别具一格！

鱼圆子，作为一种古老的年味，带着一代代人的美好记忆，已经超越了单纯的饮食习惯，而是经历了数千年历史的积淀，成为一种独特的地方民俗文化，完成了一种食品向文化印记的转换。

四季圆子

但凡吃过枞阳乡间红白喜事宴的人，相信对酒桌上那“四季圆子”并不陌生吧。这四季圆子最大特点是：块头大，食材精，口感好，容易饱。有人说，这圆子就像咱们枞阳人的秉性一样，对人实实在在，不玩虚的。这话，我很赞成。不信，你就来枞阳品尝一下。

我第一次吃四季圆子，还是在很早以前。那时尽管物质贫乏，但每逢村里哪家有红白喜事，都会把一个村庄人接到家里热闹一番。有句顺口溜为证：庄人都是大方客，一接都是好几桌。用庄人自己的话说，“人情大似债，头顶锅盖卖。”“你敬我一尺，我敬你一丈；你敬我一丈，我敬你到楼上。”

那时宴客最怕接人，不像现在一个电话就能搞定。乡下人都习惯于一请二接三催。客人不到齐，决不会开席，这似乎成了一条铁定的“规律”。同样，就连这酒桌上菜也颇有些讲究。一般是先上几道家常小菜，亦称冷盘子，接着是几道氽烫水碗，等客人们肚子里有了些垫底的东西，这才听到传菜人一声吆喝：“四季圆子来着！”这时，客人们的眼睛就像通了电似的，一个个都亮了起来。

哈哈，如果你坐在桌上接菜的位置，往往是一筷头子菜刚刚搛到嘴边时，那端盘（传菜）子的人，冷不丁地在你身后一声“接菜哟”！这时，桌上的宾客们，几乎都是同一个声音附和着：“呐、呐，快点接着!”可见这位置，一般来说，都不会主动坐上去的。其实，这位置就是脚肚朝大门那一方，通常是由主人家安排合适人选，或是年轻晚辈来坐的。他们的任务，就是受主人的委托，负责照顾好这一桌子客人。还有就是迟到的客人，错过了选择机会，这是另当别论了。

这晶莹剔透、油光照人的圆子，一出现在你面前，嘴里就有了一股清泉在涌动。不过大家还是尽量保持着一副矜持的吃相，直到桌上的某位年长者发话：“来，大家趁热吃!”这时，就见各种握筷子姿势的手，如八仙过海般的伸向那大蓝边碗。这圆子个头大，一口是吞不下的。就连青壮年劳动力都得分几次才能干掉，老幼妇孺那就更不用说了。要是遇到扭扭捏捏的外乡客人时，同桌人就会不住地劝他：“这是咱们这里的规矩，每人一份，无须做礼!”当一个鸡蛋大小、由纯瘦猪肉为主要原料做成的圆子入肚后，宴席才进入真正意义上的敬酒程序。

四季圆子制作是有讲究的。它是以猪腿上的瘦肉为主要原料，佐以芡粉及葱花姜蒜搅拌均匀，搓捏成形后，表面滚上一层浸泡后的优质糯米，然后放进蒸笼中清蒸。待香气弥漫开来，就可以出笼上席了。品尝四季圆子，必须要趁热，不然吃不出那松软滑嫩、爽口留香、油而不腻的感觉。

四季圆子，源于何时，难以考证。民间说是清廷与八国联军签订了丧权辱国的“辛丑条约”，逃到西安的慈禧太后返京路过河南时，竟然想品尝河南特色菜。当地官员就找厨子献上一道“四季丸子”，取其代表一年四季圆圆满满之意。顶耻不知耻的“老佛爷”对这道菜，连声称赞说：“味道不错。”可其本意并非如此。

原来慈禧这一行，浩浩荡荡数千人，车辆也多达千辆，从西安逃难而回，本来是一件十分丢人的事，她却不知道亡国就在眼前，还继续摆谱，要沿途老百姓扎彩棚、修道路，地方大小官员借此征粮要款，闹得民不聊生。当地一厨子在做四季圆子时就诅咒说：“剁死你这个祸国殃民的慈禧！”有人接茬说：“慈禧心狠手辣，就应该叫她完止！”而当时公开咒骂“老佛爷”是灭族的罪。于是人们就用慈禧二字的谐音，把剁慈禧改叫“蒸慈禧”，把慈禧丸子改叫“四禧丸子”。

清朝灭亡后，有人觉得“四禧圆子”这名字有点那么别扭，不如叫它“四喜圆子”，而家乡人却管不了那么多，则习惯性地俗称“四季圆子”，大概是把这道菜看当作一年四季宴席上的主打品牌吧。

四季圆子，以色、香、味、美形和独特原料加工成为家乡人的最爱。怪不得有外地客人品尝后说，这四季圆子确实不错，肉嫩爽口，美味扑鼻，回味无穷，让人瞬间有种进入梦乡的感觉。

油亮红润的四季圆子，总是让人难忘，因为这是家的味道。这味道，总是把人带到那悠远的岁月。望着席间宾主尽欢地品尝着这美味，总是激起我们对美好生活的热爱与憧憬，这份热爱与向往，用当下最流行语说，就是一种抹不去的乡愁吧！

后　记

2014年11月，我结束了40多年的教育工作生涯，回到生我养我的那片故土，成了一个自由身。或许在有些人看来，退休就是享清福。于我而言，退休是进入人生旅途中的下一个站点，或者说只是一次角色的转换。说实话，一下子无事可干，我还真有点不习惯。既然我们都是人间烟火中的过客，相信身边每天都会有值得记住的事情发生，那么，我们为何不把它记录下来呢？在文字里行走，应该是件有趣的事。借助文字，我们不仅可以看见外面多彩的世界，更重要的是让人内心有了一些淡定从容。

生活在高度发达的信息社会，各种自媒体如路边的花花草草，伸手就是一大把。这正好为我提供了练手的机会。不会电脑怎么办？好在智能手机功能强大。从2015年开始，我就在手机上写，手机上发。县内几家网站和县文联微信公众号，都是我经常光顾的地方。记得，在一篇题为《宰相何如宠趣闻轶事》的网文留言中，有位网名叫“江南倦客”的人，在留言中说：请作者将这篇稿子发我邮箱，并附了邮箱号。不久，这篇稿子便在《枞阳杂志》发了出来。接着又陆陆续续刊发了我写的《记忆中的石砚头小街》《青山石屋寺散记》等稿子。这时我才知道，给我邮箱号的不是别人，而是该杂志执行主编、县作协主席谢思球先生。在谢老师的鼓励下，2016 年，我有多篇散文随笔，陆陆续续在《安庆晚报》《振风》《枞阳新闻·副刊》等纸媒刊发，并于当年成为市作协会员。2017 年，我开始尝试游记与文史写作。至今，已有十多篇稿子刊发在《铜都晨刊》及《五松山》《铜陵文学》杂志上。这对别人或许算不了什么，但对在文学上刚刚起步且已是暮年的我来说，尤为珍贵。

回望自己的写作之路，可以说是百感交集。虽然自己的文字还不够成熟，难登大雅之堂，但我已经努力过了。为记录这个催人奋进的时代，我写下了几十万字的心语，发表在各种媒体上的文稿有 300 多篇，其中刊登在公开出版物（纸媒）上有近百篇。当然，每一次的点滴进步，都离不开生命中的那些有缘人，譬如安庆《振风》杂志特约编辑李凯霆先生、《安庆晚报》副刊编辑黄涌老师、《安庆广播电视报》“夕阳红”栏目编辑丁秋菊老师等；离不开一位位良师益友的热忱帮助与指点，譬如《铜陵日报》副刊编辑郭月红老师、《铜都晨刊》“文化与旅游”栏目编辑杨波老师等；离不开当地文联与作协一次次提供的学习机会。

这本文集初选文稿 67 篇，大都是公开发表过的。或许有人会问，为啥要选 67 篇呢？其实并没有什么特别用意，只是自己到了 67 岁时，才有了这本集子。这既算是对人生的一次回眸，也是对晚年生活的一种警示与激励吧！书稿在外审时，专家建议删除其中的两篇，我们择善而存，最终选中 65 篇。同时，疏利民编辑还帮我约请了枞阳籍杰出乡友新华学院董事长王孝武先生帮忙作序，在这里，深表感谢。

出版这本文集，不是我最终的目的，但我非常珍惜。各位评委老师们的认可与肯定，是对我最大的褒奖。而编辑这本书稿的过程，更是一次难得的学习机会，让我告别了一直依赖手机与平板电脑那种落后于时代的写作方式，尝到了电脑写作的便捷，体验了一次编稿人的艰辛与不易。在此，还要感谢合肥工业大学出版社和本书编辑疏利民先生的辛勤付出。

古人说，文章千古事，得失寸心知。我知道，在写作的道路上，自己还是一个高龄新手，因此，本册所选的作品，在文字上，还难免存在着青涩与毛糙，但这并不影响我继续前行。走在梦想的路上，感觉生命的每个时刻都是年轻的。人生从来没有太晚的开始，只有过早的放弃。初心在，梦就在！

钱新华

2020 年秋于枞阳麦园钱澄之故里